「フランスかぶれ」の誕生

「明星」の時代　1900-1927

山田登世子

Yamada Toyoko

藤原書店

第一次「明星」

明治 34 年 1 月号
表紙画：一条成美

明治 35 年 4 月号
表紙画：藤島武二

藤島武二「ぼけのはな」
(明治 38 年 4 月号)

石井柏亭「村娘」
(明治 36 年 1 月号)

中沢弘光「春日の巫女」
(明治 38 年 9 月号)

和田英作「風景」 (明治 38 年 2 月号)

和田英作画・伊上凡骨木版　欄画

中沢弘光・杉浦朝武「乱れ髪歌がるた」（明治 37 年 1 月号）

第一次「明星」終刊号 (明治 41 年 11 月号)
表紙画：和田英作

「スバル」

明治 42 年 3 月号
表紙画：和田英作

明治 44 年 8 月号
表紙画：藤島武二

第二次「明星」

大正 11 年 5 月号　表紙図案：津田青楓

大正 11 年 8 月号　表紙図案：津田青楓

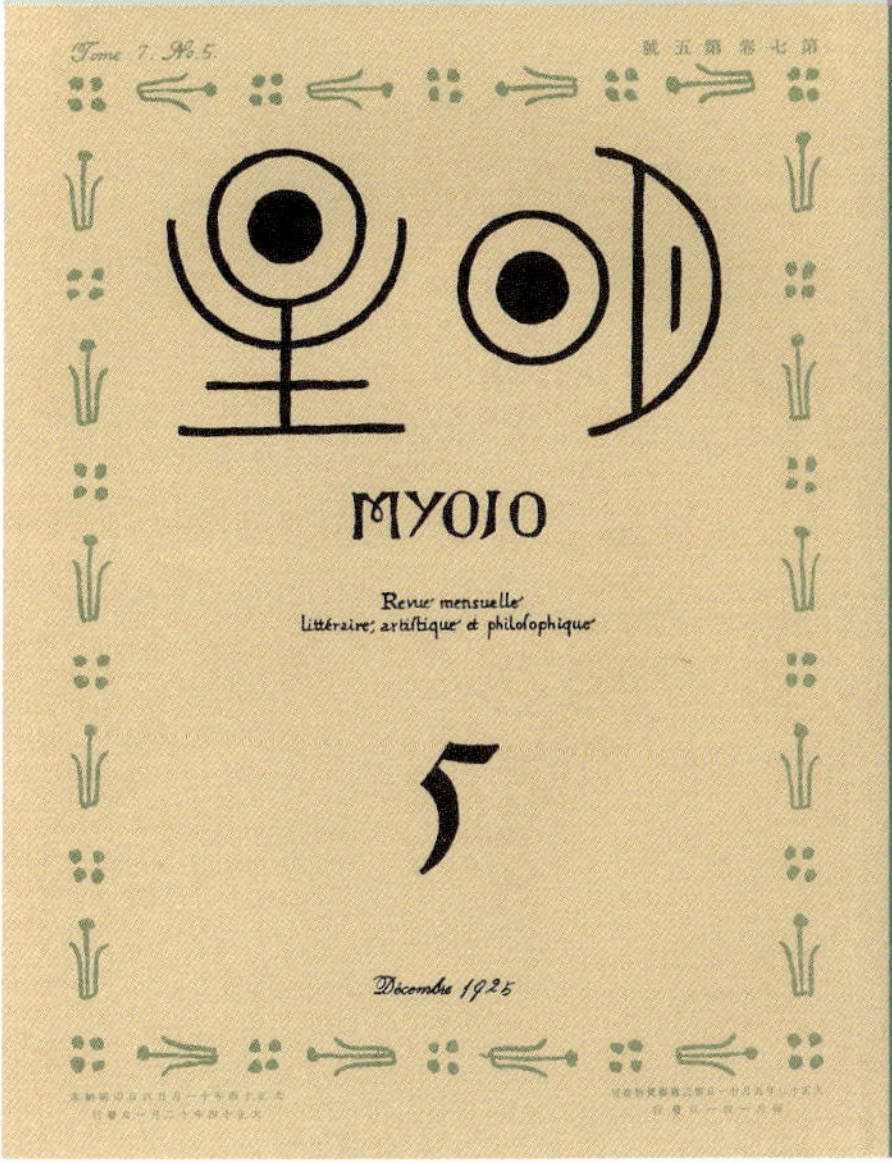

大正 14 年 12 月号　表紙図案：広川松五郎

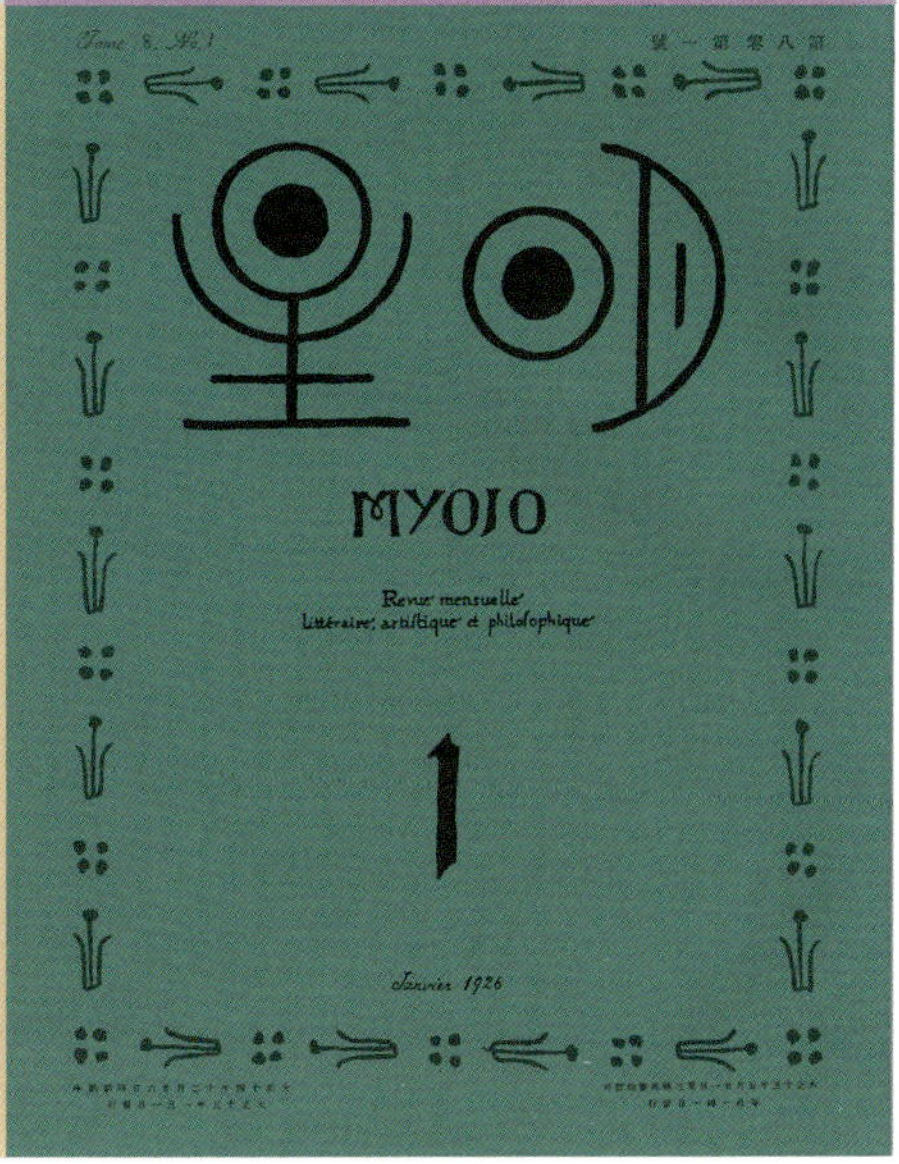

大正 15 年 1 月号　表紙図案：広川松五郎

マネ「或女の顔」
（大正 14 年 12 月号）

マリー・ローランサン「放縦」
（大正 12 年 5 月号）

梅原龍三郎「ナポリ」（大正 11 年 7 月号）

まえがき

ふらんすへ行きたしと思へども
ふらんすはあまりに遠し
せめては新しき背広をきて
きままなる旅にいでてみん。

（「旅上」）

朔太郎がこの詩を書いたのは大正二年のこと。明治から大正、さらに戦後にいたるまで、海のかなたのフランスは異邦の光芒《オーラ》を放って人々を魅了した。官民あげて西洋の制度と文物を追いかけたこの時代、いったい何がそれほど彼らの心を燃やしたのだろうか。そして彼らはその憧憬をいかなる言葉で語ったのか。

フランス語にかぎらず、明治はもろもろの「西欧語」との遭遇の時代であり、いかにして江戸の言葉を捨てて近代の日本語を形成するかという問題に直面した時代であった。言葉もまた黒船を迎えたのである。

そこにあって殊に文人たちの心を惹いた「フランスかぶれ」の行くえは、二十一世紀の現在にいったい何を語りかけてくるのだろうか――明治から昭和初期まで、第一次と第二次をあわせ通算一四八号の長きにわたった雑誌「明星」（一九〇〇―〇八年／一九二一―二七年）と、その姉妹誌ともいうべき「スバル」全六〇号（一九〇九―一三年）の二誌を一つの指標にして、この問いを考えてみたいと思う。

日仏のあいだを往還しつつ、時に惑わしい小路に踏み迷うはるかな旅になるだろう。

「フランスかぶれ」の誕生　目次

「フランスかぶれ」の誕生

「明星」の時代　1900-1927

凡　例

一　本書がとりあげる作家の引用は、原則としてそれぞれの全集に依る。ただし初出を問題とする場合には、初出誌（「明星」「スバル」）に依る。漢字は常用漢字に統一した。なお、原文の「ヸ」「井゙」は共に「ヸ」としたが、章のタイトルでは「ヴィ」と表記した。

一　各作家の引用のルビについては、必要と思われる箇所に付した。

一　新聞・雑誌名の表記は、「朝日新聞」「明星」「スバル」のように「　」を用いた。ただし引用文中の紙誌名表記は原則として原著に従った。

一　雑誌の号数表記は、「明星」第一次・第二次、「スバル」のすべてにわたり、「明治三十四年四月号」のように、原則として発行年・月に依って表記を統一した。

第1章　ヴィオロンのためいき

上田敏『海潮音』

詩の「明星」

明治大正にあまた数えた雑誌のなかで、おそらくもっとも有名な雑誌が「明星」であろう。与謝野晶子の恋歌は一世を風靡して「明星」の名を轟かせた。けれども、「浪曼派」という死語を捨て去り、その黴臭いイメージを払拭して、虚心にページをめくってみるとわかるように、もともと「明星」は短歌誌をめざしたものではなかった。与謝野鉄幹が東京新詩社を創立したのは一八九九（明治三十二）年十一月。新詩社という名のとおり、鉄幹は新しい詩歌を求めていたのである。翌一九〇〇年四月、新世紀の始まる年に創刊された月刊誌「明星」は、詩あり、評論あり、小説あり、英詩ありと多彩をきわめ、もちろん短歌もあるが、鉄幹自身の短歌は「小生の詩」と題されている。三号（明治三十三年六月）の「歌壇小観」中の鉄幹の歯切れ良い言葉は、明快に創刊の精神を伝えている。

今は歌人と新体詩人とを区別する要を認めぬ。我々は清新なる長詩即ち新体詩を作ると共に、又一方には短形なる新体詩即ち短歌をつくるのである（…）絵画の事も彫刻の事もカラ知らないの、西洋の詩は耶蘇臭いのと云ふやうな連中には、断じて新派の名を貸すことが出来ぬ。

伝統的な和歌に決別を告げた「新派」は、西洋にひらかれ、詩にひらかれていた。六号（明治三十三年九月）からは判型を替えて装丁も一新し、稀に見る美麗誌となった「明星」は、表紙といいカットといい、見るからにハイカラな雑誌で、短歌とならんで毎号のように詩をかかげている。たとえば、三十四年八月号。扉をひらくといきなり見開きに「独絃哀歌」と題した蒲原有明の十四行詩《ソネット》が現れる。冒頭の一節をひく。

道《みち》なき低《ひく》き林《もり》のながきかげに
君《きみ》さまよひの歌《うた》こそなほ響《ひゞ》かめ
歌《うた》ふは胸《むね》の火高く燃《も》ゆるがため
迷《まよ》ふは世の道倦《みちう》みて行くによるか

「明星」創刊号（明治33年4月）

有明が三号にわたり連載した長文の詩篇は、そのまま『独絃哀歌』のタイトルで詩集に収められ、日本の象徴詩の先駆となった。同じく「明星」誌面を飾った薄田泣菫の詩も、『白羊宮』に収められて詩壇に新たな地歩を占めてゆく。北原白秋の『邪宗門』の詩の多くが「明星」初出であったこともよく知られているとおり。明治三十九年九月号掲載の「玻璃壜」の一節をひく。

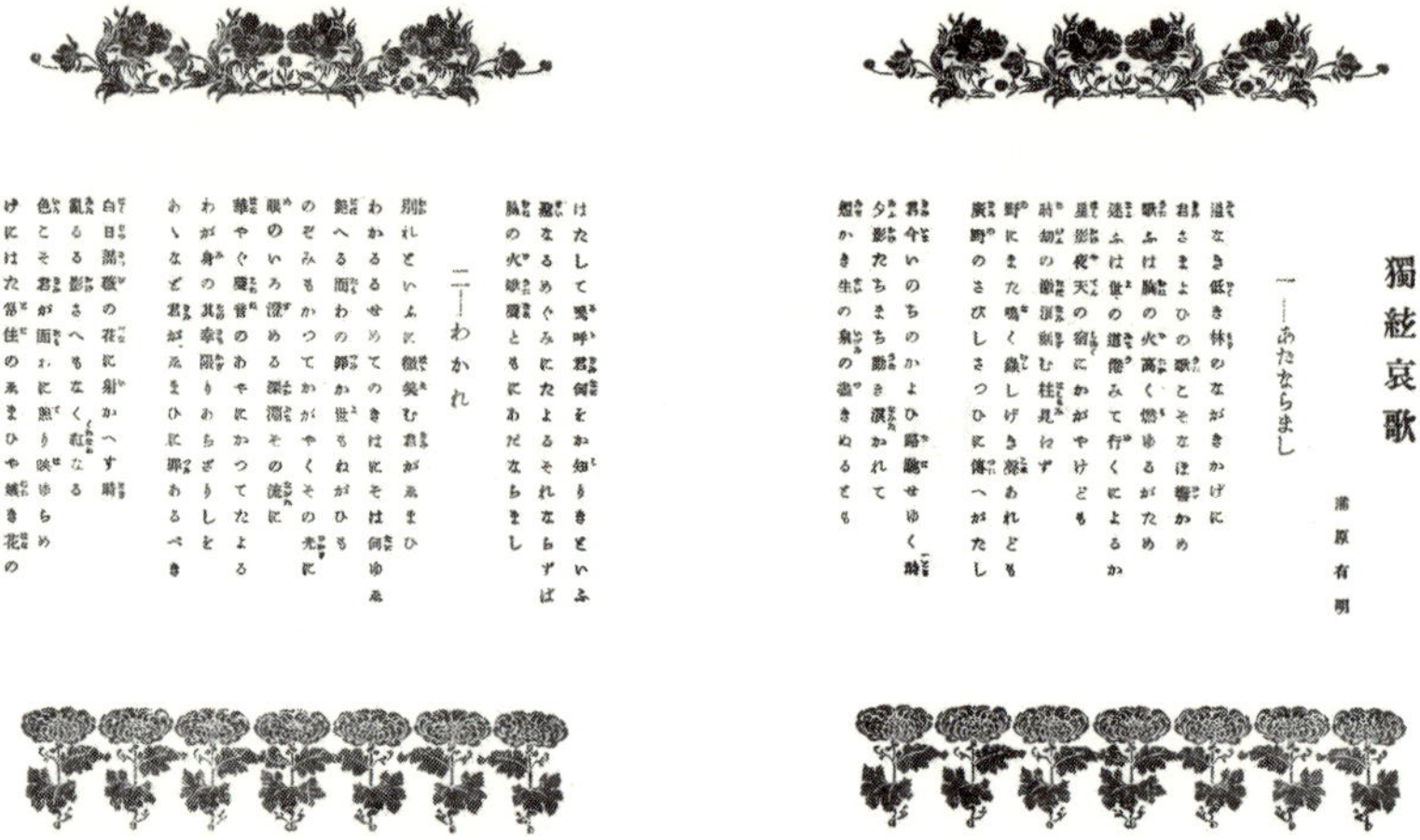
獨絃哀歌

蒲原有明

一――あたならまし

道なき低き林のながきかげに
おさまよひの歌とぞなほ響かめ
歌ふは胸の火高く燃ゆるがため
迷ふは世の道倦みて行くによるか
星影夜天の宿にかがやけども
時劫の激浪漸む柱見ねず
野にまた鳴く樫しげき森あれども
廃野のさびしさつひに傳へがたし
君今いのちのかよひ路塞せゆく時
夕影たちまち動き淡かれて
想かき生の泉の溢きぬるとも

はたして嗚呼君剣をお知りきといふ
聖なるめぐみにたよるそれならずば
胸の火螺旋ともにあだならまし

二――わかれ

別れといふに微笑む君がゑまひ
わかるるせめてのきはにそは何ゆゑ
銘へる面わの郷か世もねがひも
のぞみもかつてかがやくその光に
眼のいろ深める深潤その流に
華やぐ聲音のあやにかつてたよる
わが身の其幸限りおちざりしを
あゝなど君がゑまひに罪あるべき

白日譜薇の花に射かへす時
亂るる影さへもなく紅なる
色こそ君が面わに照り映ゆらめ
げにはた岱佳のゑまひや緘き花の

「独絃哀歌」（「明星」明治34年8月号）

うすぐらき窖《あなぐら》のなか、
瓢状《ひさごなり》、なにか湛へて、
十《とを》あまり円《まる》うならべる
夢《ゆめ》いろの薄《うす》ら玻璃《はり》罎《びん》。

静《しづ》けさや、靄《もや》の古《ふる》びを
黄蠟《わうらふ》は燻《くゆ》りまとかに
照りあかる。吐息《といき》そこ、こゝ。
哀楽《あいらく》のつめたきにほひ。

今しこそ夜《よる》の円寂《えんじやく》
降りそゝげ。生命《いのち》の脈《なみ》は
ゆらぎ、かつ、壁にちらほら
玻璃《はり》透《す》きぬ、赤《あか》き火の色。

彼の第二詩集『思ひ出』の初出も「明星」が少なくない。蒲原有明、薄田泣菫、そして北原白秋と、「明星」は明治に誕生した象徴詩に多大なページを割いている。それが、ほかにはないこの雑誌の新しさであった。そこには新時代の新しい風が吹きわたっていた。

日夏耿之介の『明治浪曼文学史』は語っている。新詩社は、「詩と歌とにまたがつたが、詩は歌ほど結社の個性を帯びざる代わりに、三十年代の浪曼詩歌運動を身一つに担つて独立不動の代表となつた観があり、その存在性はもつとも重且大であつた」。まさしく「明星」は明治最大の「詩誌」だったのである。

翻訳の「明星」

象徴詩はフランスから渡ってきた。「明星」はフランスの薫りを高くくゆらせた。詩とならんでこの薫香を運んだもの、それは「翻訳」である。「明星」を読んで驚かされるのは、翻訳のない号がほとんどないという事実である。創刊号には、内海月杖によるゲーテの『ウェルテル』論があり、次号にはテニスンの作品紹介がある。また別の号には蒲原有明のツルゲーネフ論も。ランダムにあげてゆくと、モーパッサンあり、ツルゲーネフあり、ロセッティ、ゾラ、バルザック、トルストイ、メーテルリンク、モリエール、ダンテ、プーシキン、ドストエフスキイ、ドーデ、イプセン、ダヌンツィオ等々、ヨーロッパ各国の翻訳がならんでいる。訳者は馬場孤蝶、平田禿木、戸川秋骨など実に多数にのぼる。翻訳を欠かさないのが編集方針だったのだ。
短歌と詩と翻訳と――この三者にかかわって興味深いのが明治三十四年二月号である。創刊からおよそ一年、鉄幹の志をよそに、「明星」は師を慕う少女《おとめ》たちが競って恋歌をうたう華やかな相聞の場となっていた。「おち椿」という題からして大胆な晶子の七九首が、勝ち誇ったように雑誌冒頭を飾る。結びの一首をひこう。

かくてなほあくがれますか真善美わが手の花は紅《くれなゐ》よ君

この奔放な歌の数々はやがて『みだれ髪』にまとめられて世の熱狂を恣にするのだが、ここで興味深いのは、このページと踵を接した次のページである。

晶子短歌の倍ほどの枚数をとって、上田敏の談による「英米の近世文学」を掲載している。バイロン、キーツ、テニスン、ロセッティ、スウィンバーンなどの詩から、ディケンズ、スコット、ヘンリー・ジェイムズらの小説まで、まことに浩瀚な英米文学紹介である。西洋にあこがれ、西洋文学の香りに敏感だった読者はさぞかし極上の杯をさしだされた気分で読んだことだろう。晶子の短歌に劣らずこの海外文学論もまた「明星」の華だったのだ。

鉄幹より一つ年下の上田敏は明治にしてけたはずれな語学力を有した俊才であった。帝国大学英文科で敏の師となったラフカディオ・ハーンは、彼の論文審査にあたって次のように評している。「君は他の学生よりも博識であり、且つ英語をよく知つて居り、英語で完全に思考し表現し得る人と成る事のできる一万人中唯一人の日本人学生であるから、敢へて一段と厳格に批評する」。

この若き俊才は、フランス語はじめ英語以外の外国語にも堪能で、この年、翻訳集『みおつくし』、評論『詩聖ダンテ』、『文芸論集』、『最近海外文学』をたてつづけに上梓している。鉄幹がこの逸材の知遇をえて「明星」に寄稿を乞うたのも、時代の風を読む彼の才のなせる技であろう。敏の書簡を見ても、鉄幹の要請に応えようとする熱意がうかがわれる。「拝啓　昨夜は失礼仕候、今度寄稿の文はなるべく優美なるを選びたく存候……」。

鉄幹もまたこの熱意に三顧の礼をもってしている。先にふれた上田敏の談話掲載号に掲げられた社告がよくそれを表している。

文学士上田敏君は毎号「明星」の為めに補導の労を取られ、本号の如きはその貴重なる長時間を割いて「英米の近世文学」に関し、生平の深奥該博なる学殖を傾倒せられ、且つ泰西の名画を挿入するに就いても精細なる解説を寄せられ候。小生は茲に我「明星」七千の読者諸君と共に、深く上田学士の高義を感謝致し候。

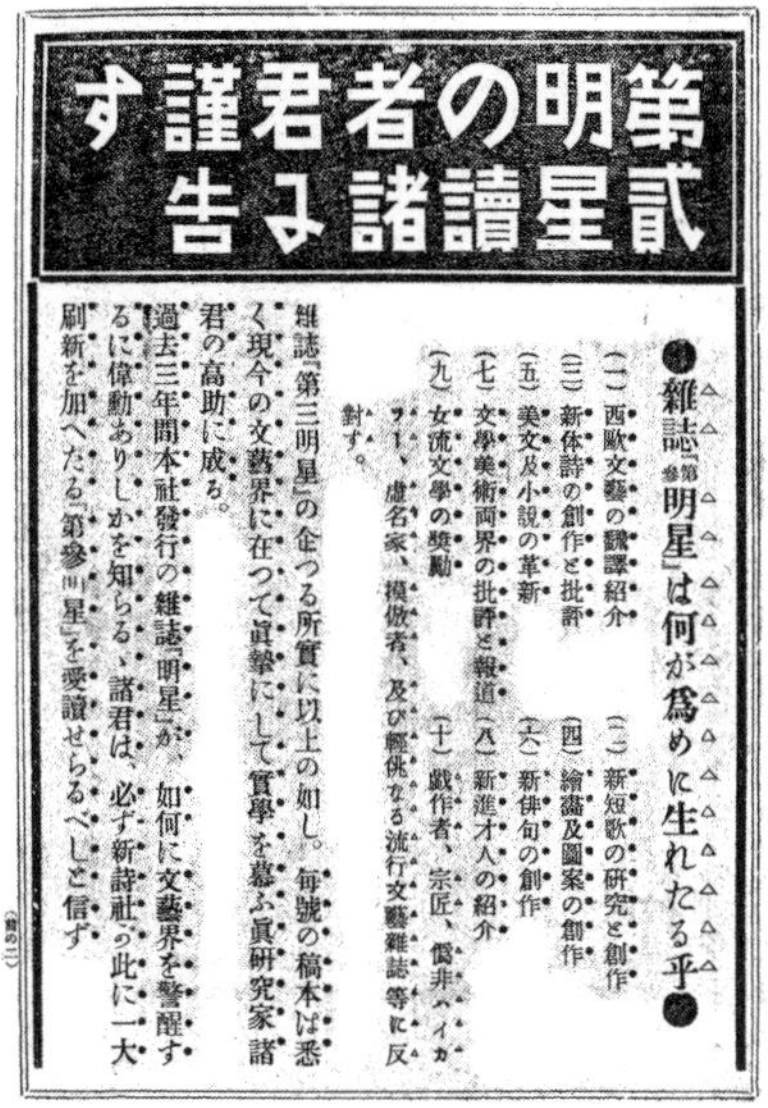
第貳明星の讀者諸君よ謹告す

●雑誌『第参明星』は何が爲めに生れたる乎●

(一)西歐文藝の翻譯紹介　(二)新短歌の研究と創作
(三)新体詩の創作と批評　(四)繪畫及圖案の創作
(五)美文及小説の革新　(六)新俳句の創作
(七)文學美術両界の批評と報道　(八)新進才人の紹介
(九)女流文學の奬勵　(十)戯作者、宗匠、僞非ハイカラー、虚名家、模倣者、及び輕佻なる流行文藝雑誌等に反對す。

雑誌『第三明星』の企つる所實に以上の如し。毎號の稿本は悉く現今の文藝界に在つて眞摯にして實學を慕ふ眞研究家諸君の高助に成る。

過去三年間本社發行の雑誌『明星』が、如何に文藝界を警醒するに偉動ありしかを知らる、諸君は、必ず新詩社が此に一大刷新を加へたる『第參明星』を愛讀せらるべしと信ず

「読者諸君へ謹告す」のページ

「泰西の名画」とあるのは、ヴァン・ダイクとレンブラントの絵画二点によせた解説のことで、上田敏は美術にも明るく、かつ音楽にも造詣深い高雅な趣味人であった。実際「明星」は美術にも力を入れた芸術誌なのだが、ここでは翻訳に話題をしぼりたい。創刊から一年ほどたった明治三十五年の七月号がひときわ目をひくからである。

「第三明星」と銘打ったこの号は、あきらかにそれまでとは編集方針がちがっているの

だ。短歌の数がずっと少なくなり、散文がほとんどを占めている。鉄幹が短編小説を書いているのにも驚かされるが、それ以上に西洋ものの多さが目立つ。モーパッサンやドーデの短編訳、蒲原有明によるロセッティ伝、平田禿木によるダヌンツィオの作品紹介、あとは同人の小説にページが割かれている。たしかに短歌誌の面影が薄いのだ。

その理由を、同号の、読者諸君への謹告が明らかにしている。謹告は、大きな活字で「雑誌「第三明星」は何が為めに生れたる乎」と掲げ、第一にこう記しているのである。「西欧文芸の翻訳紹介」のため、と。第二が「新短歌の研究と創作」、第三が「新体詩の創作と批評」と続き、そのほか美文と小説の革新、等々など十項目が並んでいる。とにかく、「短歌の創作」を二の次にまわして、「西欧文芸の翻訳紹介」を第一にあげていることに驚かざるをえない。

思うにこれは、軌道修正なのではなく、創刊の「初心」貫徹の表明というべきだろう。詩歌の革命は究極のところ言語表現の問題にゆきつくからである。旧来の和歌を排して新しい言葉を探《たず》ねる者の耳に、海の向こうからやってきた西洋の言葉はいかにも魅惑的な調べを響かせたにちがいない。鉄幹は、聡くそれに耳をそばたてたのだ。だからこそ上田敏を「明星」にひきよせることができたのである。

西洋かぶれの系譜

それは「明星」だけの問題ではなかった。明治とは日本語が新しくなった時代、西欧との出会いによって新しくならざるをえなかった時代である。翻訳という事業は、極東の一国が世界にはばたくための命がけの跳躍であった。先覚的な「明治の児」らはひたと西洋にあこがれた。明治とはまさに「西洋かぶれ」の時代である。

実際、明治の雑誌はみな西洋に学ぼうとしていた。透谷や藤村たちの「文学界」、徳富蘇峰の「国民之友」、「帝国文学」、「早稲田文学」、いずれも西欧文学の翻訳を競っている。誰もがそこに新しい文学の領野をみていたのだ。

はじめにあったのは、二葉亭四迷のツルゲーネフ訳『あひびき』であった。これまでにない言文一致体の清新な文章は青年たちの五感を揺さぶった。蒲原有明はその印象をこう語っている。「読みゆくまゝに、わたくしの耳のそばで親しく、絶間なく、綿々として、さゝやいてゐるやうに感じられたが、それは一種名状し難い快感と、そして何処かでそれを反発しようとする情念とが、同時に雑りあつた心的状態であつた（…）兎にも角にも、わたくしの覚えたこの一篇の刺激は、全身的で、音楽的で、また当時にあつてはユニクのものでもあつた。それで幾度も繰返して読んだ」（『飛雲抄』）。

有明の経験は彼一人のものではなかった。二葉亭の作品のなかでツルゲーネフの翻訳ほど繰り返し読まれた作品はない。詩人も作家もそこに未だかつてない新しい文体を感じとったのである。『あひびき』の翌年には、鷗外たちの翻訳集『於母影』があらわれ、次いで「しがらみ草紙」に鷗外の訳業が続く。なかでも若きヴァイオリスト、ゲザの薄倖を描くシュービンの『埋木《うもれぎ》』はいたく読者の胸を打った。白秋は「明星」にこんな短歌を寄せている。「うら若きゲザよ汝が日のかなしみに弓をな曲《ま》げそヴイオロンの泣く」。

同じく鷗外訳の『即興詩人』も熱狂的な読者を集めた。絵のようなイタリアの風光のなかで繰

鷗外の『即興詩人』初版と掲載雑誌「めさまし草」
（日夏耿之介『明治浪曼文学史』口絵）

り広げられるロマンティックな恋愛劇は、海の彼方に心を運んで陶然とさせた。それは、未聞の光景だった。田山花袋は『東京の三十年』で語っている。「文学青年ばかりではない。多少既に名を出した作家でも、皆な『しがらみ草紙』を愛読した。『埋木』『即興詩人』の翻訳がどんなに文壇的革新を促す材料となったか知れなかったのであった」。

　鷗外の仕事は翻訳だけではない。留学から帰国した鷗外は、ドイツを舞台にした小説『舞姫』『うたかたの記』『文つかひ』を次々と発表したが、これもまたあたかも西洋の小説を読むごとく、異邦への憧れを駆りたてた。

　二葉亭の『あひびき』とはちがって、鷗外の翻訳も小説も文語体である。明治二十年代から三十年代にかけて、この文語体は「美文」と呼びならわされていた。日夏の『明治浪曼文学史』は、『舞姫』の文体について「エキゾティックそのものの題材を古色蒼然たる雅文体に盛つた、較やひろい意味での三十年代に大に行はれた美文といふ散文形式の先駆」と語っている。

言われるとおり、「明星」にはしきりに「美文」が登場する。たいていは短い小品だが、鷗外はこの美文を小説全篇にひろげた。雅やかなその文章は翻訳と同じく読者の胸をときめかせた。日夏が言うように、「当世の読者子は、この古きが如く新らしきが如き鷗外文学の妙趣に恍惚と酔ふ外はなかつた」のである。

こうして鷗外がもちいた美文は、文語であることによって、卑近な現実に距離をとり、現実より美的な何かをたたえている。「古さ」が新しいスタイルの創出になっているのである。鷗外のこの美文がどれほど影響をあたえたか、「明星」をみれば歴然としている。まず翻訳に文語体が多い。詩も翻訳もそうだが、さらに散文の「美文」があり、どれも文語で書かれている。ランムにあげてみれば、河井酔若の美文があり、蒲原有明のそれ、上田敏、中島孤嶋、高須梅渓、与謝野晶子のそれなど、毎号のように美文が載っている。

少し脇道にそれるが、こうして「明星」の目次をみてゆくとき考えさせられるのは文章のジャンルである。まず、「短歌」だが、創刊号から六号までのおよそ半年間はまだ「和歌」と称されている――それでいて鉄幹が自らの和歌欄を「小生の詩」と題しているのが面白いが。その後の七号（明治三十三年十月）からはすべてが短歌となって定着する。

その七号の目次にならんだジャンルをみると、新体詩、評論、俳句、美文、短歌がならぶ。その後「新体詩」は使われなくなってたんに「詩」となるのだが、さらに数年後には、短歌が「短詩」と呼ばれている。たとえば明治三十八年一月号をみると、晶子秀歌の一つ、「金色《こんじき》のちひさき鳥のかたちして銀杏ちるなり夕日の岡に」にはじまる三〇首は「短詩」にくくられているのだ。その号にならんでいるジャンルは、訳詩（上田敏ほか）、長詩（蒲原有明ほか）、小説、短詩、戯曲訳、美文（馬場孤蝶）、喜劇、紀行、雑文、訳文。実に多岐なジャンルにわたっているが、短歌を短詩とし、いわゆる詩を長詩とするこの異形のジャンルは、詩歌の革命をかかげた創刊の志がかたちを変えて深まっている証しだともいえるだろう。新しい詩歌は、新しい言語、新しい文体、新しいジャンルの探究なしにありえない。目次に表れているジャンルの模索は、その探究の身ぶりそのものではないだろうか。

話を文語にもどす。短詩も長詩も美文も文語をもちいているが、それついて深く考えさせるのが、折口信夫の詩語論である。折口は、島崎藤村の『若菜集』について次のように語っている。「藤村の発見した詩は、若干の新しい思想と、或は生活と、これに適当した古語表現とが行き合った所に出たのである。まことに藤村以前の詩は、抽象的に考えれば、古典的であった筈だが、実際は平俗な近代の演歌調の詞曲に成り上ろうとしていたに過ぎなかった。（…）明治の詩であるためには、日本の古語のもっている民族的な風格が必要だったのである」。

続いて折口は次のように結んでいる。「藤村の事業は、古語が含んでいる憂いと、近代人のもつ感覚とを以て、まず文体を形づくったのである。そうした処に、思想ある形式が完成した。詩の品格は、そこに現れた」（「詩語としての日本語」）。

日本語そのものの品格——これは、外国語の流入に直面した明治から二十一世紀の現在までいまだに解決をみていない問題である。はじめて翻訳という事業にとりくんだ明治という時代は、西洋由来の「近代語」と「日本語の品格」という難問につきあたらざるをえなかったのだ。折口は続けて語っている。

「われわれは此品格を藤村にはじめて現れたものと見ている。（…）北村透谷に於いてすら殆ど無思想を感じるのは、思想的内容を積む事のできない近代語を並列して居ったからである」。折口の手厳しい言葉は、釈迢空の号でみずからも短歌を詠んだ歌人ならではの実感であっただろう。

はたして『若菜集』に心酔したのは、論壇人よりも歌人や詩人たちであった。

こゝろなきうたのしらべは
ひとふさのぶだうのごとし
なさけあるてにもつまれて
あたゝかきさけとなるらむ

（『若菜集』序）


たおやかな雅文に淡い恋情をたたえた藤村の新声は「若き明治」の心を熱く燃やした。白秋は自分を培ったこの詩集を、『思ひ出』の序文で次のように語っている。白秋が十六歳のとき、生まれ育った造り酒屋が大火にあって酒蔵が炎と消えた。「私は恰度そのとき、魚市場に上荷《あ》げてあつた蓋《ふた》もない黒砂糖の桶に腰をかけて、運び出された家財のなかにたゞひとつ泥にまみれ表紙もちぎれて風の吹くままにヒラヒラと顫へてゐた紫色の若菜集をしみじみと目に涙を溜めて何時《いつ》までも何時《いつ》までも凝視《みつ》めてゐたことをよく覚えてゐる」。

　若き詩才たちは『若菜集』にあるべき詩歌のかたちをみてとったが、何より新詩社がそれをうけついだ。「小諸《こもろ》なる古城《ふるき》のほとり、雲白く遊子《いうし》悲しむ」で始まる藤村の名高い詩「千曲川旅情の歌」の初出が「明星」創刊号であるのは象徴的である。「明星」に掲載される作品は、短歌、短詩、長詩、美文、どれもが文語のもつ憂いと雅びをおびて、卑近な現実に距離をもとうとしている。美文とはいわば「夢見る形式」だといってもいいだろう。

　こうして藤村らの事業を継いだ詩誌「明星」は、やがてその白眉を飾る作品を掲げることになる。上田敏の訳詩『海潮音』である。

『海潮音』の響き

「明星」明治三十八年六月号。二〇ページにわたるフランス象徴詩の訳詩が、衝撃的なかたちで冒頭を飾った。四号活字という異例の大きさで組まれた詩は、白い余白の贅を一際きわだたせて、読者の目を奪った。

　はじめにマラルメの象徴論の紹介をおき、「象徴詩」と題して訳出された六編のうち、もっとも名高く人口に膾炙した一篇、ヴェルレーヌの「落葉《らくえふ》」をひく。

落《らく》葉《えふ》

秋の日の
ヸオロンの

活字は原寸大。

秋の日の
ヸオロンの
ためいきの
身にしみて
ひたぶるに、

ためいきの
身にしみて
ひたぶるに、
うら悲し。
鐘のおとに、
胸ふたぎ、
色かへて、
涙ぐむ、
過ぎし日の
おもひでに。

上田敏訳「落葉」初出（「明星」明治38年6月号）

うら悲し。

鐘のおとに、
胸ふたぎ、
色かへて、
涙ぐむ、
過ぎし日の
おもひでに。

げにわれは
うらぶれて
こゝかしこ、
さだめなく
とび散《ち》らふ
落葉《おちば》かな。

ヴェルレーヌの原詩、Chanson d'automne（「秋の歌」）の寂寥と沈鬱、そして何よりその音韻を心憎いまでにうつしとって、しかも日本語の詩として間然するところない訳詩は上田敏の天稟の業というほかはない。

上田敏訳「落葉」初出誌
（「明星」明治38年6月号）

十九世紀後半から世紀末にいたるフランス象徴詩の深い理解にたったうえで文語の品格をたたえた上田敏の訳詩は、どれほどの憧憬をよびさましたことだろう。若き白秋は文学仲間と共にした熱狂の思い出を、「上田氏の『海潮音』に感激して二人の心は火のやうに燃え上がった」と記している。鷗外もまた短編『羽島千尋』において、青年主人公に、『海潮音』を読んで「酒に酔ったような心持になった」と語らせた。

ちなみに鷗外は「しがらみ草紙」創刊の折に上田敏と知りあってから、この若き学匠と家族ぐるみで交わる仲になった。明治にあって並はずれた外国語力を有し、西欧の芸術に深く通じた二人が、いわば精神の同胞として通じあったであろうことは想像にかたくない。

いみじくも白秋は『海潮音』との出会いをこう語っている。「博士上田敏先生は私の魂の母であった。この意味で千駄木の森鷗外先生は私の魂の父であると云ひ得る。二先生は全く私の恩師である」。

こうして白秋が『海潮音』からうけた影響がどれほどのものであったか、それをよく明かしている訳詩、アンリ・ド・レニエの「銘文《しるしぶみ》」をひいてみたい。長い詩なので、末尾の二節だけをひく。

上田敏と『海潮音』

高樫《たかがし》の路《みち》われはゆかじな、
泰皮《とねりこ》や、赤楊《はんのき》の路《みち》、
日のかたや、都《みやこ》のかたや、水《みづ》のかた、
なべてゆかじな。
噫《あゝ》、小路《こみち》、
血やにじむわが足《あし》のおと、
死《し》したりと思《おも》ひしそれも、
あはれなり、もどり来《き》たるか、
地響《ぢひゞき》のわれにさきだつ。
噫《あゝ》、小路《こみち》、
安逸《あんいつ》の、醜辱《しうじよく》の、驕慢《けうまん》の森《もり》の小路《こみち》よ。
あだなりしわが世《よ》の友《とも》か、吹《ふ》く風《かぜ》は、
高樫《たかがし》の木下蔭《このしたかげ》に
声《こゑ》はさやさや、
涙《なみだ》さめざめ。

あな、あはれ、きのふゆゑ、夕暮悲《ゆふぐれかな》し、
あな、あはれ、あすゆゑに、夕暮苦《ゆふぐれくる》し、

北原白秋『邪宗門』

あな、あはれ、身のゆゑに、夕暮《ゆふぐれ》重《おも》し。

憂愁に沈むレニエの詩風をよく伝えるこの訳詩で、ひときわ印象的なのは最終行のルフランである。原詩は、O mon âme,「ああ」という嘆息の感嘆詞である。それを「あな、あはれ」という文語に移しかえたのは上田敏の独創だが、白秋が『邪宗門』でこの訳をそのまま踏襲しているのが興味深い。冒頭部をひく。

あな哀《あは》れ、今日《けふ》もまた銅《あかがね》の雲をぞ生める。
あな哀《あは》れ、明日《あす》も亦鈍《にぶ》き血の毒《どく》をや吐かむ。
見るからにただ熱《あつ》し、心は重し。
察《はか》るだにいや苦し、愁《うれひ》はおもし。
（「地平」）

この絶大な影響のほどは、白秋自身が述懐しているとおりである。「私の処女詩集『邪宗門』を見てもわかる。私はどれほど深く博士の『みをつくし』や『文芸論集』や『海潮音』に喰い込んで行つてゐるか、どれほど深い薫染を受けてゐるかわかる。私がサツフオの断章を知り、ショパンを知り、近代白耳義の若い詩人たちを知り、仏蘭西の高踏派《パルナツシヤン》、象徴詩派《シンボリズム》の諸種の詩風を知り、世紀末の頽唐した諸官能と神経との交響楽を知り得たのは全く博士のお陰であつた」。

上田敏もまた、一世代ほど年下のこの詩人の出現を心からよろこんだ。白秋が第二詩集『思ひ出』を上梓したとき、上田敏が口を極めて激賞し、ついには出版記念会が開かれるにいたったこと、そしてこれが世にいう出版記念会の初めとなったことはよく知られている。晴れがましい席で仰ぎ見る師から賛辞をうけた白秋は感激のあまりただ泣きぬれて返す言葉を知らなかった。まことの才能と才能の出会いの美しさを語るエピソードである。

こうした傾倒ぶりはむろん白秋だけでなく、新しい詞と文体を模索していた若き詩人たちすべてのものであった。それが如実な蒲原有明の詩をひいてみたい。「楽音」の冒頭部から。

見えぬおもひはえ知れざる
夢の深みに。わが君よ、
君がギオロンにわれは聴く。
下樋《したび》に通《かよ》ふ惰《もの》う《う》さを、満たぬ願《ねがひ》を。

ああ、ギオロンはすすり泣く……

象徴派の詩人ばかりでなく、永井荷風もまた上田敏に多大な影響をうけた文人のひとりであった。明治四十一年、ちょうど「明星」が終刊をむかえる年、念願のパリに渡った荷風ははからずもそこで遊学中の上田敏との出会いを果たした。そのときの感激を荷風は『書かでもの記』に綴っている。

わが身《み》の始《はじ》めてボオドレエルが詩《し》集《しふ》悪《あく》の花《はな》のいかなるものかを知《し》りしは上田先生《うへだせんせい》の太陽臨時《たいやうりんじ》増刊《ぞうかん》「十九世紀《せいき》」といふものに物《もの》せられし近世仏蘭西文学史《きんせいふらんすぶんがくし》によりてなりき。かくてわれはいかにかして仏蘭西語《ふらんすご》を学《まな》び仏蘭西《ふらんす》の地《ち》を踏《ふ》まんとの心《こころ》を起《おこ》せしが、幸《さいわひ》にして今《いま》やその望《のぞ》み半既《なかばすで》に達《たつ》せられんとするの時《とき》、恰《あたか》も好《よ》し斯道《しどう》の大家《たいか》の巴里《ぱりー》に来《きた》るを耳《みゝ》にす、後学《こうがく》の書生《しよせい》いかんぞ欣喜雀躍《きんきじやくやく》せざらんや。

こうして「明治の児」らが憧れた上田敏の訳詩は、原詩に深く内在したうえで、それにとらわれず、日本語の詩として完全な表現をめざす半ば創作である。ことにそれがあざやかな訳詩、ボードレールの「夕べの諧調」を最後にあげておきたい。上田敏のタイトルは「薄暮《くれがた》の曲《きよく》」。タイトルも自由訳なのである。はじめの一節をひく。

時《とき》こそ今《いま》は水枝《みづえ》さす、こぬれに花《はな》の顫《ふる》ふころ。
花《はな》は薫《くん》じて追風《おひかぜ》に、不断《ふだん》の香《こう》の爐《ろ》に似たり。
匂《にほひ》も音《おと》も夕空《ゆうぞら》に、とうとうたらり、とうたらり、
ワルツの舞《まひ》の哀《あは》れさよ、疲《つか》れ倦《う》みたる眩暈《くるめき》よ。

驚くべきは、三行目の後半である。「とうとうたらり、とうたらり」——これは能で翁が滝水

の久遠《くおん》の流れをことほぎ祈る呪文にも似た謡のせりふである。原詩にはもちろんこのような語句は存在しない。『海潮音』の訳者は、ボードレールの詩に流れるメランコリーの水を感知して、日本古来の神話に流れる水音をここに配したのである。日本の伝統にも造詣が深く、江戸趣味の持ち主でもあった上田敏ならではの驚くべき訳業というほかはない。

『海潮音』の響きについて、日夏耿之介はいかにも彼らしい過剰なまでの修辞で賛辞を捧げている。「この海潮のひゞきは、徳川の趣味も王朝の風雅もラファエル前派の尚美感も『希臘的なる風光』もすべて収めた、あらゆる大雅の薔薇の径《こみち》に花咲き乱れた輓近詩体の、色さまぐ〵な花の殿堂の内陣にその一声をとゞろかせてゐる世界性の甘美の旋律である」。日夏の言葉どおり、『海潮音』は「次の時代への最もよき贈物であった」。

『みだれ髪』の西洋

海のかなたに空想の翼をひろげる西洋かぶれ。それを、ほかでもない与謝野晶子の短歌にもみることができる。まず、語彙が西洋のものである。たとえば「神」という詞。『みだれ髪』からランダムに幾つかひいてみよう。

血ぞもゆるかさむひと夜の夢のやど春を行く人神おとしめな
今はゆかむさらばと云ひし夜の神の御裾《みすそ》さはりてわが髪ぬれぬ
夜の神の朝のり帰る羊とらへちさき枕のしたにかくさむ

みだれごごちまどひごごちぞ頻なる百合ふむ神に乳《ちち》おほひあえず
神の定め命のひびき終《つひ》の我世琴《こと》に斧《おの》うつ音ききたまへ

夜の神、百合ふむ神、神の定め。日夏の指摘するとおり、おびただしい「神の連禱」である。しかもこの神は「罪」と対をなしているのだ。

歌にきけな誰れ野の花に紅き否《いな》むおもむきあるかな春罪《はるつみ》もつ子
椿それも梅もさなりき白かりきわが罪問はぬ色桃《いろもゝ》に見る
人の子にかせしは罪かわがかひな白きは神になどゆづるべき
むねの清水あふれてつひに濁りけり君も罪の子我も罪の子

「神」、「罪」、はた「人の子」……キリスト教の神というにはあまりに恣意的な神であるけれど、まぎれもなく西洋の詞で詠まれた恋歌はさぞかし読者を驚かせたにちがいない。神や罪のほかにも『みだれ髪』には西洋の詞が少なくない。たとえばダビデがそうである。「花にそむきダビデの歌を誦せむにはあまりに若き我身とぞ思ふ」。

あるいは「ゆあみ」や「泉」もまた西洋の言葉である。「ゆあみして泉を出でしやははだにふるるはつらき人の世のきぬ」。この歌をさして、斎藤茂吉は語っている。「「ゆあみして泉をいでし」などは支那の小説よりも、これは西洋なので、さういふ甘美の空想境が当時流行したのであつた」(『明治大正短歌史概観』)。

いうまでもなく晶子の恋歌は鉄幹との相聞歌であるから、この西洋調を先導したのは鉄幹である。「明星」創刊二号（明治三十三年五月）の歌。「地におちて大学に入らず聖書よまず世ゆえ恋ゆえうらぶれし男」。こたえかわすように、神、罪、ダビデなどなど、西洋の詞が誌面にあふれてゆく。「明星」ははなはだバタ臭い詩誌であり、その異邦の香りこそまさに魅惑のもとだったのだ。

もちろん『みだれ髪』がセンセーションを巻き起こしたのは、歌風の斬新さだけでなく、うたわれた性愛の大胆さゆえでもある。まさにそれこそ明治にあって新しいものであった。恋愛の自由さえない時代に近代的自我を誇らかにかざし、女の解放を先取りした晶子の先駆性は幾多の晶子伝が語るところなので改めてくりかえすまでもないであろう。

むしろここで言葉を重ねたいのは、晶子の歌にみる西洋についてである。鉄幹との相聞はひとり晶子だけでなく、鉄幹を慕って同人となった才ある娘たちのあいだに熱病のように広まった。星だ菫だと夢のような言葉を囁いてさんざめいた「明星」は世の好奇の眼をひいて顰蹙をかうほどであった。これもまたいわゆる明治浪曼主義の名高い一ページとしてよく知られている事実である。

けれども、「星菫調」と呼びならわされてきたこの歌風と「西洋的なるもの」の親和性を指摘する者はまことに少ない。そこに切りこんでいるのはまたしても折口信夫である。

明治三十二年以後著しい短歌改革運動を行った新詩社の人々の、短歌に収容した詩語は、矢張りぎりしゃ・ろうま或いはきりすと教の神話信仰に関した美しい詞《ことば》であった。それを久しく用いて、多くの神話にあらわれる星や、愛を表現する花々を繰り返した結果、新詩社一派を星菫派と世間では言うようになった位である。ある方面からみれば、新詩社の新派短歌は新体詩運動が短歌に形を変えて現れたものとみるべきである。（「詩語としての日本語」）

言われるとおり、星や神といった西洋の詞をちりばめた「明星」の短歌は新しい詩の探究とともに生まれたのであって、それが、「短詩」「長詩」といったジャンルの変化にも表れていたのは先に見てきたとおり。であればこそ、この詩誌は、どのページを開いても海の彼方を夢見させたのだ。西洋かぶれは上田敏の翻訳や有明、白秋たちの詩だけのものではないのである。

その間のことを、田山花袋は『東京の三十年』でこう回顧している。『明星』は晶子《あきこ》の天才のために光を放ったが、実は敏氏に負うところが最も多かったのである。『海潮音』の翻訳——あれなどは殊にそうだ。あれは当時の読者には、過寛の衣であったに相違なかった」。晶子の歌よりむしろ上田敏の訳業を高く置く花袋の言葉は、こう言いかえてもいいだろう。晶子の歌は広く大衆にうけたが、プロをめざす文学青年にとっては上田敏の訳業の方が学ぶところが大きかったのだ、と。『海潮音』は大衆に理解されるにはあまりに高踏的で、一般読者にとってはまさに「過寛の衣」であったのである。

対照的に、晶子の歌はあまねく大衆の心にまで届いた。「明星」巻末の同人の投書欄をみると、読者の反響がわかって面白い。『みだれ髪』思ひ切つて華やかに目覚むる心地いたし候。余りに西洋そのまゝの嫌はあれど、女性の詩集としては最もふさはしく得心の至に有之候」。「西洋そのまま」の歌風にとまどいつつも驚嘆をかくせない読後感がありありと伝わってくる。新しい意匠で性愛をうたいあげた晶子の歌はアマチュアにまで届いて一世を風靡した。

こうした『みだれ髪』の大衆性は、晶子という歌人の「しろうと性」にも由来している。晶子をはじめ「明星」に集った乙女たちをさして、佐藤春夫は「日清戦争の生んだ戦後派（アプレゲール）」と呼んだ（『晶子曼陀羅』）。モダンガールたちが街を闊歩する大正に先んじることおよそ一〇年、ストリートならぬ誌面のうえで臆面もなく甘い恋歌を交わした乙女たちは、高学歴ながらも歌人というよりしろうと娘に近く、晶子はそのトップスターだったのだ。だからこそその歌は文学から は遠い大衆にまで届いたのである。

そして、それは『みだれ髪』だけのことではなかった。ハイブロウな象徴詩をよそに、明治の読者大衆は親しみやすい「西洋もの」を嬉々として読みふけっていた。フランスの翻訳ものは明治十年代から早くも大衆の人気をさらっている。黒岩涙香の訳になるジュール・ヴェルヌの『月世界旅行』をはじめとして、森田思軒訳の『十五少年』も幅広い読者の人気をさらった。『みだれ髪』のでた明治三十四年は「万朝報」連載の黒岩涙香訳『巌窟王』がヒットした年でもあり、翌年には同じく黒岩涙香訳のユゴー『噫無情』の連載が大人気を博している。

大衆の読み物からハイブロウな美文にいたるまで、明治とはまさしく翻訳が流行し、海の彼方の西洋が熱い憧憬を誘った時代であった。

『みだれ髪』から七年後、パリから帰国した永井荷風は、とある音楽会によせて次のような感慨を記している。「自分は帰国して以来、西洋音楽の演奏会に赴《おもむ》く度《たび》々、いつも其処《そこ》に少《すく》からぬ聴衆《てうしう》の集《あつま》つて居《い》るのを見て感じるのは、『西洋』と云ふ一語がいかに強《つよ》く、或る一部《ぶ》の若《わか》い日本人の心を魅《み》してゐるかと云ふ事《こと》である。（…）彼等は単純に、西洋音楽は日本音楽よりも高尚である、深遠であると云ふ盲目的判断、寧ろ迷信に支配されて馳《は》せ集るのだ。ああ『西洋。』何たる不思議の声であらう」（「帰朝者の日記」）。
西洋という不思議の声――政治から芸術、大衆娯楽、さらにモードにいたるまで、明治はこの不思議に魅せられて明け暮れた時代である。この「奇妙な現象」を追体験しつつ、そのゆくえを問いかえすこと。わたしたちの探求は、時に隘路に踏み入りつつ、日本語の近代をたずねる旅になることだろう。

第2章

「明星」というメディア

「明星」第10号

アート繚乱

明治最大の詩誌「明星」は、同時に美術誌でもあった。

表紙をはじめ、挿画やカットなど、斬新なレイアウトを凝らした「明星」の華やかさは、明治の雑誌のなかで群をぬいている。見るからにしゃれたその装丁は、思わず手にとりたい気持ちにさせた。号を重ねるとともにカラー図版を多用して、新進の洋画家たちの作品を掲載し、いっそう贅を凝らしてゆく。「明星」は文芸と美術の幸福な結婚を実現させた雑誌であったのだ。

タブロイド版から判型を改めた六号（明治三十三年九月）の表紙を飾るのは、髪ながき少女《おとめ》の裸身。手にかざすのは一輪の百合。背景の夜空には星がまたたいている。十号（明治三十四年一月）まで続いた一条成美によるこの表紙画は、「明星」というメディアにくゆりたつフランスの香りを予告していた。

巻末の新詩社清規から一項をあげてみよう。

「われらは堕落せる国民の嗜好を高上ならしめんがために、文学美術等の上より新趣味の普及せんことを願ひて、雑誌「明星」を公にす」――文学と美術が一つになっているが、ここで興味深いのは美術という語彙そのものである。

美術という言葉もまた明治に生まれた翻訳語であった。少し後の号の清規では、「新詩社は、文学美術の両面より、国民一般の芸術眼を一新し……」と、やや文章が変わり、美術のほかに「芸術」という語ももちいられている。はじめはドイツ語 Kunst からきた訳語だったが、フランスに

「明星」表紙画（右から　第10号／一条成美、11号／藤島武二、終刊号／和田英作）

渡った画家たちの帰朝とともに、artというフランス語が広まってゆく。日夏耿之介『明治浪曼文学史』をみると、「芸術《アート》といふ言葉が美しい文学を意味するやうに一般化されたのは実にこの三十年代であつた」とあって、この間の推移を語っている。文学美術であれ、芸術であれ、名実ともに明治に生誕して西洋の香りを放つartを世に広めてゆくこと。それが、プロデューサー鉄幹の企図だったのである。

時代が味方していた。「明星」創刊は一九〇〇年。いみじくもこの年はパリ万博の年である。この万博は、パリが繁栄の頂点に達して「ヨーロッパの首都」として君臨した一大祝祭であった。街路も橋も美しく整備されたパリは、「花の都」と呼ばれるにふさわしい景観を誇っていた。

万博のシンボルは「電気の妖精」。電気こそ二十世紀の最先端をゆくハイテクだったのである。夜を昼に変える夢のイルミネーションは来場者を酔心地にさせた。ロンドンからパリ万博に立ち寄った夏目漱石がその夢幻的な光景をまのあたりにして、後の『虞美人草』の上野博覧会描写に活かしている。「文明を刺激の袋の底に篩《ふる》い寄せると博覧会になる。博覧会を鈍き夜《よ》の砂に漉《こ》せば燦《さん》たるイルミネー

中沢弘光の絵
（「明星」明治38年4月号）

藤島武二の絵
（「明星」明治35年8月号）

ションになる」。漱石の眼にはパリ万博のまばゆい光の祭典が焼きついていたにちがいない。

電気とともに会場の呼び物になったもの、それはアール・ヌーヴォーであった。幾多のパビリオンがアール・ヌーヴォー様式で建てられ、ミュシャもその一つを担当している。場内ではエミール・ガレのガラス工芸が歎称を誘い、繊細な曲線を描くルネ・ラリックの宝飾品が妖しいきらめきを放っていた。会場を外にすると、ギマールによる鉄のアートが地下鉄駅を飾っている。アール・ヌーヴォーは絶頂期をむかえていた。

このパリ万博には黒田清輝をはじめ、久米桂一郎、和田英作など白馬会系の画家たちが大挙して訪れている。ちょうど鉄幹はこの年、藤島武二や中沢弘光などの知遇を得ていた。フランス帰りの黒田清輝らが率いる白馬会は画壇の「新派」であり、鉄幹は文壇の「新派」、時代の先端を行く二つの新派はコラボレーションにうってつけであった。明治二十九年の白馬会結成を報じた「毎日新聞」の記事をみると、

藤島武二による白馬会ポスター
（「明星」明治34年2月号）

一条成美による西洋裸体画の模写
（明治33年11月号の白馬会合評欄に掲載）

白馬会のかかげる理念は、後にみる新詩社結成の理念と相通じるところがある。記事にいわく、「主義は自由平等なり、新旧もなければ南北もなし、大に学びて大に働かん人は則ち一味徒党の士たるべし……」。

　二つの新派は響きあう。パリ万博に渡った画家たちをとおしてアール・ヌーヴォーの流行はほぼリアルタイムで「明星」に伝えられた。事実、一条成美描く少女の肩から流れ落ちる髪の意匠は典型的なアール・ヌーヴォー様式である。ミュシャの絵でも、妖しく乱れて渦まく女の髪はよく使われたモチーフであった。意匠権などまだない時代のこと、あきらかにミュシャの絵を模倣したとおぼしいカットが、堂々とパリの流行を誇示するかのようにあしらわれている。

明治三十四年二月号からは一条成美にかわって藤島武二が「明星」の表紙を手がけた。もともと装飾画をめざしていた藤島は、雑誌の仕事を決しておろそかにしなかった。その間、「天平の面影」や「蝶」などの名作をうみだし、二作とも「明星」の誌面を飾っている。藤島の渡仏にともない、最後の二年は和田英作描くメデューサが表紙を飾った。

美術と文学の結婚は、表紙や装丁だけではなかった。藤島武二や石井柏亭、中沢弘光などの作品がカラーで掲載されてゆく。ここでも時代が味方していた。カラー印刷が登場したのが明治三十五年、「明星」創刊の翌々年である。鉄幹は惜しげなく最先端の技術を駆使して美術《アート》の紹介に力を注いだ。

ことに白馬会のあつかいは大きく、展示会のたびに合評や展示会写真などの関連記事を掲載した。明治三十三年十一月号の白馬会評もその一つだが、与謝野鉄幹と上田敏の二人による合評対談というのが面白い。黒田清輝、藤島武二、三宅克己、岡田三郎助といったメンバーの発表作を自由に批評しているのだが、上田敏の美術にたいする造詣の深さがうかがわれる。話題がひとしきり裸体画の意義に及んでいるのは、フランス帰りの黒田清輝の裸体画がかつて大論争を巻き起こした事件が念頭にあってのことだろう。

ところが、まさにこの対談に付された一条成美の筆になる西洋の裸体画の模写が検閲にかかって、この号は発禁処分を受けてしまう。「明星」が洋画とともに時代の先端を行っていたメディアであることを改めて思わせる事件である。

展覧会評だけでなく、藤島武二による展覧会ポスターなども大きくあつかわれた。ちなみに藤島はその同じ号にフランス語書きの「偶感雑記」を寄せている。冒頭部を訳してみよう。「今の

『みだれ髪』の装丁と挿画（いずれも藤島武二画）

時代にヨーロッパ芸術に傾倒している日本人芸術家は卓越した思想の持主ばかりである。疑う者があるなら、五十年後、現在かわされているような凡庸な議論よりもはるかに明白な証拠となる作品をいやほど見せつけられることだろう」。こうしたフランスかぶれの画家たちとの交流をとおして新詩社が文学美術の西欧志向を深めていった様子がありありと伝わってくる。

美術と文学の交響は「明星」ばかりではなかった。『みだれ髪』の装丁や挿画も藤島武二の手になるものである。若き少女《おとめ》の波うつ髪をハートにおさめたアール・ヌーヴォー風の表紙画は、晶子の歌を予感させてみごとである。

その娘二十櫛にながるる黒髪のおごりの春
の美しきかな

髪《かみ》五尺ときなば水にやはらかき少女《をとめ》ごころ
は秘めて放たじ

藤島は鉄幹と晶子の共著『毒草』の挿画も手がけているが、いずれも当時にして異彩を放った美麗本であった。

このような贅はプロデューサー鉄幹のハイブロウな趣味にかかるものだった。どれほどコストがかかったか想像がゆくが、だからこそ「明星」は明治三十年代にきららかな光芒をはなって読者を魅了しさったのである。木下杢太郎は当時を回顧して語っている。「其頃『文庫』とか『新声』とかいふ文学雑誌が有つたが、半ば田舎の文学青年の意を迎へる事、恰も今の『新潮』などの如くで、其間に異芒を放つものは『明星』であつた。それ故当時の文学青年の一部が之に誘慕の心を抱くは自然の事であつた」。

杢太郎の言う「田舎の文学青年」もまた「文庫」などではあきたらず、東京新詩社の「明星」に憧れていた。田山花袋のモデル小説『田舎教師』は地方の青年の憧れを生き生きと描きだしている。

石川の持って来た雑誌の中に「明星」の四月号があった。清三はそれを手に取って、初めは藤島武二《ふじしまたけじ》や中沢弘光《ひろみつ》の木版画の鮮《あざや》かなのを見ていたが、やがて晶子《あきこ》の歌に熱心に見入った。新しい「明星派」の傾向が清三の渇いた胸にはさながら泉のように感じられた。（…）清三は借りて来た「明星」を殆《ほとん》ど我を忘れるほど熱心に読耽《よみふけ》った。（…）彼は歌を読むのをやめて、体裁から、組み方から、表紙の絵から総《すべ》て新しい匂いに満《み》されたその雑誌に憧《あこが》れ渡った。

装丁からレイアウトまで「総《すべ》て新しい匂いに満されたた」雑誌「明星」は他誌の追随をゆるさな

かった。写真というメディアが雑誌と蜜月に入る以前のこの時代、「スバル」から「白樺」、「青鞜」へといたる雑誌、あるいはまた石井柏亭たちの「方寸」などのアートフルな雑誌にいたるまで、後続の雑誌はすべて「明星」に倣ったといっても過言ではない。初めに「明星」があったのだ。プロデューサー鉄幹の美意識は時代を領導したのである。

「鉄幹是なれば子規非なり」

「明星」の革新性は、新詩社という組織そのものの革新性に由来している。旧来の「門」に背をむけて、自由な結社をめざした新詩社の精神は清規によくあらわれている。前述した六号の清規から幾つか紹介しよう。

一　われらは互に自我の詩を発揮せんとす。われらの詩は古人の詩を摸倣するにあらず、われらの詩なり、否、われら一人一人の発明したる詩なり。

一　われらは詩の内容たる趣味に於て、詩の外形たる調諧に於て、ともに自我独創の詩を楽むなり。

一　かかる我儘者の集りて、我儘を通さんとする結合を新詩社と名づけぬ。

一　新詩社には社友の交情ありて師弟の関係なし。

「去る者は追はず、来る者は拒まず」というダンディな言葉で結ばれている清規は、結社の規定がそのままマニフェストとなっている。師弟という縦関係を排した結社の出現は、短歌史上の革命であった。鉄幹は門という旧制度をとりはらって詩歌をしろうとにまで広めようとしたのである。佐佐木幸綱『作歌の現場』の言葉を借りれば、新詩社は「短歌の大衆化」を図ったのだ。こうした組織革命あってこそ、与謝野晶子というしろうと娘を歌の道にひきよせることもできたのである。

清規は新詩社の組織にかかわるものだけではなかった。「自我の詩」というマニフェストは、旧来の詠題和歌を否定して、自己表現をめざしている。このマニフェストの最も忠実な実行者もまた晶子であった。「芸術は自己の群像である。一にも自己、二にも自己、三にも自己。絶対に自己」とは、晶子のエッセイ「生命の芸術」の言葉である。新詩社は、短歌を近代的な自己表現の形式にしたのだ。啄木の短歌も白秋のそれもこの革命なしにはなかったであろう。

とはいえ、若い才能がこぞって新詩社に集ったのは、創立者たる鉄幹の詩才が世にきらめきたっていたからこそである。

新詩社創立の前年、すでに鉄幹は二冊の詩歌集を世に問うている。第一詩歌集『東西南北』は小気味良い自序の言葉で文壇を驚かせた。「小生の詩は、短歌にせよ、新体詩にせよ、誰を崇拝するにもあらず、誰の糠粕を嘗むるものにもあらず、言はば、小生の詩は、即ち小生の詩に御座候ふ」。「自我の詩」というマニフェストはすでにここにある。翌年には第二詩歌集『天地玄黄』を上梓したが、斎藤茂吉『明治大正短歌史概観』によれば、「二つとも歌壇の画期的出版として歓迎され、毀誉褒貶のこゑが高く、忽にして版を重ねた」と言う。明治から現在にいたるまで、詩歌集は版を重ねるだけで大成功と言わねばならない。二十六歳の青年詩人鉄幹には大きな勢いがあったのだ。

その勢いにのって、「明星」は華々しい成功をみた。定価を六銭におさえたのも効を奏したであろう。六銭というのは当時ポピュラーだった煙草「ヒーロー」二箱の値段である。詩歌の大衆化を図ろうとした鉄幹の志がよく表れている。装丁を一新した号からはさすがに定価をあげたが、「明星」の勢いはとまることがなかった。窪田空穂らの『明治短歌史』は次のように語っている。

> 『明星』は七、八号になると、体裁も内容も一変して、当時としては類を絶した華やかな目新しい雑誌となった。（…）定価も二十銭、三十銭から五十銭にまでなった。当時は米価が貨幣価値の標準となっていたが、白米一升が十五銭以下ではなかったかと思う。五十銭は白米四升に当たろう。
>
> それにもかかわらず発行部数は急激に増加して、六、七千部の間だと聞かされた。この部数は短歌中心のこの種の雑誌としては、この当時にあっては驚くべきことであった。『明星』の魅力は測りがたいものに見えた。

こうして華やかに明けた「明星」創刊の年に、一つの事件がもちあがる。正岡子規から思いもかけない来書があったのだ。六歳年上の子規は鉄幹と交友があり、『東西南北』には序も寄せ、「明星」にも寄稿していた仲である。突然その子規から挑戦状が届いたのだ。強調点付きの冒頭部分をひく。「……明星の味方として拙稿を投ずる事を止め御互に文壇の敵同士として喧嘩する方面白からずやと存じ候（…）兎に角両派に別れて歌戦するも快事と存じ候」。

鉄幹は来書を「明星」誌面に公開し、子規の謝意を求めた。にもかかわらず伊藤左千夫や阪井久良岐ら子規の門弟が他紙で暴言を連ねたが、「誤報」であるとの子規からの来書を信頼して和解し、病床の子規を訪ねて落着した。ところが問題を再燃させたのは、翌明治三十四年一月、「日本」紙に連載中の「墨汁一滴」の子規の文である。冒頭をひく。

去年の夏頃ある雑誌に短歌の事を論じて鉄幹子規《てっかんしき》と並記し両者同一趣味なるかの如くいへり。吾以為《おも》へらく両者の短歌全く標準を異にす、鉄幹是《ぜ》ならば子規非《ひ》なり、子規是ならば鉄幹非なり、鉄幹と子規とは並称すべき者にあらずと。乃《すなわ》ち書を鉄幹に贈って互に歌壇の敵となり我は『明星《みようじよう》』所載《しよさい》の短歌を評せん事を約す。

斎藤茂吉が後にこの事件をふりかえって、「『鉄幹是ならば子規非なり、子規是ならば鉄幹非なり。鉄幹と子規とは並称すべきものに非ず』といふ文句は、後日まで人の口に上つた」とふりかえっているとおり、子規の攻撃は文壇を騒がせた。

しかも攻撃はこればかりではなかった。予告どおり、三月二十八日から四月四日まで七回の長きにわたり、「明星」掲載の落合直文の短歌評を掲載したのである。いかにも子規らしく、批評というより手ひどい酷評で、字数も異例に多い。落合直文は鉄幹の生涯の恩師であった。この師が愛弟子の若き寛にどれほどの愛情をかけたかは、鉄幹の追悼歌一つとってもひしと伝わってくる。「かの寛《ひろし》に年越《としこ》す銭《ぜに》を与《あた》へよと師はいまはにものたまひしかな」。

恩師の歌を攻撃された鉄幹は黙殺した。それでなくても子規の敵意はあらわだった。先立つ二月の同連載でも、「雑誌『明星《みようじよう》』は体裁の美麗《びれい》なる事普通雑誌中第一のものなりしが遂に廃刊せし由《よし》気の毒の至なり」と、ありもしない廃刊を報じていたのである。

子規が鉄幹にこれほどの敵対心を抱いたのは、二人の距離の近さのせいであろう。子規の「写生」と鉄幹の主情的な「自己表現」と、詠風こそ正反対だが、二人の共通性は少なくない。一つには、美術への関心がある。そもそも「写生」という子規の方法が絵画からきており、明治洋画の先人浅井忠や中村不折との親交もよく知られているとおり。そればかりか、子規は『歌よみに与ふる書』の短歌論で、「外国の語も用ゐよ、外国に行はるる文学思想も取れよ」と、西洋かぶれを勧めさえしている。鉄幹より子規の方が早いのである。子規もまた時代の風を読むジャーナリスティックな才に富んでいたのだ。

にもかかわらず、文壇における名の輝きは鉄幹の方がはるかに勝っていた。その勢いのほどは、鉄幹の死去に際して萩原朔太郎がしるした追悼文一つとってもあきらかである。「鉄幹氏の文壇的存在は、当時に於いて正に「帝王」の地位にあつた」と朔太郎は記す。おそらく白秋から聞かされていたのであろう。「時代の詩的精神を指導するジャーナリズムの本原力は、実に新詩社の主宰鉄幹氏に存したのである。（…）この意味に於て鉄幹氏は、実に日本文壇における「詩的精神の父」であった」（「与謝野鉄幹のこと」）。こうした文面は朔太郎のほかにも多々ある。子規は面白くなかったにちがいない。

さらにこの年三月、鉄幹はもう一つの珍事に見舞われる。これもよく知られている事件だが、「文壇照魔鏡」なる怪文書がでまわって文壇の噂になった。「鉄幹は妻を売れり」、「鉄幹は処女を狂しめたり」などといった愚にもつかない人身攻撃の誹謗文書である。出版社も著者も架空のものであった。周囲のすすめもあって名誉棄損罪で訴訟にもちこんだが、裁判所はこの文書を「誹謗」ではなく「批評」であると判定して鉄幹の敗訴となった。この「照魔鏡」事件は日の出の勢いだった「明星」に影を落として部数が落ちてゆく。

それにしてもいったい誰が仕組んだ文書なのか。逸見久美は、「明星」から外されて怨恨を抱いていた一条成美がからんでいるのではないかと推測している（『新版評伝与謝野寛晶子　明治篇』）。文書が新詩社の内情に詳しい者にしか書けない内容でもあったからである。逸見はまた、正岡子規とも関連させて後を続けている。先に子規が「墨汁一滴」で「明星」廃刊という虚報を記した事を述べたが、誤報と知った子規は、急ぎ三月一日の同欄の末尾に訂正の辞を加え、

「廃刊にあらず、只今印刷中なり、と与謝野《よさの》氏より通知ありたり。余はこの雑誌の健在を喜ぶと共にたやすく人言《じんげん》を信じたる粗相《そそう》を謝す」と載せた。この中の「人言」とは誰の言葉か、その九日後に『照魔鏡』は刊行された。毎月のように起こる不可解な事件の背景に成美が密かに関わっていたのではないか。

確かに想像をたくましくすれば、成美などをとおして子規が新詩社の動静に通じていたと考えられなくもない。つまり、子規は「照魔鏡」の発行の件も事前に知っていたのだ、と……。ここで、玉城徹『近代短歌の様式』の以下のくだりが私には興味深い。玉城は、これは「実証的」ではない「小説的な想像」だと断った上で、自分の関心は「子規の感情」にあると述べている。「戦略家というものが、いつも語ることを欲しないなまの感情」にあると。そのうえで玉城は、「照

魔鏡」中の一文に、「鉄幹が多少世に知られたのは、抑も何人の庇陰に依るのであろう。(…)全く落合直文の力に依るのである」とあるのをふまえて、次のように語っている。「子規は、ひそかに直文を敬愛していたのではなかったろうか。そして、その「庇陰」を熱望していたのではなかろうか。ところが、その「庇陰」は愛弟子の鉄幹にすでに与えられてしまっている。鉄幹にはげしい羨望と嫉妬を感じた子規が、その感情を、自分も知らぬうちに、あの不可並称の命題に転化させていったと、考えることもできる」(強調引用者)。

子規の感情の深みをよく突いた言葉ではないだろうか。自身すぐれた歌人であり、近代短歌史をよく識る玉城徹らしい説得力がある。この玉城の言と、先にひいた逸見久美の言を重ねあわせると、「この事件に関して、子規の手が汚れていないとしても、彼が完全に潔白であったとすることはできない」とする玉城徹の言はうなずけるものがある。

真偽を質すすべはないが、いずれにしてもすべてについて言えることは、子規の挑戦状といい、「文壇照魔鏡」事件といい、そのような攻撃をうけるほどに「明星」派の勢力が絶大であったという事実そのものであろう。斎藤茂吉は「文壇照魔鏡」事件にふれて、ユーモアをまじえながらそのように回顧している。「……留意して鉄幹を誹謗しようとしていて、虎剣派の元祖などといつてゐるところがおもしろく」、「その歌風が一つの勢力を以て天下の青年にひろがりつつあったかが分かる」。

まさしく三十年代は「明星」の天下であったのだ。

始まりの遊戯形式

それにしても「照魔鏡」事件によって一時期「明星」の部数は落ちこんだ。それを盛り返したのは、事件の五カ月後に上梓された晶子の『みだれ髪』である。文壇歌壇を超えて世に広くセンセーションを巻きおこした晶子の歌に、子規の根岸派などは霞んでしまったかのようだった。大胆に女の愛と性をうたいあげた『みだれ髪』が一世を風靡したのは文化史上名高い事実であるから、あらためて言葉を重ねる要もないであろう。ここでは二つの問題にしぼって論じたい。一つは晶子が短歌にもちいた「文語」の問題である。もう一つは、その詠風が晶子の生き方に及ぼした影響。二つは相関関係にあるので、順を追って述べてゆこう。

いうまでもないことだが、与謝野晶子の詠風は「明星」に育てられたものである。プロデューサー鉄幹の明敏さは、女流歌人をとりたてて、相聞歌を前面にうちだしたことにもあらわれている。明治三十年代は高等女学校法令によって女子の進学率が急速な伸びをしめした時代であった。海老茶式部と呼ばれた女学生は時代のヒロインだった。明治三十六年に小杉天外が「読売新聞」に連載した女学生の恋愛小説『魔風恋風』は大ヒットとなった。明治四十年に「新小説」に掲載されて話題を呼んだ田山花袋の『蒲団』も女学生をヒロインにした風俗小説である。時まさに女学生の時代だったのだ。

鉄幹はこの時代の風を読んだ。三十三年から三十四年にかけての「明星」には、女流歌人の詠草欄がもうけられて誌面をにぎわした。ここで「にぎわい」と言うのは文字通りの意味で、ひときわ華やかなコーナーだった。晶子をはじめ、山川登美子、増田雅子、林のぶ子など、いずれも高学歴の才媛たちが、「しら梅」「しら萩」「白百合」「しら藤」など、気恥かしいような名をかたって歌や文《ふみ》を交わしあう。白い花が選ばれているのは、鉄幹の好みが白だったからである。

鉄幹は彼女たちにとって神であった。「あたらしくひらきましたる歌の道に君が名よびて死なんとぞ思ふ」——女流歌人詠草欄の冒頭を飾る山川登美子の歌である。この欄には晶子の「やわ肌のあつき血汐」の歌もならんで、華やかなことこのうえない。たがいを「しら萩の君」だの「白梅の君」だのと呼び交わし、さらには「星の子」と呼びあう少女《おとめ》らの歌や文は、神に選ばれたたがいを讃えあって、その親密さに酔いしれている感がある。

女流歌人詠草欄のカット

少女《おとめ》たちのこうした呼び交わしについて、かつて私は次のように述べたことがある。「彼女たちはメディアの快楽を愉しんでいるのである。だからその花の名も源氏名というより、むしろインターネットのハンドルネームにもっとも近い。生身の自分にいささか距離を取って、メディア空間に仮構した〈私〉、それが「白梅」であり、「白薔薇」であり、「白藤」なのだ。(…)彼女たちの空疎な歌の群れは、情愛の吐露というよりむしろメディア空間にむけて遊戯的に仮構されたものにほかならない」。

遊戯的な〈私〉の仮構。今日のインター

ネットがそうであるように、雑誌というメディアはこの仮構を増幅させてゆく。ここで大切なのは、晶子の歌もまたこの遊戯空間から生まれたものであり、その限りで仮構された〈私〉の表現にほかならないということである。ということは、歌をそのまま晶子の真情の表出だと考えてはならないということだ。

なにもそれは雑誌メディアに限った話ではない。鉄幹の短歌革命以前、宮廷などの歌会の晴れの場に参じる歌人たちはみな自分を仮構していた。竹西寛子の言葉を借りるなら、かれらは「儀礼の衣と重なりあった遊びの衣」をつけていたのである（『山川登美子』）。そして、そのような遊戯形式こそ歌会の雅びをなしていた。雑誌メディアはこの遊戯を疑似匿名空間に移し、さらに軽くして増幅させたものにほかならない。

だから晶子の恋歌も、単純に晶子の実感だと思いみなしてはならないのである。晶子は自選『与謝野晶子歌集』のあとがきで、「後年の私を「嘘から出た真実」であると思って居る」という興味深い言葉を書きのこしている。さまざまな想像をさそう言葉だが、たとえばこれを、「歌から出た真実」と置きかえることもできるのではないだろうか。

鉄幹に書き送った恋歌は遊びの衣をつけていて、裸形の真情そのままをつづったものではなかった。だがその相聞の遊戯の衣はいつかしら第二の肌のように身にそって脱げない衣装となり、生涯まといつづける衣装になったのだ、と。だがそれは、遊びで始めたものが真実になってしまったという意味ではない。むしろ強調すべきなのは、終生歌人でありつづけた晶子は、歌をよむかぎりどこまでも遊びの衣を脱ぐことができなかったということである。いわば晶子は裸身と衣装の二重性を生き続けたのだ。

明治四十五年の歌集『青海波』の冒頭歌に次の歌がある。

美《うつ》くしく黄金《こがね》を塗《ぬ》れる塔《たふ》に居《ゐ》て十《と》とせさめざる夢《ゆめ》の人《ひと》われ

このとき晶子三十四歳。鉄幹のもとに走ってからおよそ十年の歳月が経っている。すでに三人の子供の母である。この間、鉄幹と晶子の恋愛は当初の燃えさかる火の熱をおびてはいなかったことだろう。だが、晶子はこの歌を自分の「実感」なのだと言う。ひいた歌は、短歌評論『歌の作りやう』の一節にひかれた歌である。晶子は評論の冒頭で言う。「私の歌は専ら私の実感の表現です」と。しかし続けて晶子はこうも語っている。「私の実感の範囲には世間で「空想」または「妄想」と名づけて一概に排斥するものまでをも包容して居ると言へば明瞭になりませう」。晶子にとって、「空想」はそのまま「実感」なのである。現実はどうであれ、歌をよむかぎり晶子は美しい黄金の塔にいて夢を見続けていることができるのである。遊びの衣を身にまとうということは、言葉を変えれば、現実を離れて夢見るということと別のことではない。浪曼派と呼ばれた短歌とはこの意味で「夢見る形式」なのである。

そう、夢見る形式――この形式を可能にするには、一つの魔術がいる。現実から距離をとって飛翔する技が。その技こそ、ほかでもない「古語」である。第一章では、折口信夫の『若菜集』論にふれながら、古語のもつ憂いと品格についてみた。晶子はまた別の短歌創作論「晶子歌話」において、こう断言している。「私は歌には文章語ばかりを用います。その理由は、歌に由って私の感想を表現する場合には文章語で無ければ正当な表現が遂げられないからです」。

みられるとおり、晶子の選んだ衣は「文語」という衣装であった。「明星」に頻出する用語で言えば「美文」といいかえてもよいが、晶子の短歌はすべて文語すなわち美文であって、これこそ晶子の「夢見る形式」そのものなのである。晶子の歌についてみよう。

なにとなく君に待たるるここちして出でし花野の夕月夜かな
君さらば巫山《ふざん》の春のひと夜妻《よつま》またの世までは忘れゐたまへ

『みだれ髪』を読んですぐに心に入ってくるのは、「君」という呼びかけである。同じように、「我」もまた『みだれ髪』に際だっている。

むねの清水あふれてつひに濁りけり君も罪の子我も罪の子
道を云はず後を思はず名を問はずここに恋ひ恋ふ君と我と見る

君と我——これこそ晶子の相聞に際だっている文語体である。添い遂げて何年たとうとも、相手を夫と呼ばずに「君」と呼び、みずからを「我」と呼ぶ。そのとき恋愛感情は晶子の「実感」となるのであって、現実の如何にかかわらず夢を見つづけることができるのだ。恋歌が先にあって、恋愛感情はそれに随伴するのである。

初めに遊戯形式があった——文語による相聞というこの形式があるかぎり、晶子はどこまでも恋する女であることができるのである。美文の衣はもはや素肌とわかちがたい。表現こそ表現者の実感なのであり、いみじくも歌人晶子は生涯「夢みてさめぬ人」でありえたのだ。

文語の「威」

といっても、恋愛だけに限定するのは晶子の世界を狭小化することであろう。「我」という文語には、口語の「私」には決してないものがある。折口信夫は「古語のもつ憂い」と述べたが、むしろ晶子の文語にあるのは「威」であろう。

自《みずか》らを后《きさき》とおもふたかぶりを後《のち》思はじとせしにあらねど
白鳥の船して銀の河ゆきぬ今日さへ我の威ある心よ

現実がどうであろうと、文語で表現される「我」はつねに「威」の衣をまとっている。主情性と空想性を特色とした浪曼派という詩歌形式は、「夢」と「威」をたたえた形式にほかならない。浪曼派の短歌にかぎらず、鷗外の文語小説や上田敏の訳詩、当時「美文」ないし「雅文」と呼ばれた文学形式はすべて口語の文学にはない美と威をそなえている。

明治から新しくなった——ならざるをえなかった——言葉の来し方とその行方をたどる私たちにとって、文語のもつ「威」という問題はエッセンシャルなものにかかわっている。

「明星」が天下に轟いたのは明治三十年代であった。新保祐司『異形の明治』は明治の初期十年代について、この時代こそ一種怪物的なパワーを発して世を牽引する逸材を輩出した時代だと言う。大久保利通や西郷隆盛などがその代表的人物だが、かれらの言葉はさぞかし威に満ちていたにちがいない。かれらが志を掲げて身を賭していたからである。たとえば内村鑑三は「武士道クリスチャン」をめざしていた。その説教は熱情と神の威を帯びて異常なまでの力に満ちていたことだろう。明治十年代は志士的な精神を輩出して、時代を領導したのである。

それは、その時代の言語表現に表れている。もちろん文語だが、いちばんわかりやすい例が聖書の翻訳であろう。新保氏は、大正デモクラシーをになった吉野作造による聖書の翻訳比較をとりあげて論じている。明治初期に急ぎ訳された聖書は、イエスをいまだ耶蘇と訳していた。二十年代の改訳によってイエスと訳語が変るが、もちろん文語である。それから大正六年にふたたび改訳が試みられて、同じ文語でもかなが多くなり、硬さが和らいでくる。

これにたいして新保氏は内村鑑三の聖書訳評を対比させている。「内村は、口語訳ではない大正訳でさえ、「文章が優美すぎて弱い」と批評している。これは、ある意味で大正時代とその文化についてもいえるように思われる。大正文化は「優美すぎて弱い」ともいえるだろう。吉野の大正デモクラシーも「弱い」ものであった」。この新保氏にならって言えば、明治三十年代は、まさしく「優美で弱い」大正への助走の時代であったというべきだろう。

たしかに内村鑑三のような志士的精神にとっては、明治初年訳のような骨のあるごつい文語こそ神の力を語るにふさわしい言葉であった。そこには絶対者の「威」の力があるからだ。

これに比し、明治も時代を下って三十年代になると、もはや志士的精神は絶えて、軟弱な文化が時代の色調になってゆく。文学という領域そのものがすでにして「優美すぎて」軟弱である。「明星」の時代に読まれた上田敏や森鷗外の訳文はまさしく優美な愁いをたたえた美文であった。

こうした「明星」文化の文語の中にあって、ひとり「威」ある文語をつかっていたのがほかでもない与謝野晶子である。そう、その文語とは「我」と「君」である。相聞においてみずからを我と呼び、男を君と呼ぶ、この「君」と「我」こそが晶子の歌に「后《きさき》のごとき」威をあたえて、卑近な「私」を変身させるのである。晶子はそれを生涯の歌の文体として、「威」の衣をまとい続けたのだ。

そうした晶子の威ある文語と上田敏たちの優美な文語が明治三十年代の文化をつくりなしていた言葉だが、大正、昭和と年を下って口語が広まってくるにつれ、優美も威もない平板さが支配的になってゆく。

これについてもやはりいちばんわかりやすい例が聖書の翻訳である。戦後になって口語訳が普及したが、文語訳の格調を愛する人びとが多かったという。確かに聖書には文語訳のほうがふさわしい個所が少なくない。たとえば人口に膾炙した言葉でもある、「狭き門より入れ」。これは新改訳では「狭い門から入りなさい」となっている。これでは神の言葉の「威」が感じられないばかりか、「門」の意味も直観できない。折口信夫にならって言えば、聖書であるにもかかわらず平ったい口語のせいで思想性が感じられないのである。文語には威と重みがそなわっているのだ。

その明治からおよそ一五〇年、文語から口語へと日本語がしだいに重みをなくしていった歴史はわたしたちの知るとおりである。翻訳にあれほど技をつくした西洋語も、時代とともにカタカナ表記で通用するものが増加の一途をたどってゆく。そうして昭和も暮れて平成に入った頃から、言葉は加速度的に重みをなくし、ネットという遊戯空間で交わされる言葉はいわば無重力である。威などというものはもはやどこにもみあたらない。明治の時代からわたしたちは何とはるかなところへと運ばれてきたことだろう。

与謝野寛、そのデカダンス

もはや文語が遠い昔のものになった現在、読者は減少の一途をたどっているとはいえ、与謝野晶子は古典として日本近代文学史に輝かしい名を残している。対照的に、与謝野鉄幹の影の薄さは驚くばかりだ。晶子の名声と才能に不当に呑まれてしまった感のあるこの帝王のその後の作品をみておきたいと思う。晶子には決して真似のできない新領野がそこにあるからである。

明治三十八年、鉄幹は号を廃して与謝野寛と名乗り、以後号をもちいなかった。その三年後、「明星」は百号をもって終刊となる。五、六千部を誇っていた部数は次第に落ちて千部を割っていたが、ひきがねとなったのは、北原白秋や木下杢太郎、吉井勇ら才ある若き同人たちがそろって新詩社を去ったことであろう。

わが雛《ひな》はみな鳥《とり》となり飛《と》び去《さ》んぬうつろの籠《かご》のさびしきかなや　（『相聞』）

領土《くに》も民もなくした空位の帝王には、虎剣派として勇名をはせた鉄幹の号よりも、寛のほうがはるかに似つかわしい。以後の彼の愉しまぬ日々は負のイメージが定着した感があるが、明星派短歌の傑作は、ほかでもないこの与謝野寛の筆から生まれてくるのである。

「明星」創刊の翌年、かの「照魔鏡」事件の翌月に刊行された鉄幹の詩歌集『紫』は、鉄幹から寛への変容をすでに予感させている。冒頭歌をひく。

　　われ男の子意気の子名の子剣の子詩の子恋の子あああもだえの子

ますらおぶりを誇る壮士風の歌人から恋愛をうたう相聞歌人への変貌が、若き鉄幹の常であった演技的ポーズとともにうたわれている。鉄幹こそは際だって目立つ演技者であり、これほど派手派手しい遊戯の衣をまとった歌人は後にも先にもみあたらない。その華美な衣装を脱ぎ捨てた彼は、以後、与謝野寛の衣をまとう。

『紫』の末尾を飾る詩「敗荷」は、その寛の詩境を彷彿とさせる。かつて晶子と山川登美子と共に大阪の住吉に遊詠した日々の追想は胸を刺すような沈鬱さをたたえている。萩原朔太郎は、「落魄たる敗残者の悲調で歌っているこの詩」を「鉄幹詩中の一傑作であるばかりでなく」、明治新体詩中でも「異例に秀れた恋愛詩の絶唱」であろうと絶賛している。全詩をひく。

夕《ゆふべ》不忍《しのはず》の池ゆく
涙おちざらむや
蓮《はす》折れて月うすき
長酡亭《ちやうだてい》酒寒し
似ず住の江のあづまや

与謝野鉄幹『紫』

夢とこしへ甘《あま》きに
とこしへと云ふか
わずかひと秋
花もろかりし
人もろかりし

おばしまに倚りて
君伏目《ふしめ》がちに
嗚呼何とか云ひし
蓮《はす》に書ける歌

落魄、敗残、悲哀――後の『相聞』の基調音はすでにここに胚胎している。

一千首を編んだ与謝野寛の短歌集『相聞』は、「明星」終刊の二年後に刊行された。序は森鷗外。「与謝野寛君が相聞を出す。／これ丈の事実に何の紹介も説明もいる筈がない。／一体今新派の歌と称してゐるものは誰が興して誰が育てたものであるか。此問に己だと答へることの出来る人は与謝野君を除けて外にはない」。序の冒頭を飾る鷗外の言葉はよくひかれるが、この歌集が上田敏に捧げられていることに着目した論は稀である。この献辞の意味するところを教えてくれるのは、寛の死の二年前、昭和八年の還暦祝いに刊行された『与謝野寛短歌全集』の末尾に付された寛の自筆年譜である。

明治四十二年の項からひく。「歌集『相聞《さうもん》』を明治書院より刊行す。此集に収むる所は最近五六年間の作にして、着想の領域、寛の旧に比して拡大し、特に象徴派及び象徴詩的なるものの加はるを見る」。上田敏のフランス象徴派の訳業に学んだのは白秋たちだけではなかったのだ。「明星」主幹として誰より先に訳稿を読んでいた寛もまた象徴派に学んだのである。『短歌全集』巻頭の自序にもそれは明らかで、上田敏、森鷗外はじめ、白秋や木下杢太郎などの新詩社諸友に負うところ大であったと記している。つまりは寛もまた「フランスかぶれ」の詩人の一人であったのだ。

もちろんここにいう象徴派はフランス文学史に言われる厳密な意味でのそれではない。あるイメージによって抽象的思想的な観念を喚起し、さらにはマラルメのように言語が言語を志向する難解な象徴詩を、理論派ではない寛が会得したとは思われない。むしろここで言う広義の象徴派は、広く世紀末文学までふくんだフランス詩の傾向であり、そこに通底する感覚的な色と響きである。詩人与謝野寛は実作者として感覚的にそこに感応したのだ。

実際、『相聞』の基調音は象徴派と響きあう。一つにそれは「黄昏」である。ボードレール『悪の華』の「夕べの諧調」にはじまって、レニエの「黄昏」など、象徴派は黄昏を愛する。人生の落日、その鈍色《にびいろ》の薄き光を。『相聞』の一首をひこう。

高光《たかひか》る日《ひ》のいきほひに思《おも》へども心《こころ》は早《はや》く黄昏《たそがれ》を知る

象徴派はまたマラルメのように「空無」を愛する。マラルメほどの観念性はないものの、『相聞』の秀歌にはサンボリックな空を思わせる歌が目立つ。

いにしへも斯《か》かりき心《こころ》いたむとき大白鳥《おほしらとり》となりて空行《そらゆ》く
大空《おほぞら》の打黙《うちもだ》したるさびしさを時《とき》にわが持《も》つわが妻《つま》も持《も》つ
灰色《はいいろ》の空に黙《もだ》せるNIKORAIの黒き円屋根われも黙《もだ》せる
彼《か》の空《そら》に似《に》たるむなしきおそるべき大虚言《おほそらごと》を書《か》かむと願《ねが》ふ

かぎりなく空無に近い空は「憂」の色に染まる。この憂こそ象徴派ないし世紀末文学と『相聞』に通底する基調音である。数年後、渡仏をはたす寛はフランス詩の翻訳を手がけて訳詩集『リラの花』を刊行するが、その序文に次のような一節がある。

仏蘭西とても生の喜色に満ちた人人のみあるので無く、生の饗宴に落伍した傷ましい人人もあるから、其等の人人は人生派や未来派から如何に「時代おくれよ」、「弱者よ」、「死せる者よ」と罵られても、正直に真実の自己を歌ふより外に道がない。其れが今猶灰色をした悲惨なDECADENT《デカダン》の詩の断えない所以である。

続けて寛は「時代遅れの頽唐派《デカダン》の詩が一ばん僕と共鳴するやうである」と述べている。日夏耿之介はこの言葉にふれて、寛は『リラの花』一巻を携えて、初めて自分がデカダン派であることを悟つて帰つたのである」と語っているが、『相聞』においてすでに与謝野寛はデカダンの徒だといっても過言ではない。
ただしここににじむ「憂」は、名高い冒頭歌にみるとおり、沈鬱ななかにも熱情の余韻をたたえている。

大空《おほぞら》の塵《ちり》とはいかが思《おも》ふべき熱《あつ》き涙《なみだ》のながるるものを

この「熱さ」が相聞歌にむかうとき、そこには鉄幹の時代には無かった頽廃的な「艶」の色が濃くにじむ。世紀末デカダンスの色が匂いたつのだ。背徳の、憂き恋のそれが。それこそ上田敏にも白秋にもなく、晶子にも決してない、与謝野寛だけの歌の衣である。
思うに、晶子との相聞で鉄幹が勝ったことは一度もないのではなかろうか。歌という遊びの衣においても、真情の熱さにおいても、晶子を相手にした鉄幹はつねに敗者であったと思う。だが、世紀末風の「憂き恋」をうたう寛は、晶子はもちろんのこととして、余人の追随をゆるさない。この恋の相手は山川登美子である。『相聞』は、この運命的な三者のかかわりに再考をせまる作品といってもよいだろう。不倫の恋は秘める恋である。その黙秘が濃密なエロティシズムをかもしだす。寛の歌がフランス世紀末派のデカダンスにもっとも近づくのは、この秘める恋においてである。

花薔薇《はなそうび》しなへて微《ほの》に息《いき》づきぬむかしの人のくちづけの香《か》に

しなえた薔薇の絶えなんとするエロスは、絢爛と咲き誇る黄金向日葵《こがねひまわり》に決してない死の味がする。時ならば、落日の夕暮れ時。

罌粟《けし》さきぬ思《おも》ふは矮《ひく》き屋根裏《やねうら》の夕焼《ゆふやけ》に寝て吸《す》ひし唇《くちびる》

「矮《ひく》き屋根裏《やねうら》」という寝屋に、背徳の愛の疼くようなエロスがある。屋根裏はおそらく現実にある場所ではないだろう。むしろ象徴にちかい。渡仏前の寛はフランスの屋根裏部屋という神話的トポスを知らずにいたにちがいないが、どこからか引いた言葉にしろ、無意識にそれをひきよせている詩人の想像力は驚くべきものがある。

しかも与謝野寛というこの風流男《みやびお》の背徳性は、恋を弄ぶ不埒さにある。自身よくそれを知っていて、堕ちてゆく悦楽を誇示しさえしている。

危《あやふ》かることを喜《よろこ》ぶすさびよりこの憂《う》き恋《こひ》の断崖《きりぎし》にきぬ

だがこの恋は弄ぶにはあまりに重く、胸を病む登美子は死に瀕していた。死の絶対性がエロティシズムの淵にひとを運んでゆく。

さかしまにもゆる火中《ほなか》を落《お》ちながら互《かたみ》に抱《だ》きてくちづけぞする

登美子にささげたこの挽歌はあたかも象徴派の絵画を見るようである。このような愛欲のデカダンスはひとり与謝野寛のほかに明治の詩人の誰にもみられない。鉄幹のこれらの歌は、朔太郎の言うようにかつて文壇の帝王として君臨した男の、白鳥の歌と言うべきであろう。文語という言葉は、威のみならず、濃密な憂と艶をたたえ得る表現様式なのである。

第3章 青春——憂鬱と革命

石川啄木『一握の砂』　北原白秋『思ひ出』

自然主義という流行――「明星」から「スバル」へ

「明星」が天下を風靡した時代は終わりをむかえていた。明治四十一年十一月、百号をもって「明星」は一つの幕を下ろすことになる。一九二〇年代に刊行を見る第二次「明星」までには、なお十余年の歳月を待たねばならない。

最終号は、森鷗外の翻訳と蒲原有明の象徴詩が冒頭を飾り、すでに新詩社を出ていた北原白秋、木下杢太郎、吉井勇たちも詩稿をよせた美麗本であった。巻頭におかれた鉄幹の「感謝の辞」もさることながら、目立たないページの余白にひっそりと小活字ではさまれた詩が心にかかる。

夢の一つは斯くなりき。
かなかなの蟬かなかなと、
かなかなの蟬かなかなと、
木毎に啼くを能く聞けば
みなわが母の声なりき。

かつて辣腕の編集の技をふるってこの余白をいかし、華やぐ少女《おとめ》たちに敢えて小活字に組んだ「ささやき」を贈っては彼女たちの胸をときめかせた鉄幹が、今は誰聞くこともない余白に身をひそめてひとり呟いている……。

晶子の詠草もまた読む者の胸をうつ。七九首を詠んでいるが、その激しさはまぎれもなく晶子のものである。「恋ふと云ふ言葉をもてし君を刺す時をうつさずわれを刺せかし」。恋仇の山川登美子は死の床にあった。そのはかなさが鉄幹の想いを深くすることを晶子は鋭く感じとっている。終刊にあたってなお恋仇に恋の焔をあおられるのもまた晶子の運命であったのかもしれない。「わざわひかたふときことか知らねどもわれは心を野ざらしにする」「撥《ばち》に似しもの胸に来てかきたたきかきみだすすこそくるしかりけれ」。

恋をうたって並ぶ者なく、相聞の女王である晶子が、「明星」百号をもって幕を下ろすこのとき、来し方をふりかえって詠んだ歌は、きらめきたって心を射る。

あなかしこ楊貴妃のごと斬られむと思ひたちしは十五の少女《おとめ》

終刊後にも晶子はこの妃《きさき》の「威」をもって詠草を続け、幾冊もの歌集を重ねてゆく。たしかに「明星」は何より天才歌人晶子の歌の場であった。その詩歌の歴史に一つのピリオドが打たれたのである。

明けた明治四十二年一月、「スバル」が創刊される。寄稿メンバーは「明星」のそれとほぼ変わらない。当初編集に当たったのは、石川啄木、吉井勇、平野万里の三人。雑誌の主幹は森鷗外である。「スバル」という命名も鷗外によるものであったという。昴は空にかかる七つの星「ラ・プレイヤード」、フランス古典主義の詩壇を飾った七人の詩人たちの名でもあり、ベルギーの象徴派詩人メーテルリンクが出してまもない雑誌の名でもある。

「スバル」創刊号（表紙画＝和田英作）

この誌名からしても、親西欧派の「スバル」は「明星」との断絶より連続の色がずっと濃い。この間の推移を指して、斎藤茂吉『明治大正短歌史概観』は、「初期『スバル』の歌風は、末期『明星』の連続と看做してもいいが、一面には、森鷗外の考の影響によつてもつと西洋象徴流になつた」と述べている。そのとおりだが、新詩社を脱会して「スバル」に移った若き七人、北原白秋、吉井勇、木下杢太郎、深井天川、長田幹彦、秋庭俊彦、長田秀雄の青年たちと鉄幹との間には明白な対立が一つ存在していた。自然主義をめぐる対立である。

木下杢太郎は、後年、新詩社脱会事件をふりかえって記している。脱会の原因の一つは、自分たち同人の寄稿の活字組みが小さすぎるという不満だったが、これ以上に大きかったのは次の問題であった。「これらの青年の心持は全然反自然主義的といふのではなかつた。それは反早稲田、反花袋、反白鳥ではあつたが、西洋の文学及び芸術上の自然主義には寧ろ同情してゐた」。

明治も暮れ方の四十年代頃から文壇には自然主義が勢いづいていたのである。あの『若菜集』をもって新体詩の曙を告げた島崎藤村そのひとが、小説に転じて『破戒』を自費出版したのが明治三十九年。作家生命を賭けた小説は、文壇に波紋を投げて成功した。この年はまた夏目漱石の『坊ちゃん』や『草枕』が発表された年でもある。作風こそ異なれ、いずれも自在な口語体の小説であった。さらに漱石は翌年から朝日新聞社に入社して『虞美人草』を連載し始める。漱石の新聞小説が読者大衆にあたえた影響は大きかったにちがいない。小説言語はついに熟成の時をむかえつつあったのだ。

藤村はみずから自然主義を名乗ったのでは決してなかった。にもかかわらず自然主義という潮流はしきりに文壇論壇を賑わしていた。それがフランス作家ゾラの実験小説論に由来するものであることを正しく認識していた者は稀だったが、さすがに博識な鷗外はすでに明治二十年代初期に「読売新聞」紙上で「医学の説より出でたる小説論」を紹介している。ただこれは早すぎて、読者がついてこなかった。要するに三十年末頃からしきりに文壇論壇をにぎわした自然主義という言葉は、内実が判然としないまま騒がれて一人歩きしていた流行語だったのである。

一つには、田山花袋の存在も大きかった。『破戒』に先立つ二年ほど前、花袋は「露骨なる描写」なる論を「太陽」に掲げている。「(…)十九世紀革新以後の泰西の文学は果して何うであらうか。その鍍文学が目茶々々に破壊せられて了つて、何事も露骨でなければならん、何事も真相でなければならん、何事も自然でなければならんと言ふ呼声が大陸の文学の到る処に行き渡つて、その思潮は疾風の枯葉を捲くがごとき勢いで、盛にロマンティシズムを蹂躙して了つたではないか、血にあらずんば汗、これ新しき革新派の大声呼号する所であつたでは無いか」。

さらに決定的だったのは、三年後の明治四十年、「新小説」九月号に載った小説『蒲団』である。この小説は良くも悪しくも読まれて話題になった。作者花袋の言を問わず、自然主義という言葉がいっそう世に広まった。同年十二月の「明星」に鉄幹が反自然主義の檄を掲げた事実をみても、その勢いのほどがうかがわれよう。檄文の冒頭部をひく。「文壇、何なれば爾かく閒人の多きぞ。

又何なれば爾かく惰気の瀰漫する。見よ、無益なる自然主義の論議に日を消する諸君、そこにも、彼処にも。又見よ、性欲の挑発と、安価なる涙とを以て流俗に媚ぶる、謂ゆる自然派の悪文小説は市に満つ」。

いってみれば懐の浅いこの反自然主義宣言が、白秋や杢太郎ら若い世代の反発を呼んだのである。新詩社にとどまった啄木もまたこの檄に異を唱えた一人だった。金田一京助に宛てた手紙に啄木は記している。「今日以後の日本は、明星がモハヤ時勢に先んじる事が出来なくなつたと思ふが如何、自然主義反対なんか、駄目駄目」。明敏な啄木が見ていたとおり、時代は反美文の方へ、小説の方へと向かっていたのだ。

若い杢太郎や白秋たちも、自然主義という新しい「西欧の文芸潮流」を拒絶するにはあまりに西欧好きであり、柔軟性に富んでいた。花袋の『蒲団』が雑誌に載った翌月の「明星」には杢太郎の好意的な書評が掲載されている。ただし、芸術という点からみれば大いに不満だと結んでいるのは白秋たちも同意見だったにちがいない。というのは白秋と吉井勇の二人が、「明星」同号に自然主義をからかうローマ字表記の戯文を載せているのである。

まずは白秋の「WASEDA-TAIKO」と題したざれ歌。ローマ字表記を日本語表記にして末部を引用する。「さて夜がふけた、鳴りたる／音は目白の題目か／否！　否！　あれは自然派の／早稲田太鼓を知らないか／でかだん、でかだん！」。その頃相馬御風などの論者を得て自然主義派の牙城と目されていた「早稲田文学」をからかった戯文である。一方、吉井勇は花袋の小説を標的にした戯文「FUTON」。日本語表記にして中の二節をひく。「夏の真昼の街中を／「自然派」と書く旗をたて、／みな深刻な顔あげて／「ふれた！　ふれた！」と弄がはし／なかに一人はいとおかし、／この暑いのに「蒲団」きて、／煩悶面の上滑り／「ふれた！　ふれた！」と寝ぼけ顔」。

鉄幹の荒げた檄とちがって余裕たっぷりだが、それもそのはず、「自然主義」はまぎれもなく巷の流行だったのである。『明治世相編年辞典』をみてもそれは明らかで、明治四十三年の「流行歌」の項には「ハイカラノーエ節はやる」とあり、次の記述がある。


あゝ女学生女学生。オヤ髪はハイカラ、／ゴールド眼鏡で、／日比谷のはァらあ、／木のかァげノーエ／自然主義かァよ、／オヤ青葉がくれの魔風恋風、／そよそよとノーエ

『魔風恋風』は明治三十六年に小杉天外が「読売新聞」に連載した恋愛小説で、女学生をヒロインにして大ヒットした。このブームによって女学生は流行の先端をゆく存在となって世をにぎわしたが、自然主義もまたこうした流行風俗だったのである。

その自然主義をよそに、「スバル」は高踏派の雑誌であった。誰よりも主幹の森鷗外がそうであった。明治四十二年一月から大正二年十二月まで通算六〇号にわたった「スバル」における鷗外の活動はめざましく、毎号のように小説を掲載している。それも、美文ではなく口語体の小説を。ランダムにあげてみれば、『半日』、『魔睡』、『鶏』、『ヰタ・セクスアリス』、『金貨』、『金毘羅』、『独身』、『青年』、『雁』の九作があり、なかでも『青年』は二十四号にわたる長編連載である。

この多作な作品群のなかでも、自然主義にかかわって秀逸な作品が『ヰタ・セクスアリス』であろう。哲学者の主人公が、近頃の文壇があまりに性欲、性欲と騒ぐので、一つ自分も書いてみるかと自伝的な性欲史を書いた後、それを公表すべきか否か思案したあげく、「表紙にラテン語

でVITA SEXUALISと大書《たいしょ》して」「文庫の中にぱたりと投げ込んで」終わるこの小説は、明らかに鷗外の韜晦であり、自然主義小説への揶揄である。

鷗外の韜晦は実に悠然たるものがあるが、この高踏的な姿勢がそのまま「スバル」のスタイルを表していた。白秋や杢太郎、パリ帰りの高村光太郎、そして親自然主義に傾いていた啄木も、若い世代は皆のびやかに思うところを筆にした。日夏耿之介『明治大正詩史』の言うとおり、明治四十年代後半の「青年の詩情は殆ど全てこゝに集中した」のである。

青春の饗宴

「スバル」創刊の明治四十二年、啄木は二十四歳、白秋も二十四歳、杢太郎は二十三歳、光太郎は二十六歳、みなほとんど同年輩の青年である。

「スバル」に集った彼らを日夏は「享楽派、耽美派」とくくっているが、耽美派を脱していた啄木も有力メンバーであった。そもそも創刊時の「スバル」の発行名義人は石川一なのである。といっても、貧苦にせめたてられて稼ぐことに忙しかった啄木は時たま短歌を寄稿するだけだったが、『一握の砂』にも「スバル」初出の短歌が少なくない。

石《いし》をもて追《お》はるるごとく／ふるさとを出《い》でしかなしみ／消《き》ゆる時《とき》なし
空家《あきや》に入《い》り／煙草《たばこ》のみたることありき／あはれただ一人居《ひとりゐ》たきばかりに
そのかみの学校一《がくかういち》のなまけ者《もの》／今《いま》は真面目《まじめ》に／はたらきて居《を》り

耽美派には遠い歌である。日夏の言う「享楽派、耽美派」とは、白秋や杢太郎を指しているのだ。白秋は「スバル」創刊の翌年に『邪宗門』を上梓し、翌年から『東京景物詩 及其他』（以下『東京景物詩』）、『思ひ出』、歌集『桐の花』と、旺盛な創作の日々を送っており、この時期の自らを「私の青春の花期」と語っている。

そう、まさにそれは青春の花盛りの日々であった。戯曲「南蛮寺門前」などで活躍していた杢太郎も語っている。「千九百十年は我我の最も得意の時代であつた。『パンの会』は毎週開かれた」と。「パンの会」は、杢太郎をリーダー格に、白秋や吉井勇などの新詩社脱会組の青年作家たち、パリから帰国したばかりの高村光太郎や、白馬会や太平洋書会の新進画家たちも加えた、若き作家と画家たちの集まりで、一九一〇年代に盛んだった文化史上名高い芸術家の集いである。

隅田川をパリのセーヌに見たて、洋風のレストランをカフェに見たてた「フランスかぶれ」の会は、酒が入って談論風発、その勢いに、時おり上田敏や永井荷風も姿をみせ、その荷風を慕う若き谷崎潤一郎も姿を見せた、今にして思えば豪奢な会だが、この「パンの会」の意義については次章に詳述するので、ここでは一つの論点だけにしぼりたい。それは、この会が何よりも青春の饗宴だったということである。

白秋に語らせよう。「初めて〝PAN〟の盛宴を両国河畔に開いて以来、Younger generation の火の手はわかい感傷的な私達を愈狂気にした。私たちは日となく夜となく置酒し、感激し、相鼓舞しながら、又競つて詩作し、論議した」。「我他皆狂騰して饗宴し制作した。ストルム、ウント、ドランクの時代である」。パリ帰りの高村光太郎の言葉も青春の熱狂を語ってあまりある。

青春の爆発というものは見さかひの無いものだ。若さといふものの一致だけでどんな違つた人達をも融合せしめる。パンの会当時の思出はなつかしい。いつでも微笑を以て思ひ出す。本質のまるで別な人間達が集まつて、よくも語りよくも飲んだものだ。自己の青春で何もかも自分のものにしてしまつてゐたのだ。（…）いつ思ひ出しても滑稽なほど無邪気な、燃えさかる性善物語ばかりだ。あの頃、万事遅蒔な私は外国から帰つて来て、はじめて本当の青春の無鉄砲が内に目覚めた。

かれらの狂熱が目にうかぶようである。時は日露戦争終結の三年後、戦勝に沸いた日本は平和を享受していた。川本三郎『白秋望景』が、「上田敏の『海潮音』が、日露戦争が終結した明治三十八年（一九〇五）に出版された意味は大きい」と指摘しているように、「パンの会」の青年たちは戦後だったからこそ大いにフランスかぶれに興じて青春を謳歌することができたのである。川本はまた「与謝野晶子が「明星」に、日露戦争に対する反戦の歌「君死に給ふこと勿れ」を発表するのは明治三十七年の九月。まさに白秋が上京して半年後のことだった」と指摘している。日清戦争後について言った佐藤春夫のひそみにならえば、天下国家よりも自分たちの青春に酔った白秋たちは「日露戦争後のアプレゲール」だったといってもよいだろう。

二章でふれた明治十年代の「武士道クリスチャン」の面影はもはや薄い時代である。「パンの会」に集った青年たちは、天下の「義」に身を賭す立志篇の時代に育った父をもちつつ、その父に背いて享楽に溺れた「二代目」世代に属している。

学制の影響も大きかった。明治十年代に発布された学校令により帝国大学が設置されたが、三十年代には私立学校令と専門学校令が出て、高等教育制度の枠組みができあがる。「学生」という存在が増えつつあったのだ。「パンの会」当時、木下杢太郎は東京帝国大学医科大学に在籍、白秋は上京とともに早稲田大学英文科予科に入学している。長田秀雄は明治大学、弟の長田幹彦も早稲田大英文科卒、みな富裕なブルジョワ出身の学卒者だった。やがて大正・昭和にかけ、新しい学令によって全国に高等学校が置かれて学生数が急増し、青春も大衆化してゆく前、「パンの会」の芸術家たちは逸早く青春の饗宴にあずかったのだ。白秋の言葉をかりるなら、かれらは「美の蕩児」だったといってもいい。芸術は学歴も生まれも問わず青年たちを結びつけてゆく。野田宇太郎の引用にみる長田幹彦の回想は、この蕩児たちの幸福を語ってあますことがない。

若い芸術家が芸術より他の何ものをも見なかつた時代だ。真のノスタルジアと、空想と詩とに陶酔し、惑溺した時代だ。芸術上の運動が至醇な自覚と才能から出発した時代だ。芸術家の心の扉に、まだ「商売」の札が張られなかつた時代だ。

人生は美しかつた。永遠の光に浴してゐた。

（『パンの会』）

美しい青春の饗宴。ところで、この青春という語は翻訳語である。いつ、いかにして生まれたのだろうか。三浦雅士『青春の終焉』は、青春の始まりが滝沢馬琴の『八犬伝』にあったとする異色の青春論だが、明治の青春について示唆するところが多い。三浦によれば青春という訳語は基督教青年会（ＹＭＣＡ）からきたものだという。「青春も青年も英語ではユースだが、そのユースに青年という訳語が与えられたのは、一八八〇年、東京基督教青年会が発足した段階においてである。はじめヤング・メンの訳語として登場した青年という言葉は、一八八五年、徳富蘇峰が『第十九世紀日本ノ青年及其教育』を上梓するにおよんで燎原の火のように日本全国を嘗めつくした」。すでに明治十八年の時点で青年も青春も広く使われていた言葉だったのである。

このとき文学が大きな役割を果たした。三浦は「日本の二十世紀初頭は青春の文学の花盛りの様相を呈した」と述べて、小栗風葉の『青春』や漱石の『三四郎』、鷗外の『青年』などをあげている。小杉天外の『魔風恋風』や藤村の『破戒』も一九一〇年代の作品である。明治三十年代には「青春」も「青年」も流行語となって全国に広まっていたのだ。「威」の時代はもはや遠くなっていたのである。

それを詩歌の領域にひきとって言うなら、一八九七(明治三十)年に刊行された藤村の『若菜集』は時代に先駆けて「春」をうたった詩集であり、一九〇〇年創刊の「明星」も、翌一九〇一年の『みだれ髪』も、まさに二十世紀の青春をうたった作品にほかならない。「明星」の最盛期と青春という語の最盛期はぴったり一致している。白秋の『明治大正詩史概観』は、「明星」をふりかえって、「世界の「青春」が亦彼等を祝福した」とまで語っている。浪曼派じたいが青春の饗宴にほかならなかったのだ。

憂鬱と官能——白秋の青春

その「明星」が「フランスかぶれ」の雑誌であり、翻訳を重視したことはすでに述べた。興味深いのは、その「翻訳」と「青春」の結びつきである。これについては、『青春の終焉』がひいている三島由紀夫のエッセイが多くを教えてくれる。「大正以後の作家の成長には或る型がある。一様に青年期には、時代の頽廃《たいはい》を一身に負つたやうな観を呈する。彼はその自らの頽廃を精選する。頽廃の精髄をつかまうとする。さうしてゐるうちに、自分であれほど自信を抱いてゐた頽廃の根拠があやしくなる。頽廃と見えてゐたものは、実は青春の別名であり、近代西欧の教養の洗礼にすぎなかつたとも思はれてくる。（…）明治以後、西欧とは日本にとつて青春の別名であつた」（「佐藤春夫氏についてのメモ」）。

三島は佐藤春夫を語っているのだが、その言葉は「スバル」に集った若き詩人すべてについて言えるのではなかろうか。ことにその思いを強くするのは白秋についてである。白秋の『邪宗門』はまさしく時代の頽廃を精選し、その精髄を言語化しようとした試みではなかったか。しかも、青春の別名にほかならぬ西欧の翻訳語をとおして。

ここ過ぎて曲節《メロデア》の悩みのむれに、
ここ過ぎて官能の愉楽のそのに、
ここ過ぎて神経のにがき魔睡に。

名高い「邪宗門扉銘」は、上田敏訳の『詩聖ダンテ』か、鷗外訳の『即興詩人』から採られたものにちがいない。不可思議な酩酊感をたたえた『邪宗門』の詩篇の数々に『海潮音』の影響がうかがえるが、白秋はその訳語から「自らの頽廃」を表す語彙を精選したのである。それらの語彙のなかでも特に心にかかるのは、「鬱憂」という言葉である。よく知られた「解纜」からひく。

　印度、はた、南蛮《なんばん》、羅馬、目的《めど》はあれ、
　ただ生涯《しやうがい》の船かがり、いずれは黄泉《よみ》へ
　消えゆくや、――嗚呼《ああ》午後七時――鬱憂《うついう》の心の海に

あるいはまた「ひらめき」の詩。「鬱憂《うついう》に海は鈍《にば》みて／闇澹《あんたん》と氷雨《ひさめ》やすらし」。「日ざかり」の詩にも、「鬱憂《うついう》の唸《うなり》重げに／また軋《きし》る」とあり、また別の詩では、「そこともわかぬ森かげの鬱憂《メランコリア》の薄闇《うすやみ》に、ほのかにのこる噴水《ふきあげ》の青きひとすぢ……」と、鬱憂にメランコリアを重ねている。玉城徹、菅野昭正、川本三郎と、どの白秋論もこの語に注目しているように、『邪宗門』は鬱憂の詩だといっても過言ではない。

憂鬱が、ある時はうめきのように重く苦しく、あるときは刺すように痛切に、またあるときは物憂い悲哀となって、全篇の基調音となっている。さきにふれたとおり、白秋がこの鬱憂というキーワードを見出したのは『海潮音』においてであった。『海潮音』中のアンリ・ド・レニエの詩「銘文《しるしぶみ》」には、「げにこゝは「鬱憂」の／鬼が栖む国」とあり、ボードレールの「破鐘」にも、「そも、われは心破れぬ。鬱憂のすさびごゝちに」とある。レニエにあってもボードレールにあっても、鬱憂の原語は〈ennuie〉である。

〈ennuie〉。アンニュイ。憂鬱、倦怠、煩悶――ここに、白秋は新しい時代の詩精神を見出したのだ。三島が言うように、若き白秋は「自らの頽廃を精選し」、「頽廃の精髄」を求めて、鬱憂を、

〈ennuie〉を見出したのである。

この鬱憂は、時に官能の疼きとなって、痛苦をともなう。悩ましく、赤き痛苦を。

やはらかき猫《ねこ》の柔毛《にこげ》と、蹠《あなうら》の
ふくらのしろみ悩《なや》ましく過《す》ぎゆく時《とき》よ。
窓《まど》の下《もと》、生《せい》の痛苦《つうく》に只赤《ただあか》く戦《そよ》ぎえたてぬ草《くさ》の花

（「赤き花の魔睡」）

悩ましきものが過ぎゆくとき、うちなるものの疼きにおののく痛苦。官能の愉悦と怖れとがないまじった、赤き花の痛み。まさしく鬱憂とは青春の「生の痛苦」そのものではないだろうか。そして、自らの内なるこの「痛苦」を詩表現にもたらしたことにこそ、『邪宗門』の決定的な新しさがあったのである。菅野昭正の白秋論が指摘するとおり、「感情が歌うのにまかせた島崎藤村の時代から十年そこそこで、詩の書きかたがこれほど変わったのには、いまさらながら驚きを禁じがたい」と言わねばならない。

Younger generation はこの新しさに聡く感応した。啄木の『日記』は雄弁である。白秋から贈られた詩集への返信をひく。「〝邪宗門〟には全く新しい二つの特徴がある。その一つは〝邪宗門〟という言葉の有する連想といったようなもんで、も一つはこの詩集に溢れている新しい感覚と情緒だ。そして、前者は詩人白秋を解するに最も必要な特色で、後者は今後の新しい詩の基礎となるべきものだ……」。すでにこのとき啄木は自然主義に共感を抱いていたが、真の詩人はイデオロギーにとらわれず詩精神のありかを見抜くものである。啄木の白秋評価はまさにその証しであ

ろう。
「この詩集に溢れている新しい感覚と情緒」――その基調である鬱憂は、すべて憂わしいもの、沈んだもの、絶えゆくものを呼びよせてゆく。季節ならば、晩秋か晩春、時ならば、薄明の黄昏を。たとえば「室内庭園」の詩。

晩春《おそはる》の室《むろ》の内《うち》、
暮れなやみ、暮れなやみ、噴水《ふきあげ》の水はしたたる……
（…）
わかき日の薄暮《くれがた》のそのしらべ静《しづ》こころなし。

あるいは「青き光」の一節。

いと青きソプラノの沈みゆく光のなかに、
饐《す》えて病むわかき日の薄暮《くれがた》のゆめ。――

ほかにも薄暮の詩は数限りない。「薄暮《たそがれ》にせきもあへぬ女《をんな》の吐息《といき》／あはれその愁如《うれひな》し、しぶく噴水《ふきあげ》」（「夢の奥」）、「冷《ひ》えはてしこの世のほかの夢の空／かはたれどきの薄明《うすあかり》ほのかにうつる」（「序楽」）。ページをひらけば、早や薄暮《くれがた》の時に運ばれてゆく感がある。薄明のかはたれ時は白秋の偏愛の時、鬱憂の時と言ってもよいだろう。

この偏愛は、歌集『桐の花』にあっても変わらず、同じ薄明の時が流れる。「黄昏《たそがれ》の水路《すゐろ》に似たる心ありやはらかき夢のひとりながるる」、「さしむかひ二人《ふたり》暮れゆく夏の日のかはたれの空に桐の匂へる」。こうした黄昏への傾倒もまたフランス象徴詩のものであった。『海潮音』のボードレールの詩のタイトルは「薄暮《くれがた》の曲」であり、ロオデンバッハの「黄昏《たそがれ》」は、「夕暮《ゆふぐれ》がたの蕭《しめ》やかさ、燈火《あかり》無《な》き室《ま》の蕭《しめ》やかさ／かはたれ刻《どき》はしめやかに、物静《ものしず》かなる死《し》の如《ごと》く」の詩句ではじまる。また一章にみたレニエの「銘文」も夕暮のルフランが印象深い。「あな、あはれ、きのふゆゑ、夕暮悲《ゆふぐれかな》し／あな、あはれ、あすゆゑに、夕暮悲《ゆふぐれかな》し／あな、あはれ、身のゆえに、夕暮悲《ゆふぐれかな》し」。前向きにひた走った明治初期の立志篇の青春はすでに移り、白秋の世代は、歩みをとめて薄明の〈ennuie〉の時のかなしみと悦楽にひたり得たのである。絶対の義を求める壮士の時代はたそがれて、美的惑溺の時代がやってきたのだ。

白秋自身それをよく自覚していた。「かうした薄明への憧憬といふことも或いは近代の人の初めて見る美しいものの一つではないか」（『桐の花』復刻新版あとがき）という言葉は、その自負の念にほかならない。「美の蕩児」白秋は、はやくも頽廃にむかいつつある近代の感覚を詩にもたらしたのである。

「食ふべき詩」——啄木の青春

啄木が『邪宗門』評をしたためたのは明治四十二年四月。その三年後に二十七歳で世を去るこの詩人のあまりに短い生涯を思うとき、いったいどこまでを青春と呼ぶのか戸惑いを禁じえないが、一つだけ、これこそ青春の詩だという作品がある。三十八年、二十歳の若さで出版にこぎつけた処女詩集『あこがれ』である。

上田敏が序をよせ、鉄幹が跋を記していることからもわかるように、詩風はそれまで詩壇の雄であった蒲原有明や薄田泣菫の象徴詩の模倣といってよい。「哀感《あいくわん》かたみの輪廻《めぐり》は猶も堪えめ、泥土《ひづち》に似たる身ぞ。ああさは我が隠沼《こもりぬ》、かなしみ喰《は》み去る鳥さへえこそ来《こ》めや」という一節だけでもそれは明らかであろう。ただ、後に鉄幹が『石川啄木全集』の月報に思い出をよせて、この詩がその頃の彼の詩境をよく表していたので、詩題の「啄木鳥」から啄木の雅号を採ったと述べているのが興味深い。やはり啄木も「明星」の児なのである。

いや、その詩ばかりでない。そもそも『あこがれ』というタイトルじたいがまぎれもなく青春の表白ではなかろうか。翌年の渋民帰省後の『日記』に啄木は記している。「愛と詩と煩悶と自負と涙と、及び故郷と、これは実に今迄の、又現在の、自分の内的生活の全部では無いか」。愛と詩と煩悶と自負と涙——青春のすべてがここにあるといってもいいだろう。

けれど短い生涯を駆け抜けるように生きた啄木は、ほどなくその憧れを捨て、厳しい現実に向きあって変貌を遂げてゆく。処女詩集から四年あまり後に書かれた「食《くら》ふべき詩」は、いわゆる青春との決別の辞にほかならない。「其頃私には、詩の外に何物も無かつた。朝から晩まで何とも知れぬ者にあこがれてゐる心持は、唯詩を作るといふ事によつて幾分発表の路を得ていた」。その憧れのうちには、むろん西欧への憧れが在った。事実、啄木の詩稿ノートは愛読していた英詩からの抜き書きに多くのページを割いている。だが足元に迫る生活苦とともに、啄木は「青春の別名である」西洋志向を離れ、夢見る詩そのものに醒めてゆく。「「詩人」とか「天才」とか、その頃の青年をわけも無く酔はしめた揮発性の言葉が、何時の間にか私を酔はしめなくなつた」。要するに彼は青春を脱したのである。このとき啄木二十四歳。あの「パンの会」の饗宴から何とはるかな地点にいることだろう。貧苦によって鉄鋼は鍛えられたのである。

「食《くら》ふべき詩」は、あるべき詩へのマニフェストを掲げる。「我々の要求する詩は、現在の日本に生活し、現在の日本語を用ひ、現在の日本を了解してゐるところの日本人に依て歌はれた詩でなければならぬ」と。啄木は、空想や外国崇拝を捨てて、いま・ここに就く詩を、美文からもっとも遠い「日本語」を求めたのである。その彼にとって自然主義とは現実直視の思想であり言語表現であった。

「私は最近数年間の自然主義の運動を、明治の日本人が四十年間の生活から編み出した最初の哲学の萌芽であると思ふ。さうしてそれが凡ての方面に実行を伴つてゐた事を多とする。哲学の実行といふ以外に我々の生存には意義がない。詩が其時代の言語を採用したといふ事も、其の尊い実行の一部であつたと私は見る」。つまるところ「食《くら》ふべき詩」とは、「珍味乃至《ないし》は御馳走ではなく、我々の日常の食事の香の物の如く、然《しか》く我々に「必要」な詩といふ事」なのであった。

しかも啄木はそれを、三行詩という全く新しい、革命的な形式で実現させた。『一握の砂』は、鉄幹の新詩社による短歌の大衆化以来の短歌の革命そのものである。啄木のこの短歌革命がどれほどの影響をひきおこしたか、たとえばみずからも影響をうけた折口信夫は語っている。「最正しく自然主義の影響を、歌にひき込んだのは啄木である。（…）短歌は、本質の上に残された空《ク》閑《ガ》を見出した。新理論開発の鋤であり、もっと適切には轆轤でもある所の短歌は、油を注がれて、急に廻り出した」（「歌の円寂する時　続篇」）。

啄木が油を注いだ短歌は、今もなお廻り続け、『一握の砂』は今もなおみずみずしい。

手袋《てぶくろ》を脱ぐ手ふと休《や》む
何やらむ
こころかすめし思ひ出のあり

新しきサラドの皿の
酢のかをり
こころに沁みてかなしき夕べ

こみ合《あ》へる電車《でんしゃ》の隅に
ちぢこまる
ゆふべゆふべの我《われ》のいとしさ

はたらけど
はたらけど猶《なお》わが生活《くらし》楽《らく》にならざり
ぢつと手《て》を見《み》る

こころよく

石川啄木『一握の砂』

我《われ》にはたらく仕事《しごと》あれ
それを仕遂《しと》げて死《し》なむと思《おも》ふ

啄木の革命は短歌ばかりではなかった。「時代閉塞の現状」は、青年たちの現状を語気鋭く告発してやまない。「すべて今日の我々青年が有《も》ってゐる内訌的、自滅的傾向は、この理想喪失の悲しむべき状態を極めて明瞭に語っている。——さうしてこれは実に「時代閉塞」の結果なのである」。そして彼は呼びかけるのだ、国家権力に立ち向かうことを。「我々は一斉《せい》に起《た》つて先づ此時代閉塞の現状に宣戦しなければならぬ」と。

啄木のこの危機感は、半年後の大逆事件の衝撃によってのっぴきならないものとなった。「はてしなき議論の後」の詩はうたう。「此処にあつまれるものは皆青年なり、／常に世に新しきものを作り出す青年なり。（…）されど、なほ、誰一人、握りしめたる拳に卓をたたきて／V NARÓD! と叫び出づるものなし」。また別の詩では、「われは知る、テロリストの／かなしき心を——」と綴る啄木……。

といってもわたしたちの関心は、啄木の左傾化ではなく、その「青春」である。たしかに啄木は二十歳にして「あこがれ」に決別した。貧苦は彼を大人にした。けれども、死の一年前、青年達に呼びかける彼の言葉は「青春」のそれではないだろうか。青春と青年という言葉がいずれもユースの訳語であるのは先にみたとおり。啄木はここでまぎれもなく青年論を語り、「我々青年は」と呼びかけている。その断固たる「青さ」。立志の時代に生きた父をもつ三十年代の「明治の児」は、志を失った自らの時代にいらだって、大義を求めたのである。

思郷と東京

啄木は思郷の詩人であった。『一握の砂』からひく。

やはらかに柳《やなぎ》あをめる
北上《きたかみ》の岸辺《きしべ》目《め》に見《み》ゆ
泣《な》けとごとくに

病《やまひ》のごと
思郷《しきやう》のこころ湧《わ》く日《ひ》なり
目《め》にあをぞらの煙《けむり》かなしも

かにかくに渋民村《しぶたみむら》は恋《こひ》しかり
おもひでの山《やま》
おもひでの川《かは》

ふるさとの山《やま》に向《むか》ひて
言《い》ふことなし

ふるさとの山《やま》はありがたきかな

東京で暮らしていても、まさに病のように、ふとしたことに故郷を思う。「馬鈴薯《ばれいしよ》のうす紫《むらさき》の花《はな》に降《ふ》る／雨《あめ》を思《おも》へり／都《みやこ》の雨《あめ》に」。というよりも、東京にいればこそ、思郷の想いにかられるのである。啄木の『日記』は故郷を思う言葉とともに、「東京病」という言葉もみえる。文学に賭ける青年にとって東京は憧れの都だったのだ。啄木は学生という身分を享受するにはほど遠かったが、先にみたとおり三十年代は学生の上京が増加してゆく時代である。

白秋もまたそうした学生の一人であり、東京にいながら故郷柳川をうたう詩集『思ひ出』を綴った。当時の青年には東京と故郷の二つの場があったのである。啄木も白秋も、境遇こそちがえ、典型的な地方の文学青年であった。

明治四十年頃から大正元年にかけて、東京はモダン都市の相貌をおびてゆく。銀座では三越呉服店がデパートメントストアと名を変え、プランタンにカフェ・ライオンと、遊歩にふさわしいカフェが続々と開店してゆく。資生堂にはパリ・モードの香がただよい、丸善には洒落た装丁の洋書がならぶ。こうして西欧化してゆく銀座界隈は、もはや明治というより一九一〇年代という方が似つかわしいモダン空間である。銀ブラという言葉がはやるのはもうじきだ。

白秋がこのモダン東京をうたった『東京景物詩』を上梓したのは一九一三（大正二）年のこと。日本初の西洋風庭園である日比谷公園は、いかにも白秋好みの場所である。「スバル」初出の「公園の薄暮」からひく。

ほの青き銀色《ぎんいろ》の空気《くうき》に、
そことなく噴水《ふきあげ》の水はしたたり、
薄明《うすあかり》ややしばしさまかえぬほど、
ふくらなる羽毛頸巻《ボア》のいろなやましく女ゆきかふ。

庭園のほかにうたわれるのは、やはりモダン都市の粋をこらした銀座である。

さうして女がゆく、
すずしい白《しろ》のスカアト
その手《て》に持《も》つた赤皮《あかがは》の瀟洒《せうしや》な洋書《ほん》、
いつかしら汗《あせ》ばんだこころに
異国趣味《エキゾチック》な五月《ぐわつ》が逝《ゆ》く……
新《あたら》しい銀座《ぎんざ》の夏《なつ》

（「銀座歌壇」）

女ばかりでなく、銀座を行く男もまた洒落た身なりの遊歩者だ。

瀟洒にわかき姿かな。「秋」はカフスも新らしく
カラも真白につつましくひとりさみしく歩み来ぬ。
波うちぎはを東京の若紳士めく靴のさき。

（「秋」）

薄暮に銀の滴をあげる噴水、化粧の移り香もたおやかに歩み去る女、瀟洒なカフスの秋の装いで銀座を歩く若紳士。そうした遊歩者の手には革表紙の洋書がよく似合う。こうして西洋化してゆく東京の彼方に白秋はフランスを見ていたにちがいない。『桐の花』の歌にはフランス作家の名が銀箔のようにちりばめられている。

南風モウパッサンがをみな子のふくら脛《はぎ》吹くよき愁《うれひ》吹く
そぞろあるき煙草くゆらすつかのまも哀《かな》しからずやわかきラムボオ
かはたれのロウデンバッハ芥子の花ほのかに過ぎし夏はなつかし

下宿には沢山の洋書を買いこんでいたというが、白秋にとっては洋書もフランス作家の名も東京の魅惑をなしているのである。『東京景物詩』は、ボードレールがパリをうたったように、都会の魅惑を詩にした日本初の詩集である。ここでも白秋は詩に新しい領野をひらいたのだ。

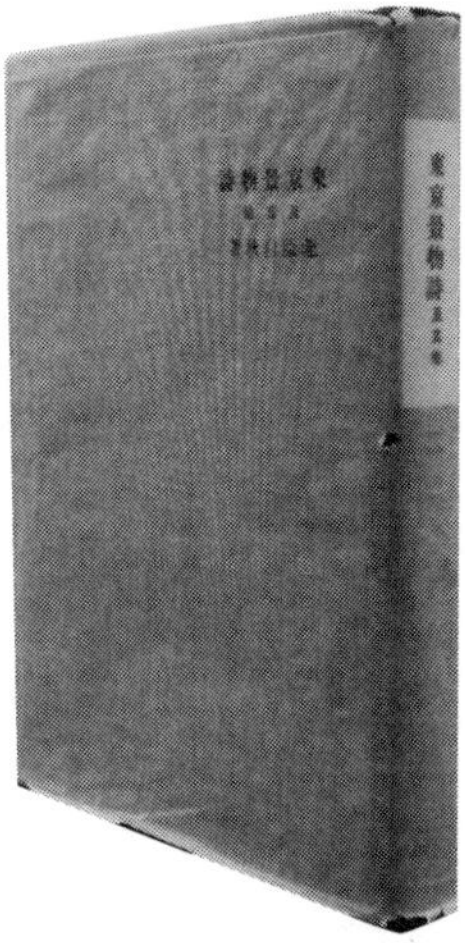
北原白秋『東京景物詩』

一方、洋書はおろか本を買う金さえなかった啄木にとって、東京はすぐれて遊歩の都市であった。小説にむかう日々に倦むとき、啄木はふらりと夜の街に出てゆく。

気弱《きよわ》なる斥候《せきこう》のごとく
おそれつつ
深夜《しんや》の街《まち》を一人散歩《ひとりさんぽ》す

気《き》がつけば
しつとりと夜霧《よぎり》下《お》りて居《を》り
ながくも街《まち》をさまよへるかな

浅草《あさくさ》の夜《よ》のにぎはひに
まぎれ入《い》り
まぎれ出《い》で来《き》しさびしき心《こころ》

この孤独な遊歩者は、人知れぬ東京の遇景の目撃者である。「公園の隅《すみ》のベンチに／二度《にど》ばかり見《み》かけし男《をとこ》／このごろ見えず」「夜《よる》おそく停車場《ていしやば》に入《い》り／立《た》ち座《すわ》り／やがて出《い》でゆきぬ帽《ぼう》なき男《をとこ》」「皮膚《ひふ》がみな耳《みみ》にてありき／しんとして眠《ねむ》れる街《まち》の重《おも》き靴音《くつおと》」

「屋根又屋根、限界のとゞく限りを／すき間もなく埋めた屋根！」と始まる無題の詩の一節には、「あのはかりがたい物音の底の底の底の——都会の底のふかさに」と書かれている。思郷の詩人啄木は、東京の夜の底に思いをこらす遊歩者であったのだ。

こうして東京と故郷という二つの場を分かち持つのは、繰り返しになるが、当時の青春の固有

『東京景物詩』挿絵
（木下杢太郎画）

性である。啄木といい白秋といい、わたしたちはいわゆる近現代の「故郷」の始まりの時に、最高の表現者を得たといってもいいだろう。

その一人である白秋の『思い出』を語らなければならない。だがその前に注目すべきは、「郷土」という概念である。明治四十二年、新渡戸稲造が柳田國男らの協力を得て、郷土会を発足させる。東京と地方という近代化現象を前にして、ドイツ留学時代に地方を尊ぶ「郷土保護《ハイマートクンスト》」という思想に学んだ新渡戸は、地方の土地性を尊重する郷土志向をうちだしたのである。彼によれば東京もまた一つの郷土なのであった。

白秋は、おそらくこの「郷土」という言葉に通じていたにちがいない。というのも、一九一〇（明治四十三）年初めに「国民新聞」に連載された上田敏の小説『うずまき』にこの語がつかわれていて、強い印象を残すからである。主人公は生まれ育った東京の風土をこよなく愛している。「憧憬《あこがれ》の情は、春雄をして斯の如く異邦の美、自然の変化を慕はしめたと共に、都会の複雑な興味にも触れしめて、郷土の精神をしみじみと感ぜしめた。敢てここに郷土の精神といふ。何となればこれは決して地方や田舎の独占物では無く、文明の匂ひが行渡っている都会にも、深く染込《しみこ》んでゐるものだからである」。上田敏はおそらく郷土会の存在にも通じていたことだろう。玉城徹『北原白秋』が「郷土」に言及し、『思ひ出』を絶賛した上田敏のスピーチにふれて、「こうした事情を抜きにしては、出版記念会席上における「筑後柳川の詩人北原白秋を崇拝する」と結んだスピーチの意味も正しくとらえられない」と指摘しているのは、実に的を射た批評だと言うべきだろう。

上田敏は、「崇拝する」という強い言葉で白秋の感涙を誘ったが、芥川龍之介もまた白秋の文

北原白秋『思ひ出』

章に眼を開かれた一人であった。「僕等の散文が詩人たちの恩を蒙つたのは更に近い時代にもない訳ではない。ではそれは何かと言へば、北原白秋氏の散文である。僕等の散文に近代的な色彩や匂を与へたものは詩集『思ひ出』の序文だつた」（「文芸的な、余りに文芸的な」）。

その『思ひ出』序文の、「私の郷里柳河は水郷である。さうして静かな廃市の一つである」という名高い一節は、こう結ばれている。「静かな幾多の溝渠はかうして昔のまゝの白壁に寂しく光り、たまたま芝居見の水路となり、蛇を奔らせ、変化多き少年の秘密を育む。水郷柳河はさながら水に浮いた灰色の棺である」。

廃市と呼ばれ、「水に浮いた灰色の棺」と言われる故郷柳河は、セピアの古色に染めあげられて、帰らぬ時のなかの風景と化す。その時のなかで、幼い詩人の捉えがたい感覚は、「赤い首《くび》の蛍」に、あるいは、悩ましい「黒猫の美しい毛色」に、水路に浮かぶ薄紫のウォーターヒアシンスに、あるいは祭の白塗り化粧に、死者を運ぶ青甕に、生胆取が身を忍ばせる夜闇に、要するにこの古い水都のすべてに感応してやむことがない。

兎に角私は感じた。さうして生まれたまゝの水々しい五官の感触が私にある「神秘」を伝へ、ある「懐疑」の萌芽を微かながらも泡立たせたことは事実である。さうしてまだ知らぬ人生の「秘密」を知ろうとする幼年の本能は常に銀箔の光を放つ水面にかのついついと跳ねてゆく水すましの番ひにも震慄《わなな》いたのである。

『思ひ出』は幼い詩人の「感覚史」であり「性欲史」であり、詩で綴られたキタ・セクスアリスである。「まだ現実の痛苦にも思い到らず」にいた、南国の豪商のトンカ・ジョン（長子）の幼い魂をおののかせた生と性の神秘……。

白秋の追想は、追憶でありながら現在であり、帰らぬ時でありながら真新しい近代の感覚に満ちている。高村光太郎の『思ひ出』評はよくこれをとらえて讃辞を惜しまない。「『思ひ出』が、現代の若いジエネレエシヨンの内部生活の世界に新しい色彩と、未知の領域とを与へた事は近頃の文芸界に於ける偉観である」「各頁には、現代の人の或る覚醒が、或る開放が、従つて或る寂寥が、トンカ・ジョンの昔に糾《あざな》はれて、追憶の神秘のかげに眼を瞠つている。『思ひ出』は、近頃続出する追憶文学の中で、最も鋭く現在を語るものの一つである」。

『思ひ出』扉絵（北原白秋画）

追憶が鋭く語る現在。時にとりのこされて眠る故郷と、最新流行の綺羅にときめく大都会、時の彼方といま来ようとする時の気配と、二つを同時に表現しうるこの詩人は、生の痛苦と官能を一つの言語世界に糾《あざな》いうる詩人でもあった。『邪宗門』と『東京景物詩』と『思ひ出』はほぼ同時に構想されている。その多層的な詩世界の、えもいわれぬ繊細さと斬新さ。

そう、啄木だけが思想的詩人であったわけではないのである。表現者にとっては、表現こそが思想であり、一つ一つの言葉の精選と構築こそが思想の表明にほかならない。晶子の歌が思想であるのと同じように、若き「近代」の頽廃感覚をうたって読む者を酔わせた白秋の創造もまた優れて思想的営為だったのである。彼らの詩や短歌は、新しく身をもたげた younger generation の自己表白であったのだ。

第4章 印象派という流行

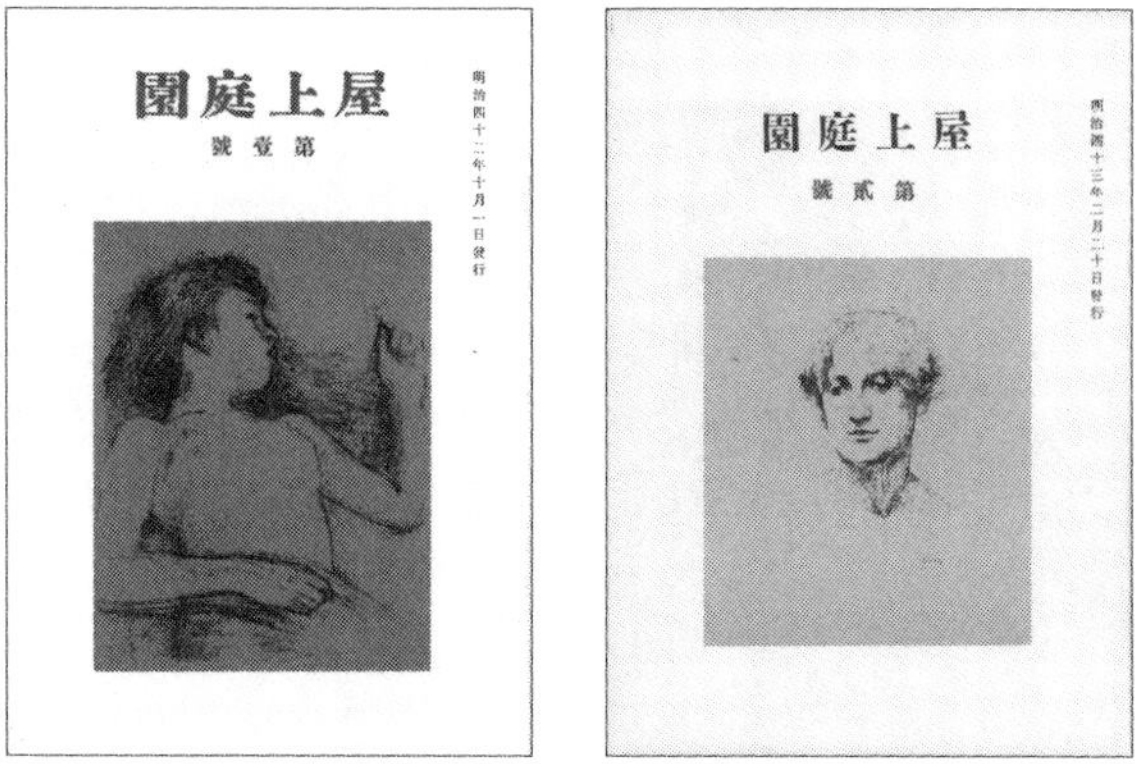

「屋上庭園」第1号・第2号

印象明瞭

文学と美術が親しい関係を結んでいた時代であった。明治大正の雑誌をみわたしてみると、「文学美術雑誌」は「明星」だけではないという思いを新たにする。

たとえば、正岡子規の率いた「ほととぎす」も好例である。洋画家の浅井忠を友とした子規は美術にも明るかった。そもそも俳句・短歌は「写生」であるという子規の論そのものが文学と美術に橋をかけるものにほかならない。

ここで、新聞「日本」に掲載された「明治二十九年の俳句界」が興味深い。子規は「現在の新調」として、河東碧梧桐の句「赤い椿白い椿と落ちにけり」を次のように評している。「碧梧桐の特色とすべき所は極めて印象の明瞭なる句を作るに在り。印象明瞭とは其句を誦する者をして眼前に実物実景を観るが如く感ぜしむるを謂ふ。故に其人を感ぜしむる所恰も写生的絵画の小幅を見ると略々同じ」。

眼の前にある実景を一幅の絵のように写しだす絵画性。それが、新しい俳句の魅力なのである。こうして美術の語彙をもって文学を語ることが新しいトレンドになってゆく。子規の俳論はその先駆けであった。

ということは、美術と文学の二領域に造詣の深い才能が輩出した時代だったということでもある。代表的な一人が高村光太郎であろう。明治四十二年にパリから帰国した光太郎は、同年創刊の「スバル」に才筆をふるった。フランス語ができるから翻訳も多く、ランダムにあげてみると、ユイスマンスの「巴里の写生」やゾラの「制作」、モーパッサンの短編のほか、ロートレックの評伝やホイッスラーの絵画論などを随時翻訳している。並行して、「失はれたモナ・リザ」や「根付の国」など、毎号のように詩も寄稿している。もちろん美術論も多く、「AB HOC ET AB HAC」と題する美術展評ほか、長文の美術論を寄稿しており、光太郎のマニフェストとして名高い論「緑色の太陽」もその一つである。光太郎の存在は、「スバル」のヨーロッパ志向を際立たせるとともに、美術と文学の近接をひときわ印象づけるものだった。

木下杢太郎もまた美術と文学に明るい器である。明治四十二年二月号の「スバル」に寄せた「地下一尺録」は、島村抱月の近代ヨーロッパ絵画論を批判した評論で、マネ、モネ、ホイッスラーなど近代フランス絵画に説き及んでいる。杢太郎はドイツの美術評論家リヒャルト・ムーターの『十九世紀仏国絵画史』三巻を東京大学図書館で読んで熱狂し、続いて『仏蘭西絵画の一世紀』に感銘をうけ、後に原書を入手して翻訳を志す。完成を見たのは大正二年で、「既に翻訳は時機を失していた」が、熱い愛着ゆえに翻訳を敢行したと言う。美術にたいする杢太郎の傾倒がうかがわれる。

ムーター『十九世紀仏国絵画史』木下杢太郎訳
（筆者蔵）

パンの会——風俗としての芸術家

医学部の学生であった杢太郎はドイツ語をおさめたが、憧れたのは印象派以降のフランス絵画であった。いや、絵画のみならず、フランスの芸術全般が憧れの的であった。杢太郎のフランスかぶれは白秋に勝るとも劣らない。「新小説」に寄せた小説「新時代」の一節には次のようなくだりがある。

Mademoiselle Brune.....elle était très charmante aujourd'hui, n'est-ce pas ? —Sans doute.
かう云ふ風に片言の仏蘭西語で語るといふことは、傍《はた》の人には気障《きざ》にも歯の浮くやうにも、感ぜられるだらうが、彼等青年に取つては、それ以上の喜びを内心に喚《よ》び起させるのであつた。現代仏蘭西の芸術的文化……無論彼等はぼんやりと想像してゐるのに過ぎなかつたが——それに対する崇拝は当時の——寧ろ病的の流行であつた。

美術といわず文学といわず、フランスの芸術文化のすべてが青年たちの憧憬を誘ってやまなかった。これまでにみたように鷗外や上田敏の訳業の影響も大きかったが、もう一つかれらの心を燃やしたものに、岩村透の『巴里の美術学生』がある。パリ留学から帰国した岩村透は、美術学校で過ごした日々の思い出を生き生きと面白おかしく綴って「二六新報」に連載し、翌一九〇三年に単行本にまとめた。「明星」創刊の三年後のことである。

世間を小馬鹿にしながら自由を謳歌する巴里の画家たちの奔放な生活スタイルは、若い心をひきつけた。杢太郎が愛読者の一人だったのは言うまでもない。「岩村透氏の『巴里の美術学生』などといふ、ハイカラな小冊子が当時のアマトウル青年に清新の感情を与へたが、仏蘭西印象画派などの事蹟を調べると、カフエエといふものが芸術運動の重なる一要素になつてゐることを知つた。当時東京にはカフエエに類するものは一もなかつた」。

そこでカフェの代わりになるような場所を探そうということになり、せめても洋食をだす料理屋を探そうということになった。しかも、その店は河に面していなければならない。「セーヌのほとり」に替えるためである。要するに、東京をパリに見たてようというのが杢太郎の意図だったのだ。集う仲間は、新詩社を脱退した青年たちと、美術文芸誌「方寸《ほうすん》」を出していた青年たち。杢太郎に北原白秋、吉井勇、高村光太郎、長田秀雄が集い、くわえて石井柏亭に山本鼎、森田恒友など「方寸」のメンバーが集った。

「パンの会」という命名は杢太郎によるものである。「芸術のための芸術」が旗印であった。明治四十一年の末から四、五年にわたり、毎月第二、第四土曜日に会が開かれた。ひとしきり芸術談で怪気炎をあげると、後はバッカスの席となり、若さにまかせた青年たちの饗宴が繰り広げられる。少人数の時もあったが、二桁を数える盛会のときもあり、上田敏や永井荷風、谷崎潤一郎、藤島武二、与謝野寛なども顔をみせたりした。

木下杢太郎画「パンの会」
（木下杢太郎『食後の唄』初版口絵。日本近代文学館蔵）

後の回想で杢太郎はこの時代をふりかえって語っている。「黒田清輝が白馬会を挈《ひっさ》げて活動し、永井荷風が『仏蘭西物語』を出版し、湯浅一郎がヱラスケスの模写を陳列し、有島生馬が印象派風の作品を齎らしたと同じ環境の出来事である」。まさに洋画家たちが勢力を広げはじめた時代であり、パンの会は「一種の欧羅巴主義であつた」という杢太郎の言葉どおりである。

さらにもう一つ、フランスかぶれとならんで「江戸趣味」もまたパンの会独特の趣向であった。「浮世絵や徳川時代の音曲」が愛されたり、芸妓を席に呼んだりしたのもそのあらわれだが、これは回顧趣味ではなく、一種のエキゾチズムであった。「畢竟パンの会は、江戸情調的異国情調的憧憬の産物であつたのである」と杢太郎は回顧している。この頃、彼がつくった小唄「築地の渡し」は「パンの会」独特の情調をよく伝えている。序とともにひく。

築地《つきぢ》の渡《わたし》より明石町《あかしちやう》に出《い》づれば、あなたの岸《きし》は月島《つきしま》また佃島《つくだじま》、燈《ともしび》ところどころ。実《げ》に夜《よる》の川口《かわぐち》の眺《なが》めはパンの会勃興当時《くわいぼつこうとうじ》の芸術的感興《げいじゆつてきかんきよう》の源《みなもと》にてありき。永代橋《えいたいばし》を渡《わた》つての袂《たもと》に、その頃永代亭《ころえいたいてい》となん呼《よべ》る西洋料理屋《せいやうれうりや》ありき。その二階《にかい》の窓《まど》より眺《なが》むるに、春月《しゆんげつ》の宵《よひ》などには川《かわ》の面《おもて》鍍金《めっき》したるが如《ごと》く銀箔《ぎんばく》に、月影往往《つきかげわうわう》そが上に瀲灧《れんえん》の光《ひかり》を流《なが》しぬ。斯《かか》る時《とき》しもあれや、一艘《いっそう》の小《ち》さき舟《ふね》ぞ来《きた》る。形《かたち》あたかも陰画《かげゑ》の如《ごと》く、白光《はくくわう》の面《おもて》に劃然《くわくぜん》たる黒影《こくえい》を現《あらは》しつ。舟中《しうちゆう》の人人《ひとびと》の拳《けん》を闘《たたか》はし嬉遊《きいう》するさま真《しん》に滑稽《こつけい》の極《きは》みにてありけり。我等《われら》パンの会《くわい》の同志《どうし》は数数《しばしば》この家《いへ》の階上《かいじやう》に集《つど》ひてパンを祀《まつ》るの酒宴《しゆえん》を開《ひら》きたり。

房州通《ばうしうがよ》ひか、伊豆《いづ》ゆきか。
笛《ふえ》が聞《きこ》える、あの笛《ふえ》が
渡《わたし》わたれば佃島《つくだじま》。

「方寸」（筆者蔵）

（上）右から　明治 41 年 1 月号（表紙画＝石井柏亭「子猫」）、明治 41 年 8 月号（表紙画＝倉田白羊「狂女」）、明治 42 年 2 月号（特別漫画号）

（下）明治 43 年 5 月号（本文図版）　イラストは左上より時計回りに、倉田白羊、小杉未醒、森田恒友、石井柏亭、織田一磨、坂本繁二郎、山本鼎、平福百穂

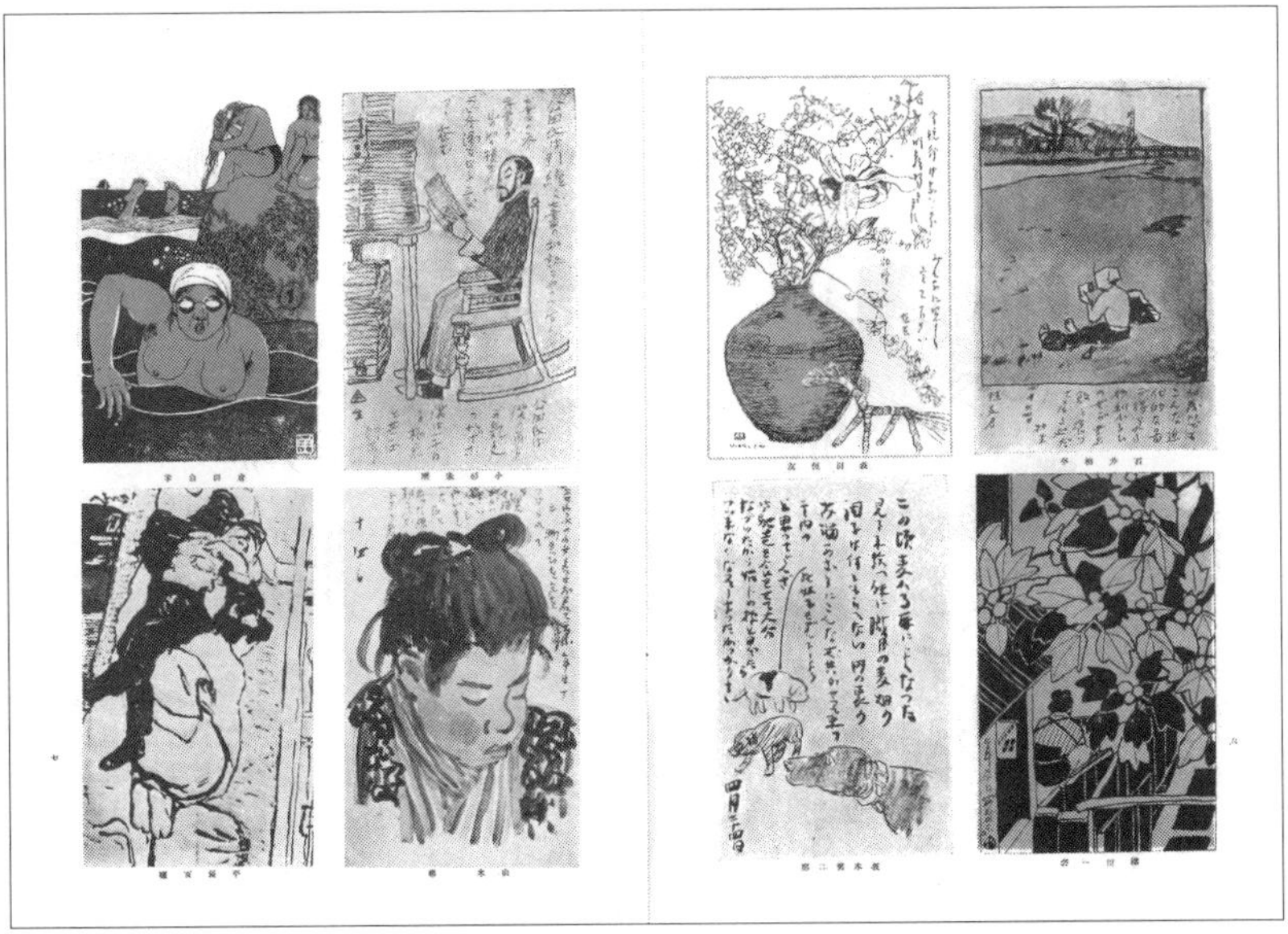

メトロポオルの燈《ひ》が見《み》える。

メトロポオルの明石町河岸にあった外人専用のホテルで、モダン都市の雰囲気をたたえていた。モダンでありつつ江戸情緒も残す深川の水辺はいかにもパンの会好みである。こうしてエキゾチックな情調にひたりつつ芸術を愛し青春を謳歌したパンの会は、「芸術家」を一つの特異なライフスタイルとして特化した風俗現象として明治大正文化史に異貌を刻んでいる。芸術《アート》は巴里からやってきたのである。

「屋上庭園」と「方寸」

パンの会は会誌として一つの雑誌を生み出した。「屋上庭園」がそれである。同人は木下杢太郎と北原白秋、長田秀雄の三人。第一号は、明治四十二年十月に発行された。表紙を飾るのは黒田清輝の「野辺」。草むらに裸婦が寝そべる二色刷りの絵はハイブロウな上質感をたたえている。ページをひらくと、余白を贅沢に使った誌面が美しく、瀟洒という形容詞がいかにもふさわしい雑誌である。白秋は『東京景物詩』におさめられる三篇の詩をここに寄せ、杢太郎は長編戯曲と二編の詩を、長田秀雄は一篇の詩と文楽座印象記を寄せている。

翌年三月にでた第二号は、表紙にふたたび黒田清輝の「サラ・ブラウンの首」。ページの間に間にはさまれた異国情緒あふれる版画がエキゾチックな雰囲気をかもしだしている。この号には、同人の作品のほかに永井荷風の「西班牙料理」(のちに『ふらんす物語』に収録)の寄稿があり、蒲原

「屋上庭園」第２号口絵
（木下杢太郎画。筆者蔵）

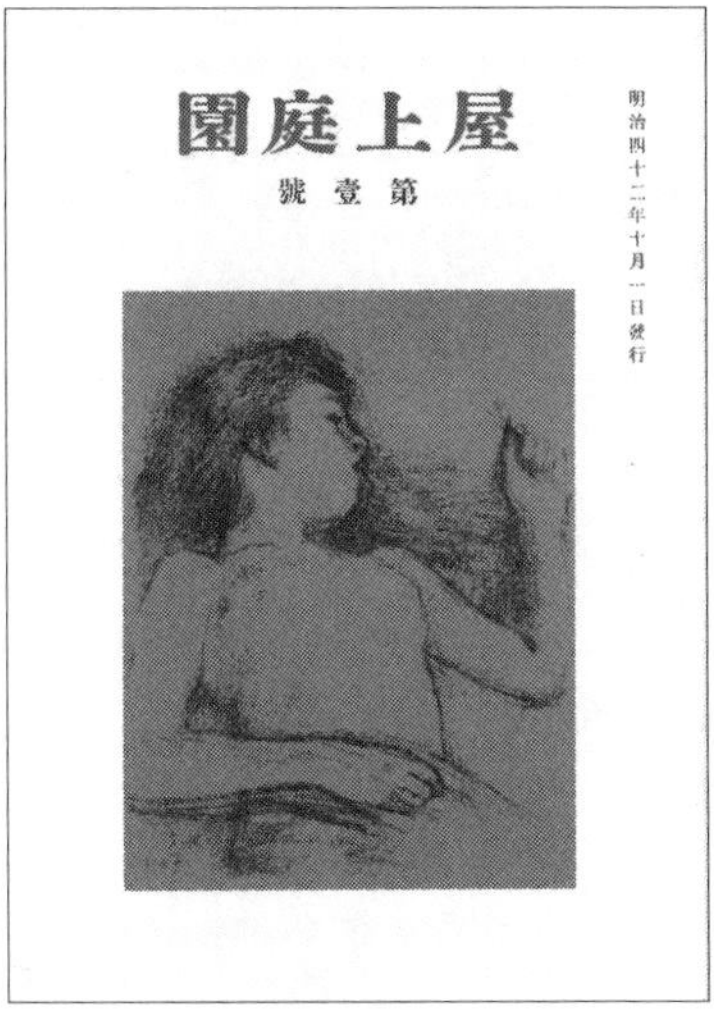

「屋上庭園」第１号
（表紙画＝黒田清輝「野辺」。筆者蔵）

有明も随想「仙人掌と花火の APPRECIATION」を寄せている。豪奢な書き手を得たこの号はしかし、白秋の詩「おかる勘平」が風俗紊乱の科をうけ、発禁処分をうけることになった。当該個所をふくむ節をひく。

おかるはうらわかい男のにほひを忍んで泣く、
麹室《かうじむろ》に玉葱の咽《む》せるやうな強い刺激《しげき》だつたと思ふ。
やはらかな肌《はだ》ざわりが五月《ごぐわつ》ごろの外光《ぐわいこう》のやうだつた。
紅茶のやうに熱《ほて》つた男の息《いき》、
抱擁《だきし》められた時《とき》、昼間《ひるま》の塩田《えんでん》が青く光り、
白い芹の花の神経が鋭くなつて真青に凋れた、
震えてゐた男の内腿《うちもも》と吸はせた唇と、
別れた日には男の白い手に烟硝《えんせう》のしめりが
沁み込んでゐた、

「JUGEND」
（上から　1896年2月15日号表紙、
同年8月15日号、同年5月16日号）

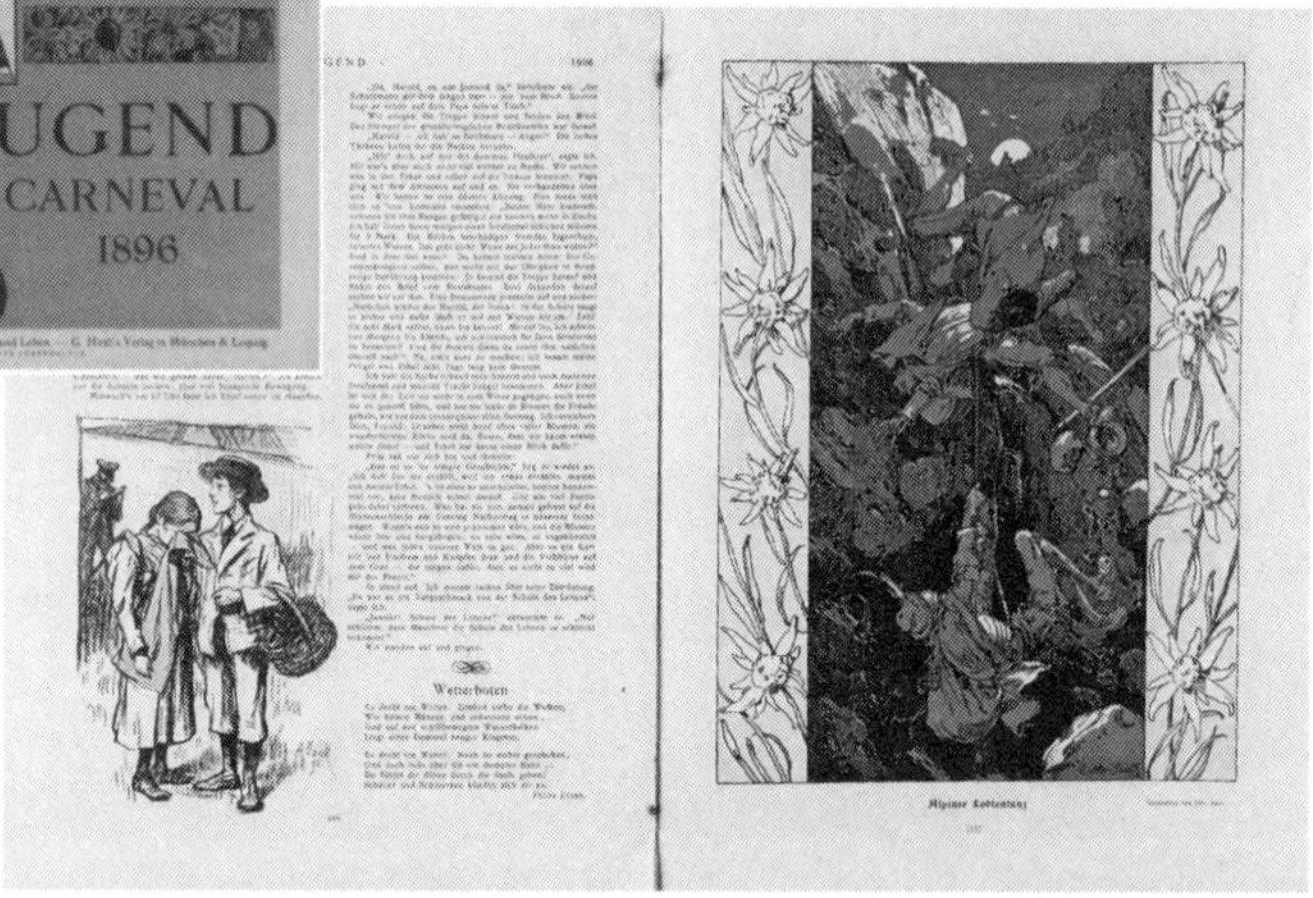

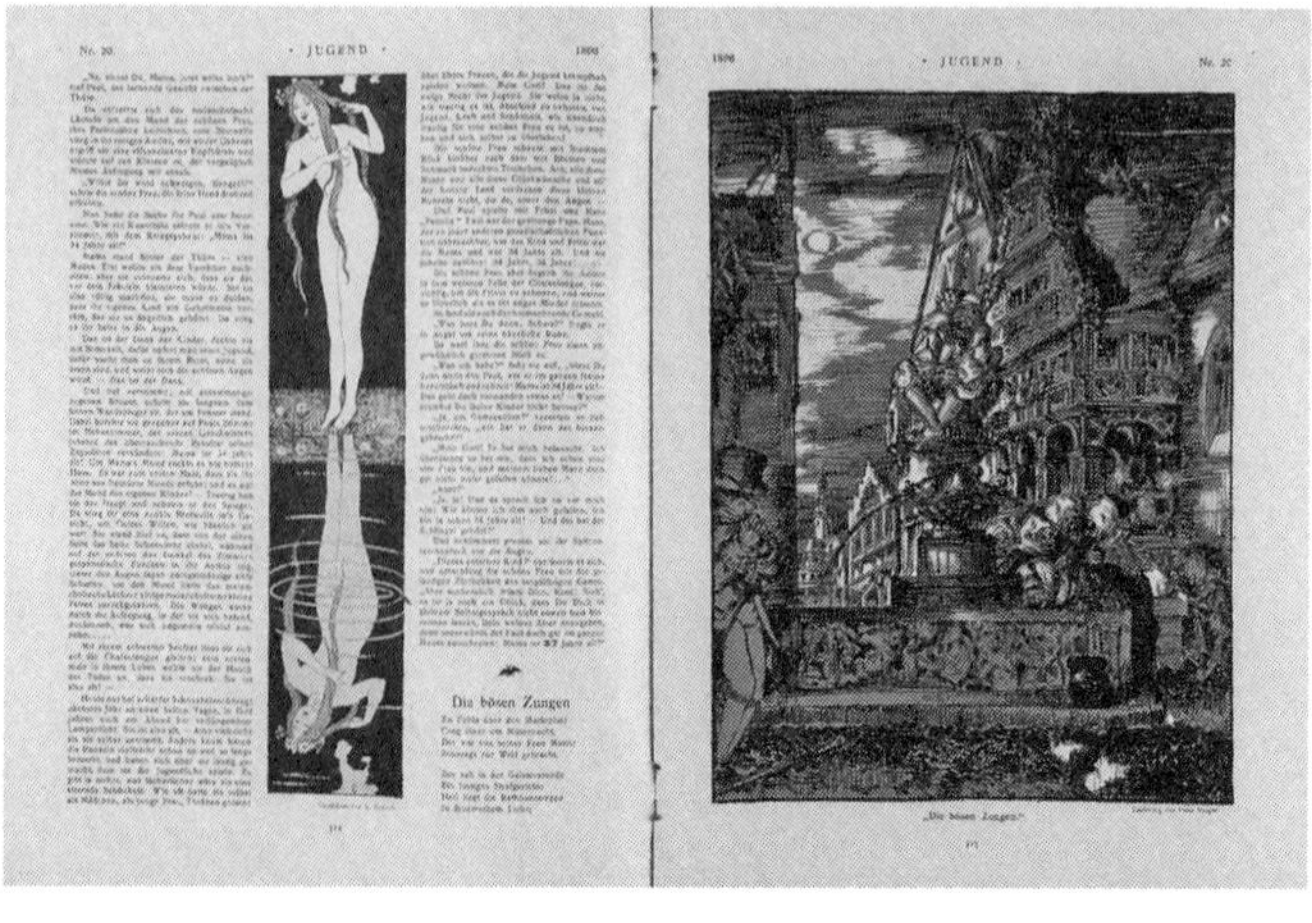

北原白秋『邪宗門』扉と挿画（いずれも石井柏亭画）

籠にのる前まで私はしみじみと新しい
野菜を切つてゐた……

この詩の「男の内腿《うちもも》」の個所が検閲にひっかかったのである。やむなく二号雑誌に終わった「屋上庭園」だったが、『東京景物詩』の扉にも、「わかき日の饗宴を忍びてこの怪しき紺と青との詩集を“PAN”とわが「屋上庭園」の友にささぐ」とあるとおり、白秋たちの青春の記念碑であった。

パンの会を支えたメンバーは、白秋、杢太郎、長田秀雄のほか、「方寸」の同人たちである。太平洋洋画会に属する石井柏亭、山本鼎、森田恒友を中心に、倉田白羊、小杉未醒、平福百穂、やがて坂本繁二郎たちも同人になってゆく。見られるとおり、すべて画家ばかりだが、文章も書いたかれらは、批評や戯文や偶感を綴って、まれに見る美麗な美術雑誌を作りあげた。明治四十年から四十四年まで、月刊で全三五冊。当時ドイツで出ていた雑誌「ユーゲント」をめざしただけあって、いかにも洒落た美術誌である。特筆すべきは、山本鼎をはじめとした創作版画で、毎号力作が並んでいる。くわえて、時に外部からの寄稿もあった。杢太郎や白秋も文章を寄せていて、白秋の寄稿文は、「パンの会」で酒宴たけなわになると必ず歌われたと言われている「空に真赤な」の詩のローマ字版である。

空に真赤な雲のいろ。
玻璃に真赤な酒の色。
なんでこの身が悲しかろ。
空に真赤な雲のいろ。
（「邪宗門」）

ちなみに白秋の『邪宗門』の装丁と挿絵は柏亭の手になるもので、山本鼎も木版画を寄せている。「方寸」編集と同時進行の仕事であり、明治末期は「屋上庭園」と「方寸」と、二つながら文化史にのこる画文交響の代表作をうみだした時代であった。

印象派という流行

パリの芸術がいかに明治の青年の憧憬をそそったかをみてきたが、なかでも圧倒的なインパクトを放ったのは印象派絵画である。「白樺」の創刊が明治四十三年。以後大正十二年まで十三年間にわたった「白樺」もまた名高い美術文芸誌であり、ロダンとともに印象派――ことに後期印象派――の鑑賞と紹介を大きな柱としたことは周知のとおり。日本に印象派を広めた功績は「白樺」のものである。

けれども印象派はそれ以前、「明星」の時代からヨーロッパ芸術の新潮流として多大な関心を集めていた。早いものとしては、「明星」明治三十八年二月号に、久米桂一郎が「ウィスラー対ラスキン及び印象主義の起源」と題した長文の美術評論を寄せて印象派の外光理論を紹介している。木下杢太郎のムーター読解と『十九世紀仏国絵画史』の翻訳は先にふれたとおりである。

けれども、ここでとりあげたいのは、そのような美術としての印象派ではなく、文学における印象派なのである。それというのも、「印象主義」と言えば絵画のみならず文学をも指したからであり、もしそう呼ぶことができるとすれば、「印象派文学」というものが存在したからだ。たとえば永井荷風がそうである。明治四十一年にフランスから帰国した荷風は、翌年三月の「文章世界」に「仏国に於ける印象派」と題して次のように述べている。

「現時《げんじ》仏蘭西《ふらんす》の文壇《ぶんだん》に於《おい》て質量共《しつりやうとも》に旺盛《わうせい》を極《きは》めて居《ゐ》るのはこの印象派《いんしやうは》に属《ぞく》する作物《さくぶつ》であらう。いふまでもなくこの印象主義《いんしやうしゆぎ》なるものは、ゾラあたりの自然主義《しぜんしゆぎ》より出《い》でゝ更《さ》らに一歩《ぽ》新《あた》らしき方面《はうめん》に進《すゝ》んだものと認《みと》められて居《ゐ》る。小説《せうせつ》にもこの流派《りうは》に属《ぞく》するものがもう大分《だいぶ》出《で》て居《ゐ》るが、とりわけ韻律《ゐんりつ》ある詩歌《しか》、散文詩《さんぶんし》、及《およ》び小品文《せうひんぶん》といふようなものに傑《すぐ》れた作品《さくひん》が多《おほ》い」。

見られるとおり、「印象派」を歴とした文学の流派とみなしている。自然主義作家ゾラが印象派の援護者だった事実を知ったものかどうか、自然主義よりさらに進んだ流派と紹介しているのも面白いが、明治の文壇はこれを額面通りうけとったかもしれない。荷風は筆をすすめて、「右《みぎ》の印象主義《いんしやうしゆぎ》なるもの〻特徴《とくちやう》を手取《てと》り早《ばや》く言《い》へば文学上に於ける個人主義の発揮である」と言う。そうして荷風があげている作家は、グールモン、レニエ、モレアス、ノアイユ夫人、ベルハーレン、メーテルリンクなどであり、今日からみれば世紀末の作家、詩人であって、作風はそれぞれである。「個人主義」と言われればその通りだが、「印象派」でないことだけは明らかであろう。

荷風ばかりではない。田山花袋もまたゴンクールの作品を読んで、「印象主義の作者であることをも十分に知ることが出来なかった」が「新しい作品だと思った」と述べている（『東京の三十年』）。印象派なり印象主義といった言葉がいかにフランスの最新流行だと思われていたかが伝わってくる。あるいはまた、日夏耿之介の『明治浪漫文学史』にも、「おしなべてこの浪漫文学は、視官能本位の印象手法をキイノオトとした」という文言が見える。印象主義という語は、フランス渡来の芸術手法として広く文学にも使われていたのである。極論すれば、印象派であれ、象徴派であれ、フランス渡来の芸術潮流であれば、新しく学ぶべきモデルであったのだ。いかに明治がフランスかぶれの時代であったか、思いを新たにさせられる。

そのうえで、「印象派」という言葉は杢太郎や白秋の詩に新しい光を投げかけるものでもある。日夏の「視官能本位」という言葉など、『邪宗門』の方法の本質をつくものだといっても良い。かれらの詩をいまいちど印象派という視点から読みなおしてみよう。

「明星」明治四十年八月号に載った杢太郎の「樝古聿《ちよこれいと》」は、単行本収録にあたって次の小序を加えている。「これわが初めて作る所の詩なり。かのもはら外光を画けりといはれたる印象派画家の風にならひたるなりけり」。詩をひく。

真昼《まひる》の光《ひかり》、煙突《えんとつ》の
屋根《やね》越《こ》え、わかき白楊《はくやう》を
夏のにほひに噎《むせ》ばしむ。
そは支那店《しなみせ》の七色《なないろ》の
玻璃《がらす》を通《とほ》し、南洋《なんやう》の
土のかをりの楂古聿《ちよこれいと》
くわつとたぎらす窓《まど》にして——
百合《ゆり》咲《さ》く国《くに》の温泉《おんせん》に
ゆあみしまししを垣間見《かいまみ》て
こがれさふらふ鵠《はくてう》の
君《きみ》をしのぶと文《ふみ》つくる。

冒頭の「光」の夏にきらめく「七色の玻璃《がらす》」窓は光を意識させる言葉であり、幾重にも明るさを強調している。ガラスは光の変化をあらわして、「外光」の作用に目をむけさせる。巧拙は別として、それまでの詩には見られなかった新しさがある。

『食後の唄』の冒頭詩、「金粉酒」になると、ずっと洗練されていて、ローマ字とともに、軽やかな光と色の乱舞がモダニティをかもしだす。初出は明治四十三年七月。パンの会の最盛期である。冒頭の一節をひく。

EAU-DE-VIE DE DANTZICK《オオドヰイドダンチツク》
黄金《こがね》浮《う》く酒《さけ》、
おお五月《ごぐわつ》、五月《ごぐわつ》、小酒盞《リケエルグラス》、
わが酒舗《バア》の彩色玻璃《ステンドグラス》、
街《まち》にふる雨《あめ》の紫《むらさき》。

たしかに印象派は新しい詩の領野をひらいたのだ。

白秋の視官能

杢太郎よりさらに鮮やかに印象派を思わせるのは白秋である。

何より『邪宗門』が際だっている。二作目の『思ひ出』の序「わが生ひたち」にみずからの作風の変化を記して、「恰度強い印象派の色彩のかげに微かなテレピン油の潤りのさまよふてゐるやう」なものだと述べているとおり、『邪宗門』は印象派の色彩にあふれかえっている。「外光と印象」と銘打たれた章タイトルはストレートに印象派をうちだしたものであり、その扉書きを書いているのは大田正雄こと杢太郎である。そこで彼は「近世仏国絵画の鑑賞者をわかき旅人にたとえばや」と絵画を語り、Watteau から始めて、「「刹那」の如くしるし明かなる」Manet の陽光、「金緑に紅薔薇を覆輪にした」Monet の波の面、Whistler、Pissaro と続けてゆく。

杢太郎は白秋の詩に色彩の横溢を見たのである。明治四十二年五月号の「スバル」に載った彼の『邪宗門』評にもそれは明らかだ。『邪宗門』の詩は主として暗示《サジエスション》の詩である。感覚及び単一感情の配調である。故に其の技巧は直ちに十九世紀後半の仏国印象画派、殊に、新印象派《ネオインプレッショニスト》、即ち点彩画派《ポエンチリスト》の常套の手法を回想せしめるのである。殊に、此作者が視官を用ふることが尤も多いことに依って一層然るのを覚える」。

菅野昭正『詩学創造』は、「点描画派《ポエンチリスト》という比較はどうかと思う」と留保をつけたうえで、「白秋の初期の詩の特質としてまず絵画的なイメージを認めなければならないということを、この木下杢太郎の評言ほど、まともに言ってのけた例はない」と述べ、初期作品に溢れる色彩を見て、「白秋は《見る視線》の詩人として出発した」と語っている。

『邪宗門』をひらいてみよう。まず目に映るのは、「赤き僧正」。「赤々《あかく》と毒のほめきの恐怖《おそれ》して、顫《ふる》ひ戦《おのゝ》く（…）瞳据ゑつつ身動《みじろ》かず、長き僧服《そうふく》／爛壊《らんゑ》する暗紅色《あんこうしよく》のにほひしてただ暮れなやむ」。続く「WHISKY」も赤く染まっている。「夕暮《ゆふぐれ》のものあかき空《そら》、その空に百舌《もず》啼《な》きしきる」。

以下、ランダムにあげてみよう。

あな悲《かな》し、紅《あか》き帆《ほ》きたる／聴《き》けよ、今《いま》、紅《あか》き帆《ほ》きたる。（「耽溺」）

大空《おほそら》に落日《いりひ》ただよひ／旅しつつ燃えゆく黄雲《きぐも》。（「といき」）

濡れ黄ばむ憂鬱症《ヒステリイ》のゆめ／青む、あな／しとしとと夢はしたたる。（「噴水の印象」）

いと青きソプラノの沈みゆく光のなかに／饐《す》えて病むわかき日の薄暮《くれがた》のゆめ。（「青き光」）

あかあかと狂ひいでぬる藪椿《やぶつばき》／自棄《やけ》に熱病《ねつや》む霊《たま》か、見よ、枝もたわわに／狂ひ咲き／狂ひいでぬる赤き花／赤き譃言《うはごと》。（「狂へる椿」）

あげてゆけばほとんどの詩に色がちりばめられている。まさしく白秋は色彩詩人である。ことに頻出する色は「赤」であり、これについては川本三郎『白秋望景』が、「明治の末年から大正にかけての時期が、赤と朱に陶酔した時代であった」という高階秀爾『日本近代の美意識』の言葉をひきつつ、白秋の「時代の色」を語っている。鉄幹・晶子、そして黒田清輝たちの時代の色が「青と紫」の時代であったのにたいし、それに代わったのが赤の時代なのだと。

パンの会の青春の爆発には赤が似合う。そういえば白秋は「スバル」明治四十二年五月号でも「赤」の題の短歌の選者をやっている。ちなみに啄木は「秋」の短歌の選者。赤は初期白秋の偏愛の色なのである。さらに金もまた白秋偏愛の色であった。石井柏亭をはじめ「方寸」の仲間たちの手を借りた『邪宗門』の装丁も赤と金である。永井荷風が絶賛したと言われる「片恋」の詩がうかんでくる。これもパンの会盛時の頃の作品である。

あかしやの金《きん》と赤とがちるぞえな。
かはたれの秋の光にちるぞえな。
片恋《かたこひ》の薄着《うすぎ》のねるのわがうれひ
「曳舟《ひきふね》」の水のほとりをゆくころを。
やはらかな君が吐息《といき》のちるぞえな。
あかしやの金と赤とがちるぞえな。

（『東京景物詩』）

華やかな赤と金は、水のゆらぎを思わせる五七五の韻律とあいまって、白秋独特のほの甘い官能をかもしだす。日夏の「視官能」という言辞はまさしく白秋の詩の魅力を言いあてて妙である。悩ましく身を刺す性の痛苦を、色彩と韻律で表現する――この詩世界が明治末にあってとほうもなく新しいものであったことはもはや繰り返すまでもないだろう。

印象派がこの詩人にあたえた影響はこれだけにとどまらない。歌集『桐の花』にもこれ見よがしにと言いたいほど、きらびやかに海のかなたの芸術家の名がちりばめられている。「短歌は一個の小さい緑の古宝石である」という言葉に始まる、あまりにも有名な短歌宣言の前後にどれほどのフランス画家、作家の名が連ねてあることか。「わかい人のこころはもつと複雑かぎりなき未成の音楽に憧がれてゐる。マネにゆき、ドガにゆき、ゴオガンにゆき、アンドレエフにゆき、シユトラウス、ボオドレエル、ロオデンバツハの感覚と形式にゆく。かの小さな緑玉《エメロウド》の古色は私がそれらの強烈な色彩の歓楽に疲れたとき、やるせない魂《たましひ》の余韻を時としてしんみりと指の間から通はすだけの事である」。

この古い宝石は、忍び音をもらす笛の音でもある。「笛の匂を知れ、完成された大和歌の心根に更に悲しい銀光の燻しをかけよ」と白秋は言う。「日本の笛を取る心もちにもなほ鮮やかなStrangerの驚異と感触を貴び、目白僧園の鐘の音にアベマリヤの晩鐘を忍ぶ伊太利亜旅人の春愁を悟り、異国の菊の香《かをり》に新らしい流離の涙をそそぐピエルロチが秋の心をまたとなく懐かしむ」と。こうして列挙されるフランスの画家、作家の名前もまた赤や金の色彩に劣らず白秋の文章に「銀光の燻し」をかけ、不可思議国のオーラを放っている。思うに白秋ほど固有名の魔術に過敏な詩人もないだろう。前章にひいた歌もならべて、その「名」の魔術的効果をもういちど味読してみよう。

かはたれのロウデンバッハ芥子の花ほのかに過ぎし夏はなつかし
そぞろあるき煙草くゆらすつかのまも哀《かな》しからずやわかきランボオ
ああ笛鳴る思ひいづるはパノラマの巴里《パリス》の空の春の夜の月

暮れてゆく明治の末、海の彼方の芸術に憧れわたって青春の饗宴に酔ったパンの会。その最大のメンバーであった杢太郎と白秋は、フランスかぶれの蜜月を謳歌して、その熱狂の形見に詩を残した。それから二〇年あまり、大家となった白秋そのひとによる『明治大正詩史概観』の回顧をひいてみよう。

麗明にして柑子《かうじ》実《みの》る異国趣味の海港に生れ、西域文明の教養と官感とを修練し来つた彼がごとき青年と、もともと長崎の近海に生れ、かの阿蘭陀芸術の余香に直接薫染して育つた邪宗系のトンカジョン予が如きとが、その当時一見して共鳴し感激し歓喜し合つた事は当然であつた。予等は無論互いに刺激し合ひ影響し合ひ、熱狂し合つた。
予等が狂騒時代はかくして豪華であつた。Pan の盛宴はかくしてその驕奢の絶頂に達した。

かれらの驕奢なる宴の跡をとどめる詩作品は不可思議な魅惑をたたえた古典となっているが、明治も末になって享楽的になり勝った時代は、絶対的な義や権威ではなく、時の気まぐれによる

「流行」が力をふるいはじめた時代であった。絵画といい文学といい、芸術《アート》の世界もまたフランス印象派が最新流行であり、若き彼らはその先端をゆく愉悦を誇らかにかざしたのである。

第5章

ふらんす物語——芸術と肉体

「バル・タバラン」ポスター

カルチエ・ラタンの青春

白秋や杢太郎たち若き芸術家が集って交歓に沸いた「パンの会」は青春の饗宴であった。祝杯に酔いしれた彼らは、さぞかし宴の火炎に「父」の影を忘れることができたことだろう。

明治は父の時代である。白秋の『邪宗門』の扉裏には、つつましやかな文字で父への献辞が刻まれている。「父上、父上ははじめ望み給はざりしかども、児は遂にその生れたるところにあこがれて、わかき日をかくは歌ひつづけ候ひぬ。もはやもはや咎め給はざるべし」。

金と赤との豪奢な装丁を凝らした詩集は柳川の豪商北原家へと贈り届けられた。赦しをこう息子の切なる心をそこに秘めて。明治の青春は、立志篇を生きた父との対立葛藤をひきおこさずにはいないのだ。

父への反逆。この明治の青春をもっともラディカルに生きぬいた作家、それが永井荷風である。

初期明治の高級官僚を父にもった荷風こと永井壮吉は、自らも渡米経験をもつ父の勧めでアメリカへ遊学した。明治三十六年、二十四歳のときである。それからおよそ三年のアメリカ生活の一端は『あめりか物語』にうかがわれるが、明治四十年に父の差配でリヨンの正金銀行に転勤、翌年三月に自分の意思で勤務を辞し、パリに遊ぶ。

荷風にとってフランスこそは憧れてやまない芸術の都であった。よく言われているように、荷風の『ふらんす物語』は過剰なまでの陶酔感に満ちている。

「あゝ！ パリー！ 自分は如何なる感に打たれたであらうか！ 有名《いうめい》なコンコルドの広場から、並木の大通《おほどほり》シャンゼルゼー、凱旋門（…）自分は、見る処、到る処に、つく〴〵此れまで読んだフランス写実派の小説《せうせつ》と、パルナッスの詩篇とが、如何に忠実《ちうじつ》に、如何に精細に、此の大都の生活《せいくわつ》を写して居《ゐ》るか、と云ふ事を感じ入るのであつた。

フランスはフランスの芸術あつて初めてフランスである」。

荷風の眼には芸術崇拝のヴェールがかかっていて、ノルマンディーの海を渡ればモーパッサンを思い、パリの路地を歩けばボードレールの詩を思いやる。『ふらんす物語』に描かれるフランスは客観描写からほど遠く、憧憬の色に濃く染まっている。「フランスかぶれ」はここに極まると言うべきだろう。

けれども荷風が夢みていたのは芸術よりもむしろ「芸術家」であり、かれらの生きざまであった。事実、パリの芸術家の放埒な暮らしぶりは十九世紀から新しく立ち現れた風俗であり、伝説化されて芸術家物語を形成していた。アメリカ時代からこの芸術家神話に心酔していた荷風は、何はさておき伝説の地カルチエ・ラタンに宿をとる。「羅典街《カルチエーラタン》の一夜」は夢の地に降り立った感激にひたってやまない。

幾年以来《いくねんこのかた》、自分は巴里の書生町カルチエー、ラタンの生活を夢見て居たであろう。

イブセンが「亡魂」の劇を見た時は、オスワルドが牧師に向つて巴里に於ける美術家の、放縦な生活の楽しさを論じる一語一句に、自分は啻《たゞ》ならぬ胸の轟きを覚えた。プッチニが歌劇 La Vie de Bohème に於いては、露地裏の料理屋で酔うて騒ぐ書生の歌、雪の朝に恋人と別れる詩人ロドルフが恨の歌を聞き、わが身もいつか一度はかゝる歓楽、かゝる悲愁を味ひたいと思つた。

「詩人や画家や書生の別天地」であるカルチエ・ラタン。ここにはあるのは青春である。「人は代り時は移り、思想は定めなく動いて行つても、此の街にのみ永遠に変らぬものは、青春の夢——如何なる煩悶にも、絶望にさへも、自づと一種の力と暖みを宿す青春の夢である」。若き詩人や画家たちは義に背き、品行正しいブルジョワに背を向けて、放縦を善《よ》しとし、貧困に悩まされ芸術上の煩悶にもだえても、あとは若さにまかせて奔放な快楽を謳い、堕落をいとわない。芸術は市民生活からドロップアウトする特権的な免罪符であり、負の勲章であったのだ。

十九世紀フランスにたち現れたこの特異な芸術家現象を「ボヘミアン神話」として論じた今橋映子『異都憧憬　日本人のパリ』が語るとおり、芸術家神話の誕生に大きくあずかったのはミュルジェールの『ボヘミア生活情景』であり、さらにはこれをオペラ化したプッチーニの歌劇『ラ・ボエーム』であった。荷風はアメリカで観たプッチーニの歌劇に圧倒的な影響をうけたにちがいない。家庭に背き、良俗に背き、根なし草の浮かれ暮らしをしながら芸術に賭ける青春は、「父」に背いて芸術を志した荷風の夢そのものであった。

まさしく荷風は芸術家のボヘミア生活を味わうためにこそ渡仏したのである。帰国の翌年から新聞連載した小説『冷笑』を見ても、詩人の吉野紅雨を語る次のくだりなど、荷風自身の告白を聞くようである。「彼は銀行《ぎんかう》の書記たる職業《しよくげふ》を利用して、彼が信じて芸術の都となした巴里《パリー》に渡つた。そしてパルナス派当初の詩人がやつたやうなボヱームの生活を味《あぢ》はつて半分病気になつて

セーヌ河よりノートルダムを眺む

凱旋門

偉人の墳墓パンテオン

ルーヴルの美術館

（『ふらんす物語』原著挿画）

帰つて来た」。「パルナス派当初の詩人」というのはボードレールあたりを指してのことであろう。ボードレールもまた義父を敵とする反逆者であった。

ボードレールはデカダンなパリの遊歩者である。荷風はそれを知っていたのであろう。暗い霧のリヨンをさまよいながら裏小路に迷い入り、汚水の溜まり場や餌をあさる野良猫の群に行き当たっては詩人を思い出す。

自分は夜と云ひ、霧と云ひ、猫と云ひ、悪臭と云ひ、名も知れぬ此《この》裏道の光景が作出す暗澹な調和に魅せられて、覚えず知らず、巴里の陋巷《ろうこう》を、歩みも遅く、ボードレールが詩に悩みつゝ行く時のやうな心地になつた。

この凹凸《でこぼこ》した敷石の上にはどうしても浮浪人の死骸がなくては成らぬ。（「除夜」）

好んで裏小路に踏み入り、陋巷を歩む後年の荷風の遊歩癖はすでにここ『ふらんす物語』に顕著である。道路に打ち捨てられて蛆の喰う死人の腐臭をうたい、屍に餌をねらう牝犬をうたうボードレールは荷風に親しい詩人であったにちがいない。

けれどもボードレールの遊歩と荷風のそれとの間には大きなへだたりがある。古屋健三の荷風論も指摘するとおり、ボードレールのパリ遊歩にあって荷風のそれにないもの、それは都市の「群衆」である。

詩人は語る、遊歩者の領分は群衆であり、群衆のなかに身を潜める遊歩者は、「いたるところにお忍び《インコグニト》を楽しむ王侯である」と（『現代生活の画家』）。大都会の群衆のどよめきに身を浸して、見知らぬ者との魂の交感の快楽にふけること。ボードレールはそれを「群衆に湯あみする」悦楽と語っているが、たしかにここにあるのは湯あみの感覚なのであって、後にパリを訪ねてきた与謝野晶子もうたっている。

巴里《パリイ》なるオペラの前《まへ》の大海《おほうみ》にわれもただよふ夏《なつ》の夕《ゆふ》ぐれ

と表現する晶子のセンスはさすがである。ところが荷風に欠落しているのはまさにこの群衆感覚なのだ。

暮れやらぬ夏の黄昏の下、オペラ座の前にひしめく群衆に立ちまじって在る酩酊感を「大海」と感じるかわりに、荷風は孤独な遊歩者なのである。仲間と共に放埒な遊びにうち興じ、傍若無人などんちゃん騒ぎにふけるボヘミアンの芸術家たちからはるか遠く、ひとり孤愁にひたるボヘミアンというのは語義矛盾のような気もするが、『ふらんす物語』の荷風はあくまで孤独であり、フランス滞在の日本人とも交わろうとせず、ひとり陋巷をさまよう。

欧州漫遊でパリに立ち寄った元大臣伯爵夫妻の案内役を固辞する画家を手紙文で語る「ひとり旅」は、そのまま荷風自身の胸中を綴ったものとみてよいだろう。「閣下よ、令夫人よ、余は淋しき人に候」「独り、唯だ独り、寂しき異郷の旅をつゞけたく存じ居り候」「然り、寂寞の情、孤独の恨ほど尊きものは無之候」。こうして荷風は雑踏でにぎわう繁華なブールヴァールではなく、人知れぬ路地裏に踏み入ってゆく。孤独に身を閉ざして人を寄せつけようとしない後年の気質はすでに異郷の地で培われているのである。

娼婦たち

だが、大都会パリの群衆にもういちど話をもどそう。荷風に群衆感覚が欠落しているとはいえ、荷風にごく親しいものがまさにその群衆の中から姿を現すからだ。ボードレールの「夕べの薄明」は夜の群衆をうたう。「犯罪者の友である、愛想のいい夕暮れがやってきた」と。パリに夜が降りてくるとき、「風に揺り動かされる微かな明りの間を縫って、〈売春〉が、方々の街路に灯《ひ》と点《とも》る」。

ベンヤミンのボードレール論が語るように、売春こそは群衆のひしめく大都会に固有の貌《かお》をあたえるものであり、都市に「迷宮的性格」を付与するものである。街路のそこここに姿をひそめた娼婦の存在は、妖しい綺羅をちりばめながら都市を性の迷宮に変貌させてゆく。孤独な遊歩者である荷風もまたこの迷宮に踏み迷ったにちがいなく、遊歩の先々で娼婦の目撃者となっている。まるで夜の探偵でもあるかのように。

実際、『ふらんす物語』には娼婦が姿を見せる作品が何と多いことだろう。思いつくままにあげてみれば、冒頭の「放蕩」はヒロインが娼婦であり、「除夜」には霧にけむるリヨンの街外れで客待ちしている貧しい母娘の娼婦。娘はまだ十四、五にもなっていない。あるいは「祭の夜がたり」は、誘惑の手練手管をみせる南国の娼婦の魔力を描いてまさに性の迷宮を思わせる。

散文詩篇「橡《とち》の落葉」に収められた作品群をみても、「墓詣」は伝説の高級娼婦、椿姫の墓に参じる若い娘たちの話である。屈託なげな娘たちはおそらく未来の椿姫であろう。「午すぎ」は眠れる美女を描く掌編だが、けだるい昼下りの部屋にしどけなく横たわる女は一夜を共にした女とおぼしく、なお悦楽の澪を曳いてなまめかしい。こうしてみると荷風のフランス滞在の在りかがしのばれる思いもするが、時まさに一九〇八年、ベルエポックのさなか、パリはヨーロッパに覇を唱えた一九〇〇年万博の栄華の名残をゆたかにとどめていた。王侯貴族を相手どる高級娼婦から街に立つ街娼にいたるまで、娼婦はパリの綺羅を飾る花であり、パリはまさにエロスの迷宮をなしていた。若き荷風は敏感に感応したのである。

ところでその娼婦のなかでもカルチエ・ラタンの娼婦については少しく言葉を費やすべきだろう。先にみた「羅典街の一夜」はカルチエの夜の光景を描き出す。街が「巴里ならでは見られぬ夜の活気を帯びて来ると、歓楽を追ふ若人の腕にすがらうとて、夕化粧を凝した女の姿は、街中到る処に人目を引く……此れが詩にも小説にも能くあるカルチヱーラタンの遊《あそ》び女《め》である。中には画家のモデルも居る、詩人の恋人も交《まじ》つてゐる」。カルチエ・ラタンでボヘミアン生活を送る芸術家たちは若さの盛り、街の女を買う金もない貧乏暮らしでも恋人の欲しい年頃である。そんなかれらに愛をささげたのが界隈に住むお針娘「グリゼット」であった。

日に日に人口増加の一途をたどるパリ、地方から出てきた若い娘たちにいちばん手近な職業がお針娘だったが、学生や駆けだしの画家や詩人やらの相手をつとめるお針娘はいわば時代の「色物」となって風俗誌を彩り、ボヘミアン神話の一項をになう神話的存在だったのである。プッチーニの歌劇『ラ・ボエーム』に登場する彫刻家の恋人ミュゼット、詩人ロドルフの恋人のミミはこのグリゼット神話をあまねく世に広めた。荷風が「詩にも小説にも能くあるカルチヱーラタンの遊《あそ》び女《め》」と書いているのは、この神話に依っているのである。

小説は、とあるカフェでこの遊び女とおぼしき女と隣りあわせた話者が女の思い出話を聞くという運びになっている。モーパッサンに傾倒した荷風は、『ふらんす物語』で作中人物の語りという方法をよく使っているが、これもその手法で、女は二十年前の恋の思い出を語りだす。相手は、画壇に歴とした名のある日本人画家、その若き修業時代に恋人をつとめたのが彼女だったのだ。ミミが胸を病んではかなく死んでゆくように、グリゼットは若き芸術家に愛と肉体を捧げた後、不幸な運命を甘受しなければならない。相手が成功の階段を登ってゆくとき、自分は捨てられてゆく定めにあるからだ。「カルチエーラタンの遊び女」とは、もはや生娘の身にもどることもできず、春を売る暮らしに流れてしまった哀れな女たちのことではないだろうか。今橋映子の荷風論にもあるように、二十年の後にも往時の美しさを保ちながら若き日の恋をせつなく語る女の物語は、ボヘミアン神話を女の側から描いているのである。

放蕩

そしてこの神話は荷風がみずから生きた青春と遠いものではなかった。

『ふらんす物語』の冒頭に置かれた「放蕩」は、外交官を主人公にして三人称で書かれた小説だが、一人称で語る他のどの作品にもまして青年荷風の真実を生々しく感じさせる作品である。

ワシントンからロンドンを経てパリに転任してきた貞吉は、真面目に外交官の職務に任じているわけでもなく、「巴里でなければ出来ない独身者《ガルソン》」の「浮浪的《ボエーム》の生活」を楽しんでいる。彼がそうしていられるのは、女に不自由しないからだ。街で出会う娼婦を買うのだが、「自分から進

渡仏直前の荷風（明治 40 年）

むのではなくて、或時は巴里見物に来る日本人への義理、或時は女から無理やりに引張られるのに過ぎない」。

その日もまた女に誘われるままに食事を共にし、あとはもう「づる〳〵に女の家まで行つて」しまう。女は寝物語に一緒に所帯を持ってみたいと男を誘う。またもずるずると女の言うままになった貞吉は、あれやこれやと世話をやく相手にほだされて、「世の中は何と云つても、女でなくちや夜が明けぬ」などと思いもして、ロザネットという娼婦とひと月ほど一緒に暮らす。

読者が惹きこまれるのは、こうした男と女の物語に、アメリカ時代の荷風の恋人であった娼婦イデスへの追憶が重ねあわせられているからである。

自分の腕を枕に眠る女をよそに、ひとり目覚めた貞吉は昔の恋を思いだす。「アーマは必ずかう云ふ風に、自分の腕を下にしなければ、寝付かれないと云つて居たつけ。（…）アーマ、あのアーマによつて初めて西洋婦人の激しい恋を経験したのだ」。菅野昭正の卓抜な荷風論『永井荷風巡歴』が言うように、アーマとの恋は『西遊日誌抄』に綴られているイデスとの恋を思わさずにはいない。日本の青年に熱い恋情をそそいですべてをさしだしたイデスの愛に、若き荷風もまた身も心も熱く燃やしたことだろう。

その二人の前に、パリ転勤の話が降りかかる。父の差配であった。憧れの芸術の都パリ。芸術か恋愛か、青年は二つの間をゆれうごく。「今余の胸中には恋《こひ》と芸術との、激しき戦ひ布告せられんとしつゝあるなり」「あゝ男《をとこ》ほど罪深きはなし」（『西遊日誌抄』）。恋か芸術かと思い悩む心の一極には、いっそイデスの望むとおり、異国の娼婦に養われて「醜業婦で衣食する不良の遊民専門」になってしまってもいいという思いもある。名士である厳父に背いて墜ちてゆきたいという願望がいつもわだかまっているからだ。

だがそうするにはあまりにパリは憧れの芸術の国であった。渡米中もフランス語を習い、原書でフランスの詩や小説を読み耽った荷風である。フランスの魅力は女の魅力よりはるかに強かった。イデスは捨てられるのである。「イデスと別盃《べつぱい》をくむ。此の夜の事記するに忍びず。彼《か》の女《ぢよ》は巴里《パリー》にて同じ浮きたる渡世《とせい》する女《をんな》に知るもの二三人もあればいかにしても旅費を才覚《さいがく》しこの冬来らざる中《うち》に巴里《パリー》に渡りそれより里昂《リヨン》に下りて再会《さいくわい》すべしといふ。あゝ然れども余の胸中には最早や芸術の功名心《こうめいしん》以外《いぐわい》何物もあらず、イデスが涙ながらの繰言きくも上の空なり」。「芸術の功名心」にひかれてイデスと別れ、フランスに渡った荷風は、ボヘミアン神話を地で行ったのである。

けれども、ここで注目したいのはそのことではない。荷風はこのとき深く思い悩み、愛する女との別れに懊悩した。タンホイザーさながらに彼は惑う。「あゝタンホイゼルの恨《うら》み。彼が罪の歓楽《くわんらく》より身を脱せんとして脱し得ざる肉と霊との悩みは直ちにこれ余が身の上の苦悶にあらずや。余はいかにしてイデスを捨つべきか」。小説中に追憶としてよみがえる別れの恋情は、時をへて美化されているだけになおさら読む者の胸にしみる。「あゝ、あの時に、静なワシントンの街の、何処からともなく流れて来る、遠い会堂の讃美歌の声をば、自分はアーマと二人、如何なる深い感動を以て黙聴したであらう」。

イデスと荷風との恋は、『西遊日誌抄』に言葉少なに綴られているだけで、真相はわからない。「放蕩」という小説に読者がその恋を重ねて想像するだけでしかないのだが、思わず読み重ねてしまうほどに、この小説は男と女の官能の惑溺をリアルに感じさせるのである。菅野昭正の評をひこう。この作品が「それまで見られなかった小説的な厚みを感じさせるのは、恋愛の魔的な呪縛力がかつてない濃密さで表象されているからである。別の言いかたをするならば、アーマもロザネットも、金次第の恋愛ということを抜きにして、拒むに拒めない濃厚な官能の呪縛力を投げかける」ように描かれているからである。

そう、荷風は本気で愛に溺れたのだ。イデスと荷風の恋はまさしく「恋愛」だったのである。そうして、イデスを捨てた時、おそらく荷風は恋愛なるものを永遠に捨て去ったのだ。このとき荷風二十八歳。明治四十年のことである。

もともと「恋愛」とは欧米渡来の明治の新風俗であった。女学生たちはこの恋に憧れて、「ラブ」という言葉を使っていた。恋愛はまだ熟せぬ言葉であって、当時は「自由恋愛」と呼ばれていたものである。外来思想であった「恋愛」は観念的なものであり、かかるものとして思想性を帯びていた。北村透谷が「恋愛は人世の秘鑰《ひやく》なり」の名高い文章で始まる「厭世詩家と女性」を「女学雑誌」に発表したのは明治二十五年のことである。

それから十五年あまり。恋愛の本場である欧米に渡った荷風は、娼婦にせよ、彼の地の女と熱烈に愛しあった。想像にすぎないが、女は異国の青年に西欧の愛を教えたにちがいない。荷風にとってそれは「感情教育」であり、さらにいうなら「ヰタ・セクスアリス」の真髄でもあったのではなかろうか。繰り返し言うがイデスとのことはただ想像にすぎないけれども、そう思わせるものが「放蕩」にあるからである。

ふたたび菅野昭正の言葉を借りよう。「アアマにせよロザネットにせよ、その「魔力」、「誘惑の力」には、肉体の深い襞から湧きだしてくるかのような、強度の肉感性が感じられる。小山貞吉が放蕩の深遠に誘いこまれるのも、決して不思議ではないと納得させる力が、そこには立ちこめている」。肉体の力。言われるとおり、それは女の肉体の魔力でもあるのだが、それ以上に生々しい肉体性を感じさせるのは、私のみるところ、貞吉その人なのである。貞吉のすることなすことすべてに、観念ではなく「肌で知っている」者の強さ、一種のなれなれしさが感じられるのだ。

たとえばそれは、一緒に暮らしたロザネットに愛想づかしをする場面である。「貞吉は、今夜一晩、泣いたり怒つたりする面倒臭いロザネットの傍に居るのが、つく〴〵厭《い》やに思はれた。七拾法《フラン》は愚か百でも、二百でも金で済む事なら其れを置いて、外をぶら〴〵何処《どこ》かで又更に新しい、風の変つた女に出逢ひたくて堪らない」。こう思う男は女になれた男である。女のおいしさを肉体で知っていて、感情という「面倒臭い」ものに拘泥しようとしない。肉体は肉の悦楽を嘗めればよいのであって、恋愛感情のもつれなどという小うるさいものに足をとられたくない……。貞吉には情事の場数を踏んだ男のふてぶてしさがある。

ここに荷風を重ねあわせて、欧米の女の感情教育に身も心も鍛えられた男を想像するのはまちがっているだろうか。パリに転勤したばかりの貞吉はこうも描かれている。「夕暮の音楽、夜の燈火、婦女の往来は貞吉をして覚えず、巴里は自分の本能性と先天的に一致する処があると云はしめた。貞吉は例えば魚類が泳ぐ事を知つて居ると同様、誘惑されるのではなくて、天然自然に高帽燕尾服でブールヴァールあたりに夜明しをする連中の一人になつた」。水が合うとはまさにこのことであろう。

アメリカからフランスに渡った荷風は、まずその風土の甘美な味わいを肌で感じた。「フランスに来て、初めて自分はフランスの風土気候の、如何に感覚的《サンスエル》であるかを知った」。秋の淋しさ、悲しさも、「心の底深く感ずると云ふよりは、寧ろ生きて居《ゐ》る肉の上にしみ〴〵と、例《たと》へば手で触つて見る様《やう》に感じ得られる」。「秋のちまた」のこの過剰なまでの感傷性は肉体の印象を遠ざけるが、やはり「水が合い」「肌が合っている」ことの別の表現にほかならない。

荷風の肉体はこのサンシュエルな国で水を得たのだ。女から女へと放蕩の海を泳いでゆく貞吉には、感傷性を排した一種のすごみと悲壮感があり、肉のあたたかさを味わい知った男のリアリティがある。荷風のボヘミアン生活の一端をここに求めてもまちがいではないのであるまいか。帰国の翌年に出した『歓楽』でも、荷風は作中人物にこう語らせている。「……肉の底に根を張つてゐない恋《こひ》は、摘《つ》まれた花瓶《はないけ》の花に等しい」と。まさしくこれも荷風自身が体感した真実であろう。

芸術か恋愛か、荷風は恋愛を捨てて芸術の国フランスに渡った。貞吉の放蕩がそのまま荷風のそれではないのはもちろんだが、荷風のボヘミアン生活の内実は確かにここにある。磯田光一『永井荷風』の言葉を借りるなら、「文学によって世に顕われたいと願う荷風の心の底には」もう一つの「愚かさを承知で滅びたいという願望」が存在していたのである。もういちど『歓楽』からひく。作中の小説家はこう述懐する。「フローベルは芸術家は普通の人の受くべき幸福《かうふく》を受けやうと思つてはならぬと云つた。況《いわん》や吾々《われく》日本の詩人、どうして妻を娶《めと》り家を作るが如き希望《きばう》を抱《いだ》き得やう。博徒にも劣る非国民、無頼の放浪者、これが永久吾々《われく》の甘受すべき名誉の称号《しようがう》である」。

フランスにおける荷風はまさに「無頼の放浪者」であり、帰国して後は戦争を嗤う「非国民」であった。無頼のボヘミアン生活は若き荷風を培い、荷風を荷風にしたのである。

ナナのゆくえ

渡米前、荷風はゾラの二つの作品の翻案・翻訳を試みている。『恋と刃』と『女優ナナ』である。『恋と刃』は口語体の翻案だが、『女優ナナ』は文語体をとっており、鷗外の翻訳の最高傑作『即興詩人』を範としただけあって、流麗な雅文は現在なお読む者を魅了する。長い原作の何分の一にも満たない分量の抄訳だが、それだけに荷風の関心の在りかがわかって興味深い。荷風はナナという女の悩ましさ、男を虜にする魔力を見事な雅文で描いてゆく。

ヴェリエテ座の化粧部屋で半裸の舞台衣装に着替える前、化粧にかかっているナナのところへ、スコットランドの皇子がミュファ伯爵を従えて現れる名高いシーン。「閉《とざ》されたる狭き室は暖くして、三鞭酒《シャンパン》の酔《ゑひ》の陶然《たうぜん》たるに、白粉香水石鹸《おしろいかうすゐせきけん》なぞ強き化粧品の香《かを》りに包まれて、伯爵は座《そゞ》ろ心の乱れを禁じ得ざりしなり」。文語訳が、口語訳にはない濃密な「艶」をかもしだす。荷風の作品には女の脂粉の匂いがたちこめているものが多いが、その典型がこの「ナナ」であろう。「伯爵は全く茫然《ばうぜん》として後《うしろ》より鏡に映るナナが面《おもて》を打目成《うちまも》りしが、忙《せわ》しき毛筆の運びと共に唯さへ美しき其の面《おもて》、今は例《ため》しなく白くして目縁《まぶち》は薄赤く、恰《あだか》も恋《こひ》の手疵《てきず》に悩める人の如く見えぬ」。この見染めのシーンに始まって、ナナのなまめかしい媚態、気まぐれな狂態、そしてきわどい痴態の数々を雅文が綴ってゆく。

後の花柳界小説が典型だが、荷風は女の化粧や香水や衣装などを好んで描きこむ作家である。これもまた整形庭園に表わされているようなフランス文化の特質の一つであり、江戸とともに荷風はこれをフランスにも学んだのではないだろうか。先にみた「放蕩」にも劇場に行くために貞吉が身だしなみに身をいれるシーンがある。フランスにおいて劇場とは芝居を見ると同時に、客席で他の観衆をたがいに見あう社交場だからである。

「貞吉は其の夕、頭髪《かみのけ》を分け直し、手の爪を磨き、口髭を縮らし、すつかり、燕尾服の支度をすまして、大きい姿見に対しながら薫《かを》りの強いトルコ煙草をくゆらした。(…)粉飾、化粧、こればかりが、吾々を土人や野獣や草木土塊から区別して呉れるのだ、と総《あらゆ》る人工、技巧の力を思ひ浮べ、淘然として十八世紀王政時代の宮殿宮女のさまなぞを空想した」。フランス社交界が人工の世界であり、一種の演劇社会であることを荷風は良く理解していたのだ。ボードレールの「化粧礼賛」をおそらく読んでいたことだろう。

帰国翌年に連載した『冷笑』でも、シャンゼリゼなどを馬車で散歩する歓びを、小説家にこう語らせている。「この場合《ばあひ》虚栄心は最も必要《ひつえう》な最も美しい装飾品で、美服と美人とが何《ど》れだけ吾々《われく》に幸福の度合《どあひ》を増してくれるものかと云ふ事が能く分《わか》る。複雑な文明社会の都会生活《とくわいせいくわつ》の興味もつまりは此処《こゝ》にあるので、人間がお互《たがひ》に其の飾つた美しい一面だけを見たり見られたり、見せつけたり見せつけられたりする、此の興味を感じない限り、一国の社会《しやくわい》は自治的の秩序と美的調和《てうわ》と民族的光栄《くわうえい》とを発揮する事は出来まい」。

この人工性や演劇性が花柳界小説に活きてくるのである。

その代表作が『腕くらべ』であろう。新橋に生きる芸者たちが自分を男に「見せる」技に長けた存在であるのはいうまでもないが、芸者がヒロインであり、その想う男が人気役者であり、舞台や芝居のシーンに事欠かないこの小説は、きわめて演劇性に富んだ世界を繰り広げてゆく。娼婦であり女優であるナナを訳した経験がここで功を奏したにちがいない。小説は口語体だが、かつての訳書『恋と刃』に比して格段の練達に至っている。

冒頭部、駒代がはじめて吉岡の前に姿を現すシーン。

> 襖を明けたのは駒代である。
> 髪はつぶしに結い銀棟《ぎんむね》すかし彫の櫛に翡翠の簪。唐桟柄のお召の単衣《ひとえ》。好みは意気なれどその為少しふけて見えると気遣《きづか》つてか、半襟はわざとらしく繍の多きをかけ、帯は古代の加賀友禅に黒繻子の腹合、ごくあらい絞りの浅葱縮緬の帯揚をしめ、帯留は大粒な真珠に紐は青磁色の濃いのをしめてゐる。

荷風の描写は、粋な芸者が舞台に立ち現われたかのような臨場感がある。ところは新橋。この華やかな舞台では、人物の衣装の一つ一つがものを言う。

部屋のなか、待ちうける男の前で駒代が着物を脱いでゆくシーンもまた見せ場である。「駒代はやがてしごきを解きをはつてくるりと此方へ向直ると裾の重みでお召の単衣《ひとへ》はおのずとやさしい肩先からすべり落ちてぱつと電燈を受けた長襦袢一枚、夏物なれば白ちりめんの地を残して一面に蛍草に水の流れ、花は藍染、葉は若緑に浅葱で露の玉を見事に絞ぬいたは此の土地ならば定めし襟えんが自慢の品滅法に高そうなものといつもならば気障の一つも言へる処、今は早やそんな余裕もない吉岡は、手も届かば矢庭に引寄せやうと無暗にあせり立つ」。

　ここからの濡れ場は熱い肉体の息や動きを生々しく描いて読者の目をそらさない。「駒代は博多の伊達巻の端既にとけかゝつたのを其のまゝ手早く解きすてると共に此方に向いたなりで肌襦袢重ねたまゝに蛍草の長襦袢ぱつと後へぬぎすてたので、明るい電燈をまともに受けた裸身雪を欺くばかり。吉岡は我を忘れて、駒代が浴衣を取らうと折りかゞんで伸す手をいきなり摑んでぐつと引寄せた」。

　このシーンについて、飯島耕一の永井荷風論はこう述べている。「こうした濡れ場の描写はわが国の近代、現代の小説に無数にあるわけだが、この『腕くらべ』ほど堂に入ったものも少ないだろう。それというのも voyeur（覗き見る人）としての荷風の視覚的描写が冴えているのと同時に、言葉の音楽というものが流露しているからで、「何よりも音楽を」と喝破したヴェルレーヌらの、フランス・サンボリスムの詩人たちの遺訓を荷風は守っているのである」。

　サンボリスムの影響については後にふれるとして、濡れ場についていては氏の言うとおりであろう。読者は衣装と肉体の織り成す愛欲の戯れに魅了され、花柳界の女たちの競演にひきこまれてしまう。そのもう一つの名場面が駒代のライバル菊千代の描写である。

　駒代が踊りを披露する大舞台のまさにその日、駒代の裏切りを知った吉岡は、桟敷に入ってきて、ほとんど膝に乗りかかるようにして座った菊千代に目をやる。「吉岡は後《うしろ》から菊千代の真白《まつしろ》な肉付のいい襟元《えりもと》をば、それとなく其の真上《まうえ》から見下ろすと、ぐつと抜衣紋に着なしてゐるので、白塩瀬の半襟の下にかくれた肌襦袢の晒《さらし》の襟先までが窺《のぞ》き込《こ》まれて、其の奥の肌身から云はゞ暖いような女の身の匂いがかぎ分けられるやうな心持さへした」。もともと淫婦の噂のある菊千代にそそられた男は、駒代への面当てという思いもあって、舞台も終わらぬうちに女の手をとって桟敷を出てゆく。
そうしてその夜吉岡が知った女は驚くべき女であった。

日本の女に菊千代のやうなものは一人もゐない。どうしても西洋の女である。真裸体《まばだか》になつて男の膝の上に跨がり片手にシャンパンの盃振翳《ふりかざ》して夜通しふざける西洋の娼妓そつくりと云ふ処がある。

荷風はナナの狂態を思い出して書いたことだろう。いやそれ以上に自ら味わい知った西洋の女の肉体を思いつつ書いたのかもしれない。いずれにしろ荷風のヰタ・セクスアリスがここに影を落としていることはまちがいないだろう。この帰朝者は、それまでの日本人作家の誰ひとり描きえなかった女を描いたのである。まさしく『腕くらべ』の口語文は文語文の雅びと艶の魅力をたたえて流暢である。文化の成熟がまずは芸術家の文体の成熟に現れるとすれば、一九一八(大正七)年の日本文化はここまでの域に達していたといえよう。

モンマルトルの夜の戯れ

新しい娼婦像を生みだした、放蕩の夜々の戯れ……。あらためてもう一篇、『ふらんす物語』の掌編を思い出す。「橡の落葉」に収められた「夜半の舞踏」である。場所はモンマルトルの「バ

絃歌のモンマルトル
（『ふらんす物語』原著挿絵）

バル・タバランのポスター

ル・タバラン」。このダンスホールは、ムーラン・ルージュに代わって人気を集めた盛り場であった。ムーラン・ルージュの開店はエッフェル塔万博の年として名高い一八八九年。今日にいたるまで夜の盛り場モンマルトルの象徴として長い歴史をもつこのダンスホールは、荷風の渡仏した一九〇八年頃には一時人気の衰えをみせて衰退期にあった。そのときムーラン・ルージュに代わったのがバル・タバランである。タバランは、ムーラン・ルージュの売りものであるフレンチ・カンカンをより洗練させ、ショーにも趣向を凝らして客を集めた。荷風もその客の一人だったのである。

バル、タバランは夜の戯れを喜ぶ人の、巴里に入りて、必ず訪ふべき処の一つなるべし。肉楽の機関備りて欠くる処なきモンマルトルにある公開の舞踏場なり。土曜には殊更に、夜の十二時打つを合図にいと広き場内をば肉襦袢の美女幾十人、花車を引出て歩む余興もありと聞きて、われも行きぬ。

（…）

われの場に入りし時、余興は正に酣なりき。伊太利亜に名高き水の都、ヱネチヤの祭の夜のさまを見せんとて、大なる紙張の館船二艘をば、水底に戯るゝ人魚の粧ひしたる二三十人の女、各二列になりて、綱にて此れを曳廻す。船の上には、歓楽の女神ベヌスが裸像を形取《かたど》りて、黒髪の額に星を戴き、纏へるものなき肉襦袢《マイヨ》の女、造り花の褥の上に、いみじき身の投げ態《ざま》を見せたり。

やがてクライマックスに達したとき、場内の電灯がいっせいに消え、女船頭の歌声が闇の中《うち》に高く響きわたる。「幾千の観客は狂せんとす。ブラボーの呼び声。椅子、テーブルを叩く響、家を崩さんばかりなり」。場内は踊り入乱れて色めき立ち、人魚や船頭に扮した女たちは客の席に近寄って来て盃を勧める。「かゝる異様の粧したる女に取巻かれて、われは杯を上ぐる心地の、嘗て味ひたる事なき興を覚えぬ」。

こうして歓楽の極みを描く筆の冴えは驚くばかりだが、極みの後のこころを語る言葉もまた放蕩者荷風ならではである。「わが心は憂ひぬ。故なくして悲しめり。然も、わが眼は、其の見たりし燈火と衣服の色彩、マイヨに包みしいみじき肉の形を忘れ得ざりき。あゝ。われ放蕩の真味と云ふは、強き慚愧の念より生ずるものなる事を知りぬ」。

まことに放蕩の淵に泳いだ者の知る境地であろう。芸術の国フランスは肉体の国でもあり、荷風は深いところで両者にふれたのである。

黄昏の瞑色

もう一つ、『ふらんす物語』に横溢しているものを語らなければならない。それは黄昏への偏愛である。フランスの風光を肌で感得した荷風がもっとも愛してやまなかったのが、この異国の夏の長い夕べであった。「ローン河のほとり」からひく。

今、一帯《たい》に見渡すこの景色は、何とも云へぬ美しい薔薇色の夕照《ゆうばえ》の中に烟《けむ》り渡つて、どんより夢見る様に静《しず》まり返つて居るのだ。そよと吹く風もない。然《しか》し空気は冷たく、爽《さわや》かに澄渡つて、目に見るもの、朦朧《もうろう》と霞んで居るようで、家《いへ》と云ひ、木立《こだち》と云ひ、近くと云わず、遠くと云わず、却つて鮮かに明《あかる》く、例へば対岸の遠《とほ》い岡に上《のぼ》る小道までが明瞭《はつきり》と見え、堤の下の小石の数さへ数え得るかと思ふ。けれども、其の鮮明は決して実在的のものではなく、若《も》し、手に触れて見やうとしても、触る事の出来ぬ——云はば明鏡の面《おもて》に映じた物の影を見詰めて居る様な心地である。

アメリカは緯度が低い為め、此う云ふ美しい黄昏の光は漂はぬ。夏の盛《さかり》でも昼と夜との間が非常に短《みぢか》い。然し、今見るフランスの国は、夏も早《は》や末近《すゑぢか》くなった八月《ぐわつ》に、日は七時頃に落ちて、九時近《ちか》くまで、殆《ほと》んど三時間と云ふもの、天地は此くの如く漠たる夢幻の世界になつて了《しま》ふのだ。

詩人の飯島耕一は、この文章を絶賛して荷風は「散文による詩人」だと語っているが、たしかに黄昏の甘美な感覚を肌に触れるように描く荷風の文章には酩酊感がある。もう一つ、パリの黄昏を描く文章を。

日は次第に暮れて行く。若葉の陰の人影は、一人《ひとり》〳〵に消去つて、黄金色した夕陽が、斜めに取り散らした四辺《あたり》の空椅子の上まで射込んで来るので、木陰一面、公園中は昼よりも一層明くなつたかと思はれる。が、其れも暫くで（…）フランス特有の紫色なす黄昏は、夢の如く巴里の街を蔽うのである。あゝ、巴里の黄昏！　其の美しさ、其の賑かさ、其の趣ある景色は、一度《ひとたび》巴里に足を入れたものゝ長く忘れ得ぬ、色彩《いろ》と物音の混乱である。

（「巴里のわかれ」）

色彩と音響との混乱――この紫色の光のなか、「目は無数の色の動揺」をとらえ、「心は万種の物音に搔乱される」。パリの黄昏の不可思議な華やぎが五感に触れてくるような文章の先を続けよう。「空気は冷に清く澄み渡つて、屋根も人も車も、見るもの尽く洗出したやうに際立ち、浮上つて来るが、何処《どこ》にやら、云はれぬ境に不明な影が漂つて居て、心は何とも知れず、遠い〳〵昔の方へ持運ばれて往くやうな気がする」。

魂がこの地を離れて遠い昔の在らぬ方へと運ばれてゆく黄昏時の不思議さが伝わってくるが、大正十五年に出た重印版（中央公論社全集版＝現在の新潮文庫版底本）『ふらんす物語』では、ここの

ローヌ河（筆者撮影）

箇所に注目すべき異同があるので重複するがひいてみたい。「空気は冷《ひややか》に清く澄み渡って、屋根も人も車も見るもの尽く洗出《あらいだ》したように際立《きわだ》って浮上って来る。然し何処となく云われぬ境《さかい》に一種の暝色《めいしょく》が漂っていて、心は何とも知れず遠い遠い昔の方へ持運ばれて往くような気がする」。

後者を一読して心に響くのは「暝色《めいしょく》」という言葉である。万象を浮き立たせる黄昏は、やがて来る夜の予感をたたえて「暝色」をにじませるのだ。暮色というにはあまりに華やかで、しかもこの世ならぬ何か、何処ともつかぬ非在の場所へ人を運んでいくこの黄昏の色調は、まさしくフランス象徴詩の色調につながっている。

ボードレールの「憂鬱」がたたえるのは深く暗い暝色であり、ヴェルレーヌの詩は優しい暝色をにじませている。荷風には訳詩集『珊瑚集』があるが、ノアイユ夫人のように艶なる詩のほかは、まさに瞑色をたたえた象徴派の詩が多く採られている。なかでもボードレールとならんで七篇の多くを採られているレニエの詩は瞑色の魅惑を極めている。「夕ぐれ」の一部をひく。

夕暮《ゆふぐれ》の底遠《そことほ》くして海のほとりに
われ嘗《かつ》て都をのぞみき。
鮮《あざや》かなる銀色《ぎんしよく》と褪《さ》めたる紅《くれなゐ》の
夕暮《ゆふぐれ》の底遠《そことほ》くして海のおもてに
その影《かげ》を流《なが》す大理石《だいりせき》と黒鉄《くろがね》の
都《みやこ》をわれは嘗《かつ》てのぞみき。

（…）
「死《し》」と「望《のぞ》み」とは過《す》ぎ去《さ》りぬ。
暗《くら》き空《そら》の下《した》、褪《さ》めたる銀色《ぎんしよく》の海《うみ》の面《おも》に
その影《かげ》と影《かげ》とは漂《たゞよ》ひぬ。
わが身《み》には此《こ》の時《とき》よりして
海《うみ》に昇《のぼ》る夕暮《ゆふぐれ》の悲《かな》しかりけり。

この沈鬱、この瞑色こそ、『雨瀟瀟』に代表される荷風文学のもう一つの色そのものである。フランスの風光と象徴詩が荷風にそれを教えたのだ。

惑わしの肉体と、錆色の憂鬱と——こうしてみるとき、荷風の文学世界がいかに深くフランスに根ざしているかがわかる。フランスなくして荷風の世界はなかったと言っても過言ではない。

事実、荷風の生涯は「洋風」であった。よく言われているように、金銭の支払いについても極めて合理的で、人間関係にあっても徹底的に個人主義を通した。日本が西欧に追いつこうと稚拙な歩みを重ねていた明治大正にあって、ダンディな洋装から住まいにいたるまで、この「明治の児」はまぎれもなく西洋近代の申し子であった。

偏奇館が何より雄弁にそれを語っている。大正九年、四十一歳の時に建ててから昭和二十年の戦災で焼失するまでの二十六年間を過ごしたこの洋館は、フランス書をはじめとして幾多の洋書を蔵した荷風の書斎であり、砦であり、いわば荷風の分身であった。

この偏奇館を「日本のなかのフランス」と評したのは磯田光一である。たしかに荷風はこの洋館にこもって愛蔵書と共にあるかぎり、拙速な似非近代に走る日本から遠く離れて自分だけの世界にひたることができたのだ。

その偏奇館はしかし昭和二十年の空襲をうけて灰塵に帰してしまう。その日の『断腸亭日乗』は凄絶である。「三月九日。天気快晴、夜半空襲あり、翌暁四時わが偏奇館焼亡す」。烈風にあおられて迫り来る火災を逃れつつ、なお月に眼をやるのがいかにも荷風らしい。「下弦の繊月《せんげつ》凄然として愛宕山《あたごやま》の方に昇るを見る」。焼失はまぬがれえぬと悟った荷風はせめても「二十六年住馴れし偏奇館の焼倒るるさまを心の行くかぎり眺め飽《あ》かさむ」と思うが火に妨げられて近づくことができない。

偏奇館

「余は五六歩横丁に進入りしが洋人の家の樫の木と余が庭の椎の大木炎ゝとして燃上り黒烟風に渦巻き吹きつけ来るに辟易し、近づきて家屋の焼け倒るゝを見定ること能はず、唯火焔の更に一段烈しく空に上るを見たるのみ、是偏奇館楼上少からぬ蔵書の一時に燃るがためと知られたり」。

よく指摘されるように、この劇的な偏奇館焼失とともに荷風の文学は終焉にむかってゆく。それほどまでにこの洋館は荷風のすべてであった。それは書斎であり砦であるとともに、孤愁にひたる文人荷風であるための舞台でもあったのだ。生きることが「見られる」ことであり「演技」であるフランスに倣って生きた荷風は、舞台の喪失とともに退場せざるをえなかったのである。

けれども、文語で書かれた『断腸亭日乗』はその後も綴られてゆく。その簡にして流麗な文語文は、荷風の到達点の高みを今に伝えている。

第6章　鉄幹の巴里　藤村の巴里

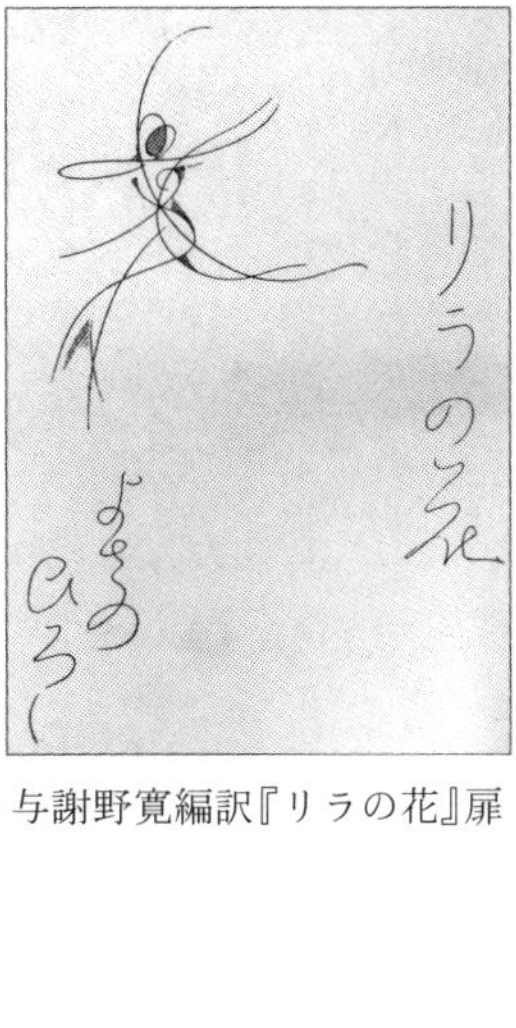

与謝野寛編訳『リラの花』扉

鉄幹の新生

永井荷風の渡仏から四年後の明治四十四年、与謝野鉄幹がパリに渡る。「明星」終刊から三年。歌集『相聞』を上梓して以来、「スバル」に稿をよせるほかこれといった仕事のない鉄幹は、依頼原稿に忙しい晶子をよそに、鬱々と愉しまぬ日々を過ごしていた。そんな夫の姿を見かねた晶子はフランス遊学を勧めることになる。憧れのパリに渡って心機一転、新しい領野がひらかれることを期待したのである。

たしかにそれは憧れの地であった。「朝日新聞」に書き送った通信『巴里《パリイ》より』の冒頭から鉄幹は語っている。「予等《よら》は日夜欧羅巴《ヨウロッパ》に憧れて居る。殊に巴里が忘れられない。滞留期が短くて、すべて表面計《ばか》りを一瞥《いちべつ》して来たに過ぎない予等ですら斯《こ》うであるから、久しく欧州の内景《ないけい》に親しんだ人人は幾倍か此感が深いことであらう」。

さすがフランスかぶれの雑誌「明星」をひきいてきた鉄幹ならではの言葉である。そうして憧れわたったパリでの鉄幹は、甦ったように生き生きと旺盛に歩きまわり、文学から絵画まで、フランス芸術の達成に驚き、感嘆し、最新の潮流を学ぼうと忙しい。

午前中は新聞雑誌の拾い読みや読書に費やし、午後は美術館などなど、パリ遊歩に時を費やす。毎日のように行くのはリュクサンブール公園とその美術館。ここにはモネやセザンヌなど印象派絵画がずらりとそろっている。デュラン＝リュエルの画廊の公開日にもよく足を運ぶ。「幾百と云ふ蔵幅は大抵モネ、ピサロオ、セザンヌ、シスレエ、ドガア、ルノワアル等近代名家の作家の

『巴里より』口絵（徳永柳洲画）

作品で満ち満ちて居る」。この熱心さもさすが文芸と美術に橋をかけた「明星」の主幹ならではだ。こうして遊歩の足は留まることなく、ペール・ラシェーズ墓地から郊外のサン＝ジェルマン、ヴェルサイユ宮殿にまで足を延ばしている。

　日本での鬱々とした日々とうって変ったパリの日々は「新生」の感があるが、ユゴー生誕百十年記念日のコメディ・フランセーズの一夜も印象的だ。パリに来て親しくなった梅原龍三郎と共にユゴーの遺作を観劇した彼は、誘われて主演のムネ＝シュリーの楽屋を訪ねた。ムネ＝シュリーはタルマ亡きあとパリ随一とうたわれた名優である。劇場前のカフェで夕食《スーペ》を共にした老優は、左に梅原、右に鉄幹を座らせて、芝居のこと、日本のことと談論風発、朝の四時に及んだ。鉄幹にとって忘れがたい一夜だったことだろう。「文豪の誕生日の一夜《や》を想ひ掛けなく斯様《かよう》に面白く過ごしたのは栄誉《えいよ》である。而《さ》うして此日は僕の誕生日でもあつた」。三十九歳の誕生日を鉄幹はパリで迎えたのである。

二月のカーニヴァルの日々もまた新生の活気にあふれている。「可なり謹厳《きんげん》な東洋の家庭に育つて青白い生真面目《きまじめ》と寂しい渋面《じふめん》との外に桃色の「笑《わらひ》」のある世界を知らなかつた僕が、毎夜グラン・ブルヴアルの大通の人浪《ひとなみ》に交つて若い巴里の女から「愛らしい日本人」斯《こ》んな掛声《かけごえ》とコンフエツチの花の雪とを断えず浴びせられて、初《はじめ》の程こそ専ら受身で居たが、段段攻勢に転ぜざるを得ない気分に成つて大きなコンフエツチの赤い袋を小脇《こわき》に抱へ乍《なが》ら相応に巴里の美人へ敬意を表して歩いたのは、若返つたと云ふより生まれ変つたと云はうか、満三十九年間（一寸欧羅巴風に数へて）全く経験しなかつた無邪気《むじやき》な遊びであつた」。パリ滞在の解放感と高揚感がありありと伝わってくる一節である。

ムネ＝シュリー
（『巴里より』原著挿画）

モンマルトルのベルエポック

パリに着いた鉄幹はソルボンヌ大学に近いホテル・スフローに投宿していた。浅井忠が泊まったこのホテルは歴代の日本人旅行者の定宿になり、パリに着くと下宿に移るまでこのホテルに旅装を解くのが慣行のようになっていた。ひと月そこで過ごした後、梅原龍三郎の世話で鉄幹はモンマルトルに居を移す。「僕はパンテオンの側《そば》から河を越して反対に巴里《パリイ》の北に当るモンマルトルへ引越して来た。パンテオン附近と異《ちが》つて学者や学生風の人間は少しも見当たらず、画家（殊に漫画家）や俳優《やくしや》や諸種の芸人が多く住んで居る。名高い遊楽《いうらく》の街だけにタバランとかムウラン・

モンマルトルの絵葉書（原著挿画）

ルウジュとか云ふ有名な踊場を初め、贅沢な飲食店《レスタウラン》や酒場《キャバレエ》や喫茶店《カフエ》が多い。（…）。昼日中《ひなか》また夜を徹して暁まで僕の下宿の附近には音楽と歌が聞こえると云ふ風である」。

鉄幹の住んだアパルトマンのアドレスは、21 bis, Rue Victor Massé。まさしく歓楽のモンマルトルの真っただ中である。現在では特に目だたない通りで、ごく普通のアパルトマンとホテルが二、三軒あるだけだが、一九一〇年前後のヴィクトール・マッセ通りには有名な踊場「バル・タバラン」があった。永井荷風が歓楽の一夜をすごしたあのダンス酒場である。また、この通りは世紀末までラヴァル通りと呼ばれていて、このラヴァル通りは文化史上名高い芸術キャバレー「シャ・ノワール」があったところでもある。いろいろな物語を動く影絵で見せるスペクタクルで大人気を博し、客席にはゾラやドーデなどの作家たちが集まったこの芸術キャバレーは、「シャ・ノワール」という新聞を発行したことでも有名だが、紙面で画筆をふるったスタンランの手に

現在のヴィクトール・マッセ通21番地bis（筆者撮影）

なる大きな黒猫の宣伝ポスターは、世紀末のモンマルトル文化を象徴するイコンとなっている。

こうしてモンマルトルの歓楽をきわめる通りに越してきたとあればさぞかし喧噪のただなかに住んだと想像しがちだが、そこがモンマルトルの面白いところで、鹿島茂『モンマルトル風俗事典』が言うとおり、「モンマルトル、とりわけ丘の下の九区というのは、今日でもそうだが、大歓楽街から通り一つを隔てるだけで、森閑とした住宅街に変わってしまうのである」。はたして、後からやって来た晶子がこの落差に感じ入っている。「夜が更けるに随《したが》つて坂を上《のぼ》つて来る自動車や馬車の数が多くなつて行く」モンマルトルは、まさに不夜城だが、「そんな処に近いギクトル・マツセ町の下宿住居《ずまゐ》が、東京にも見られない程静かな清清《せいせい》した処だとは自分も来る迄は想像しなかったのである」。タバランと同じ通りと言ってもこの通りは比較的長く、21 bis という番地が現在も変わりなければ、中庭を囲む集合住宅のつくりになっていて奥まった建物なので、夜半の踊りの騒ぎも聞こえてこない立地だったのだろう。その静けさは、「二十本に余るマロニエの木の梢の高低《たかひく》が底の知れない深い海の様にも見える」隣の建物の木深《こぶか》い庭にもうかがわれる。鉄幹と晶子は歓楽と静寂が綾なす地区モンマルトルを体感したのである。

ところでモンマルトルのダンス酒場といえば、何といっても有名なのはムーラン・ルージュだろう。ムーラン・ルージュの開店は一八八九年。エッフェル塔で名高いパリ万国博覧会が開催された年である。鹿島茂がルイ・シュヴァリエ『歓楽と犯罪のモンマルトル』を援用しながら言うように、「ムーラン・ルージュの開店は、まるで国家的な行事であるかのごとくに、歓迎された」。つまり、万博開催にともなう「祝祭的な浮かれた気分が続いていたばかりでなく、カーニヴァルのオージーのような雰囲気がパリ全体を覆っていた」のである。ルイ・シュヴァリエの続きを引こう。「はっきりと言ってしまえば、それは裸の女、見事な裸身をさらす小柄なフランス娘、世界でも類を見ないパリの可愛い雌鶏（…）要するに、世界中のひとびとがパリに見物にやってきたものは、まさにこれなのである」「万国博、それは、娼婦たちに下った大動員令、むきだしの肉体市場だった。そして、この手のものに関しては、「ムーラン・ルージュ」以上に強烈な魅力を発するところがほかにあっただろうか？」。こうしてムーラン・ルージュは夜の女の見本市さながらになり、歓楽のモンマルトルはここに極まったのだ。

スタンランによる「シャ・ノワール」の巡業ポスター。モンマルトル文化のイコンとなった。

　鉄幹の渡仏は一九一一年。一九〇〇年パリ万博の約一〇年後である。歴代最高の動員数を誇った万博の呼びものは電気だった。まばゆい電飾イルミネーションが来場者を夢心地にしたこの万博は、パリがヨーロッパの首都として輝いた繁栄のピークに位置している。まさにベルエポックのさなかであった。ラリックやギマールのアール・ヌーヴォー装飾は会場外の街にもあふれ、開通なった地下鉄駅を飾った。その一九〇〇年は奇しくも「明星」創刊の年であった。翌一九〇一年に刊行された『みだれ髪』の表紙画は流れる髪が明らかにアール・ヌーヴォー装飾である。二章に見た美術《アート》の日仏コレスポンダンスがうかがわれる。それから十年あまり、一九〇〇年万博の栄華はいまだ消えやらず、ベルエポックのパリは芸術の都として世界中の画家や作家たちをひきつけ、歓楽のモンマルトルの名を知らぬ者はなかった。

鉄幹が越してきたのはこういう地区だったのである。帰国する晶子を見送った直後のパリ通信は突然趣向をかえて主語を「おれ」にし、「モンマルトル便り」の感がある。題して「MADAME《マダム》 KIKI《キキイ》」。「おれが此《この》モンマルトルの下宿へ移つて来たのは一月の末であつた。もう十ケ月経《た》つ。此間にいろんな種類の下宿人が出たり入つたりした。今ではおれとKIKIと云ふ女とが古参《こさん》になつて仕舞つた」。下宿の食卓に着くのは、鉄幹と、キキもふくめて女ばかりだった。「それで、おれは敬意を表して「皆さんとご交際致すのは私に取つて非常な光栄に存じます」と云ふ様な改まつた文句を用ひて挨拶《あいさつ》したもんだ。それが今から考へると可笑《をか》しくてならない」。

この下宿は、夜になると様子が変わるのである。なにしろ「十二時頃になるとキキイを除いた三人の女は、派手な身装《みなり》をして大きな帽の蔭《かげ》に白粉《おしろい》を濃く刷《は》いた顔を面紗《ベエル》に包み、見違へるやうな美しい女になつて各自《めいめい》何処《どこ》へか散歩へ出て行く。主人夫妻もおめかしをして寄席《よせ》や珈琲店《キャッフェ》へ出掛ける」のである。「おれも初めの頃はよく主人夫婦と夜明近くまで遊び歩いたもんだ」とあるが、そうしてモンマルトルの歓楽に浮かれた様を伝える詩「MONICO」の一節をひく。これも「スバル」掲載のもの。

MONICO《モニコ》! MONICO! TRÈS《トレ》 JOLIE《ジヨオリイ》!
今夜もモニコで飲み明《あか》そ。
派手な巴里《パリイ》に住みながら、
MONMARTORE《モンマルトル》〔ママ〕に住みながら、
一人で寝るのも気が利かぬ。

そんな日々が過ぎて今はキキ一人がやつれ顔で下宿にひきこもっているのだが、その頃には鉄幹も女たちの職業がわかってくる。「或日下宿の細君に、「あれは皆夜の天使だつたんですね」と囁《ささや》いた。細君は笑つて頷《うなづ》きながら、「モンマルトルのああ云ふ種類の女の中ではどれも第二流《スコンデエル》ですよ」と教へて呉れた」。そんななかキキだけが下宿にこもっているのは妊娠のせいだということも教えられる。要するに、「踊場《バル》タバランへ出る西班牙《スペイン》の姉妹」が住み、「ムウラン・ルウヂユの踊場《をどりば》へ出る音楽者夫婦」も住んでいるこの下宿は、いわば歓楽のモンマルトルの楽屋裏の一部なのだ。カルチエ・ラタンに住んでいてはわからないパリの貌《かお》を鉄幹はしかと見たにちがいない。

芸術家に会う

鉄幹のパリ遊歩の足が軽いのは友が多いからでもある。ことに画家との交友の輪が広い。渡仏の船からしてすでに画家たちと同船である。徳永柳洲、満谷国四郎、長谷川昇、柚木久太《ゆのき》の四人と共にパリに着き、オテル・スフローに投宿している。スフローを紹介したのは先に渡仏していた石井柏亭。柏亭は長年の新詩社社友であり、「明星」に挿絵をよせていた。やがて柏亭はイタリアに出発し、鉄幹は四人の画家たちと親しく行き来している。

徳永柳洲は日刊紙「万朝報」に挿絵を描いていた画家で、帰国後は印象派風の画風で知られる。『巴里より』のしゃれた装幀や挿絵も徳永の手になるものである。満谷国四郎は一九〇〇年パリ万博に出品した水彩画が銅賞をとった俊才で、アメリカからパリに渡ってアカデミー・ジュリアンに学び、帰国後に「太平洋画会」を創立した。一九一一年の渡仏は再訪で、デッサンの基礎から学びなおして画風を深めた。鉄幹と同年配だが、画室を訪ねて満谷の寝間着姿を見た鉄幹は、「このひとはおれの親父だ」と言ってみたくなったと記している。貫録があったのであろう。

長谷川昇はひとまわり年下で、東京美術学校出。彼について鉄幹は、「長谷川丈はマチスの弟子分だと云つてよい。ヴン・ドンゲンの画室《アトリエ》へ通ふのである。ドンゲンの事は去年サロン・ドオトンヌの批評の中で柏亭君が日本へ紹介したらうと想ふ。近頃巴里《パリイ》では斯《こ》う云ふ新しい画家の画室へ通ふ青年画家が月毎に殖《ふ》えて行く相だ」と語っている。美術界の新動向がうかがわれる。柚木久太は満谷国四郎の弟子で、四人ともモンパルナスの共同アトリエ、「シテ・ファルギエール」

鉄幹と画家仲間たち（川島理太郎のアトリエにて）
（後列右から、満谷国四郎、桑重儀一、与謝野鉄幹、小柴錦侍、
澤部清五郎、前列右から徳永柳州、柚木久太。原著挿画）

現在のシテ・ファルギエール（筆者撮影）

与謝野鉄幹像
（梅原龍三郎画。日本近代文学館蔵）

に画室がある。藤田嗣治もしばらく住んだこのシテ・ファルギエールは、貧乏画家たちのアトリエとして文化史に残る建物だが、鉄幹描くかれらの暮らしぶりが面白い。

その日、鉄幹はかれらの通うアカデミー・ジュリアンを見学しようとシテ・ファルギエールを訪れた。徳永は着替えがまだだと言うので満谷の部屋へ行こうとすると、右隣の画室から柚木が顔をだしたのでそちらに行く。「大きな物《もの》を描きだしたね。此方《こっち》は長谷川かい。随分凄《すご》さうなモデルだね」「長谷川君と二人で遣《つか》つてるんだが、実際其通《そのとほ》り目の下のどす黒い女でね、よく喋るんだ」。そうするうちに満谷も徳永もそろったのでアカデミーへ向かい、前のカフェで「廉《やす》い朝飯を腰も掛けずに済せ」たあと、ようやくアトリエへ。「朝の組の生徒が二十四五人痩《や》せた裸のモデル女を囲んで黙って一所懸命に木炭をきしらせて居る」。三人の画家たちもキャンバスに向かい始めたので、鉄幹ひとりの見学になる。「四方の壁には天井に沿うて競技に一等賞を得た生徒の絵が掛って居る。日本人では古い所で中村不折《なかむらふせつ》、鹿子木孟郎《かのこぎまうろう》諸君のが一枚づつ、近頃で安井《やすゐ》〔曾太郎〕の絵が三枚何《いづ》れも目に着く」。私塾アカデミー・ジュリアンが日本の洋画界に果たした役割の大きさがしのばれる。やがて師のローランスが来るというので画室を出た鉄幹はリュクサンブール公園を横切って、小林万吾のアトリエへ行く。小林は黒田清輝門下の画家、彼もまた鉄幹と同じ年に渡仏して来ていたのである。

こうして鉄幹と画家たちの交流は驚くほど密だが、なかでも光っているのが梅原龍三郎（当時は良三郎）との交友であろう。そもそも鉄幹にモンマルトルの下宿を紹介したのは梅原であり、梅原のアトリエは隣のアパルトマンなのである。鉄幹が梅原を識ったのはパリに来てからで、「明星」同人の高村光太郎と田中喜作の紹介状をたずさえてきたのだ。田中喜作と梅原は一緒に渡仏して来た仲である。鉄幹よりひとまわり若い梅原は、下宿の世話をはじめ、観劇や郊外散策に誘ったり、熱をだして寝込んだ鉄幹に医者を世話するなど、よく面倒をみている。その交友は作品にも及び、鉄幹の肖像画「与謝野鉄幹像」を描いている。また、訳詩集『リラの花』の表紙絵も梅原によるものだ。鉄幹が是非にもと依頼したのであろう。

鉄幹にも「梅原良三郎氏のモンマルトルの画室」と題した長い詩がある。梅原龍三郎論でもふれられることが少ないので、一部を引く。


扉《とびら》が内から開《あ》いた。

「ボン・ジュウル、」

「ボン・ジュウル、」

「描《か》いて居るんぢやないの」、

「いいや、モデルが来ないから」、
二人は手を握《にぎ》つた。

友は何時《いつ》ものやうに、
薄地《うすぢ》の紺の仕事服《しごとふく》の上へ、

褪《さ》めて落ちついた緋《ひ》の色の大幅《おほはゞ》の繻子を
印度の袈裟のやうに、
希臘の衣《きぬ》のやうに、
左の肩から右の脇へ巻いて居る。
そして又何時ものやうに、
愛着的な、優雅な、細心な、
そして凜々《りり》しい表情と態度とが
おゝ我が友よ、僕をして
ナルシスの愛と美を想はせる。

三方を塞《ふさ》いだ、
天上の高い、
そして広々とした画室《アトリエ》は
大岩窟の観がある。
そして大きな画架、
青い天鵞絨張りのモデル台、
卓、置暖炉《おきストオブ》、花瓶《はながめ》、
肘掛椅子《フオオトイユ》、いろ〳〵の椅子、
紙片、画布《がふ》、其等の物が雑然と入り乱れ、

麝香撫子と、絵具と、
酒と、テレピン油とが
匂ひの楽《がく》を奏《ジユエ》する中に、
壁から、隅々《すみ》から、
友の描《か》いた
衣《きぬ》を脱がうとする女、
川に浴する女、
仰臥の女、匍ふ女、
赤い髪の女、
太い腕《かひな》の女、
手紙を書く女、
編物をする女、
そして画架に書きさした赤い胴衣《コルサージユ》の女、
其等の裸体、半裸体の女等と、
マントンの海岸、
ブルタアニユの「愛の森」
ゲルンゼエ島の牧場、村道、岩の群《むれ》、
グレエの森、石橋、
其等の風景と、

赤い菊、赤い芍薬、アネモネの花、薔薇、
林檎と蜜柑、
梨、
其等の静物とが、
見とれる如く、あまえる如く、
誘《さそ》る如く、
熱い吐息《といき》を彼れに投げ掛ける如く、
彼れの一挙一動に目を放さぬ如く、
我が美くしいナルシスの画家を取巻いて居る。
そして一方《いっぽう》の
南向《みなみむき》の窓の硝子越しに、
四月の巴里が水色に霞んで、
低く、低く、海のやうに望まれる。
正面に近く、脂色《やにいろ》をしたのがオペラだ、
僕はモンマルトルの中腹の、
六階の画室《アトリエ》に居ることを忘れて、
ふとパリの空《そら》の上を飛んで居る気がした。

若き友によせる敬愛の念あふれる詩である。パリにおける若き梅原龍三郎のアトリエでの仕事ぶりが生き生きと目に浮かぶようだ。梅原の隣に住んだ幸運は鉄幹の新生感をいやましにしたにちがいない。

そして芸術家というなら、鉄幹がフランスで会った最大の芸術家はロダンであろう。「白樺」がロダン特集号をだしたのが一年前の一九一〇年十一月。森鷗外が小説『花子』を「三田文学」に発表したのも同年七月のことである。日本の文壇画壇にロダンの名は鳴り響いていた。

六月のある日、鉄幹と晶子は松岡諸村と連れ立って郊外にあるロダンのアトリエを訪ねてゆく。松岡諸村は若くして渡仏し、南仏詩人ミストラルに傾倒して長くフランスに滞在した人物である。折々に通訳をつとめたようで、鉄幹はパリに来てから面識を得たらしい。その日ロダンは郊外でなくパリのアトリエだったが、迎えたロダン夫人の高雅な人柄が晶子を感激させる。夫人はパリへの帰路にとロダン家で使う馬車を出させ、庭で摘んだ紅や薄黄の薔薇の花を晶子の手に持たせた。二人はいたく感じいり、のちに鉄幹は「わが庭《には》の薔薇《ばら》の下《もと》に、この花《はな》の灰《はひ》を撒《ま》けよ。日本《にほん》の土《つち》が、之《これ》に由《よ》りて浄《きよ》まる」と詩を綴っている。

オーギュスト・ロダン（原著挿画）

パリのアトリエに着いて有島生馬に書いてもらった紹介状を下部《ギャルソン》に渡すと、老ロダンの応接はにこやかであった。「肥大な体の、髪も髭《ひげ》も銀を染めたロダン翁が立迎へて、鼻眼鏡を掛けた目と色艶《いろつや》のよい盛高《もりだか》な二つの頬《ほ》とに物皆を赤子《せきし》の様に愛する偉人の微笑を湛《たゝ》へ乍《なが》ら、最初に晶子の手を握つて「おお夫人《マダム》」と言はれた。翁と僕等を取巻くのは翁の偉大な芸術が生んだ大理石像の一群であつた」。鉄幹は有島生馬に託された「白樺」のロダン特集号を渡して歓談するうち、日本で自分のデッサン展をやりたいとロダンの方から企画を打診される。労を取る人々の有無、会場のありか、展示の様子などをたずねられた鉄幹は、「翁の厚意と熱心とに対して感激し」、「日本人を代表して居る」ような気になって威勢良く答えている。ロダン訪問のこの日もまた忘れがたい一日であったことだろう。

リラの花

鉄幹はもうひとり、強い印象を残した文人と会っている。アンリ・ド・レニエである。上田敏の『海潮音』によってレニエの詩は広く明治の文人に読まれていた。迎え入れられた詩人の書斎はその作品にふさわしい雰囲気をたたえている。「室内の飾付は此家の外見のけばけばしいのに似ず、高雅な中に淡《あは》い沈鬱《ちんうつ》な所のある調和を示して居た。（…）大通から光を受ける三つの大きな窓には、淡紅色《ときいろ》を上下《うえした》に附けた薄緑の窓掛《リドウ》を皆まで引絞《ひきしぼ》らずに好《よ》い形に垂らし、硝子《がらす》は凡《すべ》て大《おほ》形《がた》な花模様のレエスで掩《おほ》はれて居るので、薄い陰影で刷《す》られた露《あら》はで無い明りが繋つたアカシアの樹蔭《こかげ》にでも居る様な幽静《いうせい》の感を与へた」。

鉄幹の言葉はきわめて的確に詩人の資質をとらえている。「高雅」、「沈鬱」、「幽静」。いずれもレニエの詩風にふさわしい。その部屋に姿をみせた詩人は「調子の低い而《さう》して脆相《もろさう》な程美しい言葉で愛想良く語った」。繊細をきわめるこの「幽静」の詩人に鉄幹は心惹かれたに相違ない。訳詩集『リラの花』には十四篇ものレニエの詩が採られているからである。

『リラの花』のタイトルは鉄幹が好んで通ったモンパルナスの文芸カフェ「クロズリィ・デ・リラ」にちなんでいる。ポール・フォールやヴェルハーレンなどポスト象徴派の詩人がたまり場にしていたこのカフェは自由な雰囲気で入りやすく、日本人画家たちもよく出入りしていた。藤村もしばしばここに姿をみせたものだ。

序文にあるとおり、この訳詩集は「語学のために」読んだ詩を訳したもので、「スバル」にもたびたび寄稿しているが、わずか一年で習得したフランス語の限界は大きく、『海潮音』はむろんのこと、荷風の『珊瑚集』にもはるかに及ばない。作品の選定もまずく、新しい詩を読みたくて新聞雑誌に載ったものを集めたと言うが、結果としてマイナーな群小作家の詩を集めた感をぬぐえない。やはり読ませるのはメーテルリンクやノアイユ夫人など、今日でも古典となっている詩人である。なかでもアンリ・ド・レニエの詩には、「幽静」の雅をたたえて読ませるものが多い。鉄幹の『相聞』のあの憂愁の詩境がレニエとのそれと響きあっているのである。「雨」の詩をひく。

アンリ・ド・レニエ（原著挿画）

窓《まど》は開《あ》けり、雨《あめ》ぞ降《ふ》る、

『リラの花』扉と表紙（梅原龍三郎画。筆者蔵）

こまやかに
ちさき音《おと》して、そぼそぼと。
爽《さわや》かに静《しづ》かなる庭《には》の上《うへ》

雨《あめ》は葉毎《はごと》に目覚《めざ》めしむ、
己《おの》が染《そ》めたる青《あを》き木《き》の塵《ちり》を被《かづ》くを。
壁《かべ》には眠《ねむ》げに
葡萄《ぶどう》の棚《たな》ぞ匍《は》ふ。

草《くさ》は戦《わなな》き、ふすふすと
生温《なまぬる》き砂《すな》は鳴《な》る。
さて人《ひと》は、砂《すな》と草《くさ》の上《うへ》に
主知《ぬしし》らぬ幽《かす》かなる足音《あしおと》を聞《き》くここちす。

庭《には》はひそひそと私語《ささや》き、
はた、しのびかに身《み》じろぎす。
むら雨《さめ》は一筋《ひとすぢ》、一筋《ひとすぢ》、
空《そら》と地《ち》とを織《お》る如《ごと》し。

雨《あめ》ぞ降《ふ》る。目を閉《と》ぢて、我《わ》れは聞く、
庭《には》を濡《ぬ》らす雨《あめ》は、同時《どうじ》に、
我《わ》れと我《わ》が心《こころ》に作《つく》りたる
闇《やみ》の中《なか》に滴《したた》るを。

もうひとり、読ませるのはイタリアの詩人ダヌンツィオである。ダヌンツィオは世紀末から二十世紀初頭にかけ大流行した作家で、上田敏が『海潮音』や『みおつくし』で紹介し、鷗外も戯曲『春朝夢』や『秋夕夢』を紹介し、後者は翻訳も手がけている。生田長江が訳した小説『死の勝利』は時のベストセラーになった。その勢いをうけて木下杢太郎なども「スバル」で詩の翻訳を試みている。

けざやかに壮麗なレトリックを駆使するデカダンスの詩人だが、鉄幹の訳詩はそのレトリックをよく写し取っている。長いので、「詩人」の詩の初めの二節をひく。

邈爾《ばくじ》たる祖先《そせん》と物古《ものふ》りし物語《ものがたり》とに由《よ》る遠《とほ》き過去《くわこ》の夢《ゆめ》は詩人《しじん》の間《あひだ》に輝《かゞや》く。されど詩人《しじん》に於《おい》て未《み》来《らい》の夢《ゆめ》は暗《くら》し。いみじき彗星《すゐせい》の尾《を》の如《ごと》く、風《かぜ》に逆《さか》ふいみじき火炎《くわえん》の如《ごと》く、我等《われら》詩人《しじん》の精神《せいしん》は後《うし》ろに引《ひ》き且《か》つ翻《ひるがへ》りつつ、生《せい》の中《なか》に輝《かがや》く。

我等《われら》は住《す》めりき、（ああ我《わ》れを愛《あい》する汝《なんぢ》は想《おも》ひ出《い》でん、汝《なんぢ》の脈《みやく》は韻《ゐん》なりしを。）我等《われら》は光栄《くわうえい》の王国《わうこく》に住《す》めりき。円《まろ》き宝瓶《はうへい》の中《なか》なる捉《とら》へ難《がた》き星の如く匂《にほ》ふ熱情《ねつじやう》の花《はな》と、沈思《ちんし》すべき神秘《しんぴ》と、味賞《みしやう》すべき愛《あい》と、吸飲《きふいん》すべき薫香《くんかう》との記憶《きおく》は固《もと》より我等《われら》に備《そな》はれり。

こうして新領野を期した鉄幹だったが、『リラの花』も『巴里より』も文壇に顧みられることなく終わった。パリで味わった「新生」は実を結ばなかったのである。鉄幹はふたたび沈鬱の淵に沈んでゆく。

藤村の憂鬱

『巴里より』はもともと「朝日新聞」に連載された通信であった。鉄幹の帰国は大正二年一月。同年三月に島崎藤村がフランスに渡る。鉄幹と入れ替わるように藤村の『仏蘭西だより』が「朝日新聞」に掲載されることになった。藤村四十二歳の折である。

大正五年四月までの四年間、長きにわたる藤村のパリ滞在は鉄幹のそれといかにも対照的である。鉄幹が生き返ったように潑剌としていたのとは逆に、藤村の心はどこまでも暗く憂鬱に閉ざされている。

小説『新生』を読んだ私たちはその理由を知っている。藤村は姪との過ちを清算すべく自己追放の旅に出たのだ。「恥かしい自分を隠す」ために遠い異郷に身を埋めに行ったのである。それが男の身勝手な言い方だとすれば、藤村は妊娠した姪を置き去りにして自分だけ外国に逃げたのだ。当然のことながら内には冷え冷えとした罪悪感がわだかまっている。誰にも言えず、自分の内にかかえこむほかない、後暗い憂鬱。パリ滞在記『エトランゼ』のどのページもこの憂鬱にそまっていて、作品の基調音となっている。

　初めて異邦の冬を迎えた二月、モンパルナスの下宿部屋にこもって寂寥をかみしめる一節――

「好きな茶にもなつかしい絵葉書にも慰められないやうな時には、仕方なしに私は洋服の儘、肱掛椅子の上に昇つて、そこに胡坐をかいて見た。（…）それでも慰まないことがあつた。私は部屋の床の上に跪き冷たい板敷に自分の額を押当てるやうにして、涙を流したいばかりに思ふこともあつた」。下宿の窓外にはポール・ロワイヤル通りのプラタナス並木が続いている。「斯うした仮の部屋で、私の心を慰さめたのは窓から見えるプラタナスの並木の一つであつた」。窓辺のプラタナスは春から秋まで、若葉、緑、鈍色の落葉と姿を変える。藤村は窓辺のその樹を「朝夕の友」とした。

ポール・ロワイヤル通りの藤村の下宿（筆者撮影）

　憂鬱は芸術を見る目にも及び、リュクサンブール美術館の印象派絵画を初めて見たときも、藤村の心をひいたのはモネでもセザンヌでもなく、「仏蘭西の田舎を描いたピサロオの憂鬱な色彩」であった。そんな

シャヴァンヌ「眠れるパリを見守る聖ジュヌヴィエーヴ」

藤村をなぐさめた絵もある。小山内薫がやってきたとき、藤村は彼をパンテオンに案内してシャヴァンヌの壁画「聖ジュヌヴィエーヴ」連作を再見する。「私は見る度に深い静寂な心持を経験した」。ことに連作最後の「眠れるパリを見守る聖ジュヌヴィエーヴ」は藤村の心を平安で満たす。「巨大な石造の堂宇の中央にある円天井からは午後の日が強く奥の方の壁の上に射して来て居た。(…)淡い黄ばんだ月に対つて立つて居る晩年の尼さんの壁画の前で、しばらく私は旅の身を忘れて居た」。

小山内薫とダヌンツィオ

小山内薫の来訪はパリ到着の一カ月後のことだった。「劇の巡礼者」である若い友は藤村を観劇に誘う。「丁度小山内君のモスコウ滞在中にも見られなかつたといふ露西亜の舞踏家ニジンスキイ一行が巴里の舞台に上る晩であつた。それがまた新規に出来上がつたばかりのシャンゼリゼ劇場の舞台開きの晩にも当つて居た」。

ドビュッシー作曲の『牧神の午後』の舞台は、ニジンスキーの舞踏だけでなく、フォーキンの振り付け、バクストの背景と衣装、すべてが素晴らしく、感激した藤村はまるで「蘇生《いきかへ》つたやう」な気がする。小山内薫も同様で、その晩は藤村の部屋で遅くまで語りあう。それにしても藤村の部屋の寒々しさは印象的で、「火鉢もなく、鉄瓶もない私の部屋では、水でも勧めるより外に小山内君に出すものもなかつた」。河盛好蔵の名著『藤村のパリ』が言うように、「全く侘びしい」夜であり、「小山内としてはにぎやかなバーかカフェに寄ってビールかブランデーでも飲みたかったにちがいない」。藤村のパリ滞在の侘しさをよく伝えるエピソードである。

「牧神の午後」を踊るニジンスキー

ロシアバレエのあと、もう一つ、藤村が是非にもと思って観た演劇がある。ダヌンツィオの『ピサネル』である。「朝日新聞」に連載された『仏蘭西だより』にこの夜のことが詳しい。『死の勝利』や『巌の処女』を書いた伊太利のダヌンチオが現に今奈何《どう》いふ脚本を書いて、それが奈様《どん》な風に巴里の劇場で演ぜられるか——これも小山内君の滞在中に私の見逃せないものの一つでした」。藤村は『ピサネル』を観たいというより、ダヌンツィオという人物に関心があるのである。そんな藤村は、小山内がパンフレットを買う間にも「出たり入つたりする人達の中に『ピサネル』の作者を探したりなぞ致しま

ダヌンツィオの肖像

した」と語っている。明らかに彼は作者を見たいのだ。渡仏前に書かれた随想にも「ダヌンツィオ」という掌編があり、「ダヌンツィオは人生の芸術と云ふことを考えたり書いたりした人で、我等のライフにはスタイルがある、又ライフのスタイルと云ふものがなければならぬと云つて居る」と述べている。

いかにもダヌンツィオの生にはスタイルがあった。耽美的なデカダンでありながら同時に野蛮であり、文と武とを能くして、まことにダンディな文人にして軍人であった。三島由紀夫が傾倒した作家だと言えばよくイメージが伝わるだろうか。ただし三島とちがって恋愛沙汰がたえず、女優エレオノラ・ドゥーゼとの大恋愛は語り草になっている。贅沢暮らしで借財を重ね、一九一一年からパリに逃亡していたが、フランス語も自在なのでパリでも創作活動は旺盛で、ドビュッシーと知り合い、聖史劇『聖セバスチャンの殉教』を作成している。『ピサネル』は、主演のイダ・ルビンシュタインに捧げられた戯曲といってよく、両性具有的な魅力をたたえて神秘的なオーラのあるこの女優は『聖セバスチャンの殉教』を見事に演じてダヌンツィオを魅了していたのである。

このダヌンツィオの噂を森鷗外が伝えている。鷗外は明治四十二（一九〇九）年から「スバル」

に「椋鳥通信」なる海外消息通信の連載を始め、トルストイやらシラーやら各国の有名人の噂やゴシップその他面白おかしい雑報で読者を愉しませたが、河盛好蔵も援用しているとおり、その通信にたびたびダヌンツィオが登場する。「スバル」明治四十三年七月号の「通信」にもパリでの暮らしぶりについて詳しい記事がある。「巴里の Hôtel Meurice に泊まっている d'Annunzio は新聞記者に逢はないようにしてゐる。Paris-Journal はどうして聞き出したか、こんなことを書いた。本年二月に Vaudeville 座で興行する筈の脚本を今書いてゐる。その女主人公を Simonne がすることになつている。また Amaranda といふ仏文小説を書いてゐる。巴里を舞台としたものである。伊太利の青年が巴里に来て種々の閲歴をするといふ筋である。写実を stiliser する試みだそうだ。それから Louvre で Pisanello の線画や水彩画を見出して、それを出板させると云っている」。ついでながらエレオノラ・ドゥーゼの消息もひいておこう。「Secolo 紙に出した Eleonora Duse の弁解書によれば、d'Annunzio が再び此女優に関係を附けようとしてゐるといふのは虚聞である。又巴里の縫匠 Worth が結婚を申込んだといふのも事実でない。此縫匠は盛にひいきをしてゐるに過ぎない」。

巴里の縫匠 Worth というのはオートクチュールの創始者ワースのことで、ワースはドゥーゼをモデルに使って彼女の衣装をよく仕立てた。ダヌンツィオといいドゥーゼといい、どちらも浮名高い有名人なのだ。「椋鳥通信」へのダヌンツィオ登場はなんと五〇回近く、派手な噂の絶えない作家だったのである。藤村のように堅い作家でも興味をかきたてられる存在だったのであろう。あいにくその日の劇場に作者は姿を見せなかったが。

河上肇とドビュッシー

小山内薫のあと、河上肇が藤村のもとを訪れてくる。渡仏翌年の大正三年春のことである。京都大学からヨーロッパ留学を命じられた河上肇はまずベルギーに滞在し、京大の同僚の竹田省《さとる》と共にパリへやって来た。

「思いがけない珍客」と藤村が言うように、河上も竹田も藤村の知己ではない。どのようにして二人が藤村を訪ねたのか、河上肇の『自叙伝』に詳しい。「私は（…）昔し大学生時代に愛誦した『若菜集』の著者が同じパリに住んでおられることを思い出し、大使館で住所を確かめた後、ある日、初対面の島崎藤村氏を訪ねた。同氏は快く私たち二人を引見された上に、いずれそのうち自分の下宿にも部屋があくだろうから、それまで向いのホテルに泊まっていて、昼と晩の食事を、こちらへ来て自分と一緒にしたら、といってくれられたので、私達は大層喜んで、同氏の下宿と向い合っているグランドテル・ド・ルクサンブウルという旅館に尻を落ち付けることにした」。ホテルは貧弱な安宿だったが、河上たち二人は六週間のあいだ藤村の下宿に食事に通ってきて親交をまじえた。藤村も学者肌の年下の友に元気づけられたのである。

食卓で、あるいは藤村の部屋で、またあるときは藤村の方から向いのホテルに出向いて、話はつきなかった。着いた早々から河上肇は確たる論客であった。「竹田君は河上君の方を見て、二人で巴里を見物して歩いたその旅の心を比べ合ふやうに、「何といつても、優秀な民族といふことは争はれませんナ」。この竹田君の前置なしに言つた言葉は、河上君はもとより、私にもその言はうとする意味がよく解つた。私はそうした場合に河上君の口から出て来る旅の感想を聞いて、君がなか〳〵の論客であることを知るやうに成つた。「打開けた話をすれば、」と河上君は竹田君をも私をも見て言つた。「現代の日本が結局欧羅巴の文明に達しようとするだけでは、私共は満足しません。それでは到底欧羅巴人には叶はないと思ひます。日本には日本固有のですね、全く欧羅巴と異つた、優秀な文明があると考へなければ、私達の立場はなくなります」。竹田君は言葉を少く聞いて居て、「同感です」と教授らしい調子の言葉でそれを受けた」。こういう会話の後に年若いフランス人とドイツ人の二人が加わって食事がはじまるのであった。

ところで、河上肇の眼から見た藤村の姿も面白い。河上は「巴里に於ける島崎藤村君」と題した回想記で述べている。「僅か数日の観光客も世界一と称せられるルーヴルの美術館へは必ず一度は行くに決まつて居るに、島崎君は其のルーヴルへ一年近くも居てまだ一度も行つて居られぬ。今まで巴里に来た外国人では恐らくレコード破りであらう。何時も食事の度毎に、件のフランス人ドイツ人が、お変りはありませぬかと云ふ挨拶代りに、ルーヴルへ行きましたかと云つて居る」。

ドビュッシーの肖像

そんな藤村がめずらしく自分の方から二人を誘ったのが、ドビュッシーの音楽会である。「「折角《せっかく》巴里にお出に成つたものですから、好いものを見たり聞いたりして被入《いら》しつてください。現代の欧羅巴で最も進歩したと言はれる芸術の一つに触れてみて下さい」。斯う私は言つて、仏蘭西に現存するあらゆる芸術を通じて最も私の心を引かれるものの一つ——ドビュッシイの音楽——を聞きに、河上、竹田の二君を誘はうとした」「ドビュッシイ自身が演奏台に立つて自分の作曲を自分で弾いて聞かせるやうなことは巴里でもめつたに得られない機会で、実は暮れのクリスマスの前あたりから私の心掛けて置いたことだ」。

「現代の欧羅巴で最も進歩したと言はれる芸術」といい「仏蘭西に現存するあらゆる芸術を通じて最も私の心を引かれるものの一つ」といい、いつになく強い藤村の言葉からドビュッシーに受けた感銘が伝わってくる。藤村が初めてドビュッシーの演奏を聴いたのは、河盛好蔵も言うとおり、詩人で音楽にも造詣の深い郡虎彦《こおり》と共にシャンゼリゼ劇場で聴いたオーケストラだろう。二度にわたってドビュッシー自身の演奏を聴く機会に恵まれた藤村は、よく言われるようにドビュッシーの演奏を生で聴いた数少ない日本人の一人であり、河上肇たちもその恩恵に浴したのである。

演奏会はバルドオ夫人によるドビュッシー作曲のマラルメの詩の独唱に始まった。「その後方《うしろ》に深思するかの如く洋琴の前に腰掛け、特色のある広い額の横顔を見せ、北部の仏蘭西人の中によく見るやうな素朴な風采の音楽者がバルドオ夫人の伴奏として、丁度三味せんで上方唄の合の手でも弾くやうに静かに、渋い暗示的な調子の音を出し始めた。その人がドビュッシイであつた。(…)その晩ドビュッシイ自身はかず〳〵の自作の曲を心ゆくばかりに弾いて聴かせたが、中でも六つばかりの小曲を集めた『ル・コアン・デ・ザンファン』は深く私の心を惹いた」。

『ル・コアン・デ・ザンファン』はドビュッシーが三歳の娘のために書いた小曲集である。藤村の心の鍵盤に深く響いたようで、『平和の巴里』ではさらに言葉を費やしている。「西洋音楽といふものは斯うだと平素定《き》めて了つて居るやうな人に彼様いふ音楽を聞かせたら、恐らくその一定した考へ方を根から覆へされるであろうと思ふ程です。新しい声です。その新しさは新奇であるが為に心を引かれるのではなくして、自分等の心に近い音楽であると感ずるところより生じて来るのです」。めずらしく雄弁に読者の心にふれてくるドビュッシー評である。

たしかにドビュッシーの音楽は「新しい声」であった。藤村とほぼ同時代でドビュッシーを聴いた作家に永井荷風がいる。フランスでもコンサートを欠かさなかった音楽通の荷風はリヨンでドビュッシーの『半獣神の午後』を聴き、その魅力を友人への手紙に綴っている。「仏詩人《ふつしじん》マラルメの「森《もり》の神《かみ》の午後《ごご》」といふ有名な詩を音楽にしたものを聞いた。此れはフランスの Debussy といふ音楽家の作で最新中の最新の音楽と言はれて居る。音楽といふよりは一種神秘な音の連続とも云ふべく初めも終わりもない一種不思議な曲だけあつて人に強い印象《いんしやう》を与へる点では文学で云へばマラルメやマーテルリンクの作物に均《ひと》しきものであらう」。荷風のドビュッシー評も鋭いが、藤村のうけた感銘は心にしみいってくる。たしかにそれは未聞のフランス音楽であった。

ちなみにこの演奏会にはもう一人藤村の心をひいた人物がいる。『平和の巴里』から引く。「ふと私は演奏台の後方に、特別席の後方に腰掛けた人達の中に、何かで度々見たことのある人の顔を見つけました。深紅色の花を帽子の飾りとした若い婦人の連もあるやうで、時々その隣の人へ話し掛けて居ました。頭は禿げてもまだ身嗜みを崩さずに居るやうな、少しも静止《じつと》して居られないやうな、エナアゼチックな感じのする人でした。その人こそ日本にまでよく名前を知られた現代欧州の作家の一人に相違ないとは思ひましたけれども誤つた報告は出来ませんから、名前だけはこゝに書かずに置きます」。禿頭の伊達者で「エネルギッシュな感じのする」女連れというと、ダヌンツィオ以外にないだろう。ドビュッシーの『聖セバスチャンの殉教』の共作者である彼はまさに特別席に着くにふさわしい。藤村はこの夜ようやく彼の姿を目にしたのである。

大戦下のパリ

藤村の無聊を破った河上たちもドイツへ去ってゆくと、またしても寂寞の日々がやってくる。着いたばかりの時は日本人を避けていた藤村だったが、無聊の苦しみに心は反転し、言葉を交わせる友を求めた。「私は自分の国から離れるために斯の知らない土地に来たのか、自分の国を見つけるために来たのか、その差別もつけかねるやうに思つて来た。日本なしには一日も私は生きられなかつた」。

そんな藤村と親しく交わったのは鉄幹の場合と同じく画家たちである。よく部屋に来て話しこんでゆくのは『新生』の岡のモデルにもなっている山本鼎。彼が例のシテ・ファルギエール住まいなので、次々と仲間の画家たちとの交友が広がる。彼らのたまり場はモンパルナス近く、可愛い娘の名をとって「シモンヌの店」と呼びならわしていたカフェだった。

その日も山本たちと「シモンヌの店」にいると、柚木久太、金山平三の二人に続いて藤田嗣治も入って来た。藤田も藤村と同年にパリに来て山本と同じファルギエール住まいだったのだ。柚木は鉄幹と同船でパリに来た画家であり、金山は東京美術学校出の俊英である。「斯う言ふ人の若々しい声や、同じ若々しい中にも何処か錆のある金山君の声や、賑やかな藤田君の笑ひ声やで、私達の居る部屋はにはかに活気を添へた。斯うして落合つて見ると、藤田君は小山内薫君の親戚にあたる人であり、柚木君は満谷君に就いて絵画を学んだといふ人であつた。（…）誰を見ても旅に揉まれて居ない人はそこに見えなかつた。旅行家の中の旅行家とも言ひたい金山君の日に焼けた顔、美術家仲間でも一機軸を出して居る藤田君のスタイル、何もかも私の身にしみた」。気のおけない若い画家たちとの交流はたしかに藤村の無聊を慰めたにちがいない。

だがこの一九一四年は大変な年であった。七月末にオーストリア対セルビア開戦の布告が出されたのだ。第一次世界大戦勃発である。平和なパリは一転して戦下のパリとなった。藤村の語りにも常ならぬ緊迫感がある。

渡仏前の島崎藤村

「壮丁といふ壮丁は続々巴里を出発しゝつあつた。毎日のやうに私は其光景を下宿の食堂の窓からも、自分の部屋の窓からも望んだ。時には銃の筒先に小さな三色旗をかざした歩兵の長い列が電車路の並木の側に続いた。（…）十八歳から四十七歳迄の男児は皆この戦争に参加するとのことであつた」「そこでもこゝでも生還の期しがたく再会の期しがたい別離の抱擁や握手や接吻が交わされて居た。一日は一日より動員の結果が眼についた。一切の人は国境の方へ向けて引去りつゝある大きな

藤村の疎開先のリモージュの家（筆者撮影）

潮流の中にあった」。

『戦争と巴里』にはこう記されている。「平和な巴里の舞台は実に急激な勢ひをもつて一転しました。それはあだかも劇の光景を全く変へるにも等しいものが有りました。僅一週ばかりの間に、私は早や悲壮な、戦時の空気の中に居たのです。其の劇的光景を一層トラヂックにしたのはジョオレスの最後でした。あの社会党の首領がモン・マルトルの料理店で暗殺されたという報知《しらせ》が伝はつたのもその日のことです。仏蘭西は奈何なるだらう。ラテン民族の精粋をあつめた幾多の天才者が受け継ぎ〳〵して築き上げた芸術と学問の世界は奈何なるだらう、私は自分の部屋に行つて独りで種々なことを思ひました。遠く故国を離れて図らず動乱の渦の中に立つた旅の身にも思ひ当りました」。こうして戦争の渦のなかで書かれた文章は貴重な第一次大戦の記録となって

ヴィエンヌ河（筆者撮影）

いる。

しかし藤村はほどなく戦下のパリを離れて田舎へ行く。下宿の主婦《おかみ》シモネエが里のリモージュに疎開し、勧められて藤村もそこへ疎開することになったのである。画家の正宗得三郎と共に藤村はリモージュの田舎に二カ月半の日々を過ごしたが、着いたその日に藤村はこう記している。「私は胸一ぱいに好い空気を呼吸する事の出来る静かな田舎に身を置き得たといふ心地がして来た。戦争は偶然にも巴里の様な大きな都会の響から暫く逃れ去る機会を私に与へた」。牧場があり畑があり、人々も素朴な田舎はしばし藤村の旅愁を解いた感がある。戦争も知らぬげにゆったりと流れる穏やかなヴィエンヌ河はさぞかし彼の心を癒したことだろう。河で子供たちと石投げに興じたりしている藤村の姿は、しみじみと心にしみるものがある。

二カ月半ぶりに戻って見たパリはもう冬を迎えていた。「冷い石の建築物、黒い冬の木、それらは巴里へ来て見る冬らしい感じであつた。(…)セエヌも寂しさうに流れてゐた」。戦争は長びいていた。フランスはマルヌの会戦で独軍に圧勝し、パリ陥落の危機は遠のいたが、西部戦線は長い膠着状態に入ってゆく。パリも劇場公演があったり、幾つかのカフェが店を開いたり、開戦直後の緊迫感はなくなったが、依然として戦下の街であるにはかわりない。藤村はまたしても冬ごもりの日に舞い戻る。「避けよう〳〵とした旅の侘しさが復た私のところへ襲つて来るやうに成つた。黄なミモサの花や、小さな水仙のやうなナアシスに僅かに春待つ心を慰める正月の十日頃になると、いつの間にか私は濃い無聊に包まれてしまつた」。この無聊と憂鬱こそ藤村のパリ滞在の基調音であり、内にわだかまる濃い闇はいかに旅を重ねようとも戦争に遭遇してさえ晴れやらぬものなのであった。

この闇をかかえたまま『エトランゼ』のページは閉じられるのだが、一つだけ、いつになく高揚した調子で書かれた文章がある。帰朝した河上肇・河田嗣郎に送った手紙文の一節である。「“Viva il Re! Viva L'Italia” 斯う云ふ羅馬市民の熱狂した声を巴里の客舎にあつても想像で聞くことのできるやうな、パントコオトの祭(羅馬旧教の聖霊降臨祭)の前後の旅の心持から、斯の手紙を書き始めます」という書き出しで始まる手紙は、イタリアの参戦を知らせるもので、二伸にこう続いている。「羅馬よりの報告《しらせ》はダヌンチオのことをも屢《しば〳〵》伝へました。あの伊太利の詩人が羅馬へ入つた時は数万の群集に迎へられ、愛国的の演説を試み、衆と共に伊太利の万歳、国王の万歳を絶叫したとありました。彼は国王に謁見した。彼は行く先で群集に圍繞《ゐねう》せられた。(…)兎に角、その行動は華やかな戯曲家たるを失ひません」。憂鬱な作家藤村がこの華やかな英雄詩人にいかに興味を抱いていたか、旅の終わりにまた知らされる思いがする。

そう、無聊の旅は終わりつつあった。『エトランゼ』のページが閉じられてからなお一年の滞在をへて藤村はようやく帰朝の途につく。一九一六（大正五）年になっていた。懲罰の旅はようやく終わったのである。


『新生』の読者はその後の結末を知っている。かくも長い旅の甲斐もなく、藤村は姪とよりを戻してしまったのだ。もとの木阿弥。いったい何のための旅だったのか……。けれども、帰国後の藤村の仕事ぶりは実に旺盛である。帰国二年後には、それらすべてを「告白」する小説『新生』を「朝日新聞」に連載し、さらにその翌年には『エトランゼ』を「朝日新聞」と「新小説」に連載する。フランス滞在の記述内容はほとんど重複している。それればかりか渡仏中も「東京朝日新聞」に『仏蘭西だより』を書き送り、『平和の巴里』と『戦争と平和』にまとめて刊行している。これも内容は重複している。流謫の旅は何一つ無駄にならず、二冊の長編と一冊の中編をうみだしたのだ。細かく数えあげれば作品はこれだけではない。あの重苦しい憂鬱も、もとの木阿弥の徒労も、衝撃の告白小説によってあがなわれ、「新生」の境地と印税と、賛否はともあれ揺るぎない作家的名声とを得たのである。多難な旅は多産であったのだ。

確かに、『新生』にしろ『エトランゼ』にしろ、出来事の起伏に乏しく、鬱々とした気分が延々と続いてゆく作品であるにもかかわらず、最後まで読ませてしまうのはひとえに藤村の筆力のゆえであろう。かつて『若菜集』をつづった詩人がつづる口語体は見事に熟成して、仮名づかいを変えれば現代文とかわらない。小説言語の確かな達成がここにはある。

ひるがえって、もうひとりの文人、鉄幹をかえりみると、何という劇的な対照だろう。憧れの地で生き生きと見聞を広げて新生感に満ちて過ごした鉄幹だったが、帰国した彼を待っていたのはほかでもない無聊の憂鬱であった。こちらももとの木阿弥なのである。短歌や詩はともかく、鉄幹の散文はやはり藤村のそれより古めかしい。帰国の時は早や大正初年、詩歌より小説という時代の流れもあったにちがいないが、それにしても過酷にすぎるという思いもする。

第7章 アナキストの言葉――大杉栄

大杉栄『日本脱出記』口絵・扉

監獄学校

荷風のようにフランスに憧れるでもなく、画家たちのようにパリをめざすでもなく、それでいてフランス語に堪能で、ファーブルの『昆虫記』の邦訳を手がけたばかりか、渡仏まで果たした男がいる。大杉栄である。

大杉栄とフランス語との出会いは偶然だが、彼の人生にフランス語がはたした役割は実に大きい。このアナキストは「フランスかぶれの系譜」に思いがけない異貌をみせている。彼とともに私たちは文芸を離れ、大正文化のもう一つの領野に向きあう。銀座にカフェが流行り、モボやモガたちが闊歩した軟弱な大正は、労働運動が巻き起こった時代でもあり、「主義者」をうみだした時代でもあったのだ。

大杉栄がはじめてフランス語に出会ったのは、陸軍幼年学校に入学した折である。ドイツ語希望だったが、学校側の命令一つでフランス語にふりあてられた。失望したが、もともと語学好きだったのでまたたくまにフランス語を習得した。ずばぬけた語学力は軍人の父親ゆずりの賜物だが、もう一つ、入獄体験も大きくあずかっている。

よく知られているように、大杉はみずから「一犯一語」という原則をかかげ、入獄のたびに外国語をマスターした。外国語学校(現東京外大)に入学後、幸徳秋水らの平民社を訪れて社会主義に目覚めていったが、その彼を筋金入りの主義者としたのは獄中体験だったのである。「僕は自分が監獄で出来あがつた人間だと云ふ事を明かに自覚してゐる。自負してゐる。/入獄前の僕は、恐らくはまだどうにでも造り直せる、或はまだ碌にはできてゐなかった、ふやふやの人間だったのだ」（『獄中記』）。

　大杉は監獄を積極的に利用して、そこを独学の場としたのである。明治四十一年、いわゆる赤旗事件で二年半の刑期を送った時も、懲役仕事の下駄の緒の芯作りをせっせとこなし、空いた時間をひたすら勉強にあてた。「監獄学校」とは彼の言葉である。その学習科目がすごい。「以前から社会学を自分の専門にしたい希望があったので、それを此の二ヵ年半に稍や本物にしたいときめた。（…）それには先づ社会を組織する人間の根本的性質を知る為めに、生物学の大体に通じたい。次ぎに、人間が人間としての社会生活を営んで来た経路を知る為めに、人類学、殊に比較人類学に進みたい。そして後に、此の二つの科学の上に築かれた社会学に到達して見たい」。

　妻の保子宛ての手紙をみても、その勉強ぶりが伝わってくる。

「次の書籍差入れを乞う。エス語散文集、ディヴェルサアショイ（エス語文集、前の手紙を見）、フンド・デル・ミゼロ、以上三冊合本。／日本文、金井延著、社会経済学。福田徳蔵《ママ》著、経済学研究。文芸全書（早稲田から近刊のはず）英文、言語学、生理学（いずれも理化《ママ》科学叢書の）、科学と革命（平民科学叢書の）、ワイニフンド・スティブン著、フランス小説家。／仏文、ラブリオラ著、唯物史観。ルボン著、群集心理学。／独文、ゾンバルト著、労働問題。／（…）露文、トルストイ作民話（英訳と合本して）」。

　エス語はエスペラントだが、英語、フランス語、ロシア語、日本語にわたり、経済学から言語学に生理学、科学、労働問題、日本文学、仏文学、ロシア文学にいたるまで実に多領域にわたっている。文献を探す保子夫人の労も並大抵でなかったことだろう。

監獄を独学の場にしてみせる意志の強靭さ。「僕の今日の教養、知識、思想、性格は、全て皆な、其後の入獄中に養ひあげられ、鍛へあげられたと云ってもよい」。確かに彼は「監獄で出来あがった人間」なのであった。

それにしても多彩な外国語である。大杉は生まれつきのどもりだった。先の保子宛書簡で「エンゲルスを気取る訳でもないが、年三十に至るまで必ず十ケ国語をもってどもってみたい」と豪語したのも有名な話だが、夫人の回想によれば、「外国語で話すときは少しもどもらなかった」という。とまれこの時代にこれほど外国語に堪能だった大杉は、森鷗外や上田敏に匹敵したといっても過言ではないだろう。大杉栄というこの名高いアナキストは「言葉」の人でもあり、口語体を刷新した文人でもあるのだ。大杉の言葉は明治の言葉よりはるかに新しい。鷗外や上田敏の訳文が典雅な文語であるのにたいし、大杉の文体は軽快な口語体である。たとえばファーブルの『昆虫記』訳の冒頭、「糞虫スカラベ・サクレ」の書き出しをひいてみよう。

それはこんな顚末であつた。私達は五人か六人かゐた。私は一番年長で、皆んなの頭ではあるが、それよりももつと皆んなの仲間であり友達であつた。皆んなは熱情のこもつた、にこ〳〵した空想に充ちた、そして知識欲を湧き立たせる青春の血の漲つた、青年であつた。みち〳〵いろんなお饒舌りをしながら、接骨子《にはとこ》や山楂子《さんざし》が縁どつてゐる小径を歩いて行つた。そこにはもうはなむぐりが、それらの繖房花の上で、苦い香りに酔つてゐた。私達はスカラベ・サクレ（金亀子《こがね》の一種 Scarabe sacré、英 Scared beetle）がもうレザングルの砂地の高原に現はれて、古代エジプト人にとつては地球の像《かたち》であつたところの、其の糞玉をころがしてゐるかどうかを見に行つたのだ。丘の麓の流れには其の透きガラスの敷物の下に、珊瑚の小枝のやうな鰓の若い蠑螈《ゐもり》をかくしてゐやしないか。小川に住むあの小さな華奢な魚の刺魚《とげうお》がもう其の藍と緋の婚姻のスカアフをつけたか。まだ来たばかりの燕が、飛びながら卵を撒いて行く蚊とんぼを追ひながら、其の尖つた翼で牧場をかすつてゐないか。砂岩の窪んだ穴の敷居に、眼の玉のやうな斑のある蜥蜴が、青い斑点を撒き散らしたからだを日向ぼつこさせてゐやしないか。

読みながらフランスの野の風景が生き生きと眼にうかんでくるような、躍動感に飛んだ文体である。旧仮名づかいさえ改めれば、そのまま現代語訳になってもおかしくない。大杉栄の文章力がそのまま訳文に活きている。鷗外や上田敏の雅文では、この躍動感は伝わらないことだろう。明らかに、大杉栄の訳文の日本語はかれらより新しい。

明治から大正へと、歴史のページがめくられたのである。鷗外たちは「明治の子」であり、大杉栄は大正の子なのだ。同じ主義者たちと比較してみると、相違はいっそう明瞭になる。鎌田慧の名著『大杉栄　自由への疾走』は、出獄後の大正元年に創刊された「近代思想」にふれつつ、大杉と幸徳秋水を比較している。

『改造』『我等』『解放』などの総合雑誌が発刊されるのは一九一九年だから、大杉がいちはやく、「大正デモクラシー」の第一走者として疾走を開始した、といえる。そう書けば酷になるが、幸徳流の「漢語社会主義」が明治天皇とともに終わり、大正とともに、大杉流の口語体、軽快な「主体的」社会主義の時代にはいった、ともいえる。

実際、幸徳秋水と大杉栄の訳文を比較すれば事は明白である。先に大杉の『昆虫記』訳をあげたので、幸徳秋水の『共産党宣言』訳をあげてみよう。明治三十七年、「平民新聞」創刊一周年記念のため堺利彦と共訳したものである。「一個の怪物欧州を徘徊す、何ぞや、共産主義の怪物是れ也、今や古欧州の権力者は、此怪物を退治せんが為めに、挙って神聖同盟に加盟せり」。確かに「漢語社会主義」という表現が言い得て妙な文語体は、大杉栄の軽快な文章といかにも対照的である。

新旧の世代交代は文学の分野でも同様だった。大杉が千葉刑務所で「監獄学校」を始めた明治四十一年、北原白秋、吉井勇、木下杢太郎ら七人の若者が鉄幹の新詩社を脱会し、「明星」は百号をもって終刊にたち至る。白秋たちもやはり大杉と同じく「大正の子」なのだ。実際、大杉栄と北原白秋、石川啄木は、そろって明治十八年生まれ。全くの同時代人である。

大杉は大正元年に「近代思想」を創刊し、啄木はその二年前に『一握の砂』をだしている。その前年には、「時代閉塞の現状」を書き、「われは知る、テロリストの／かなしき心を」の一節で

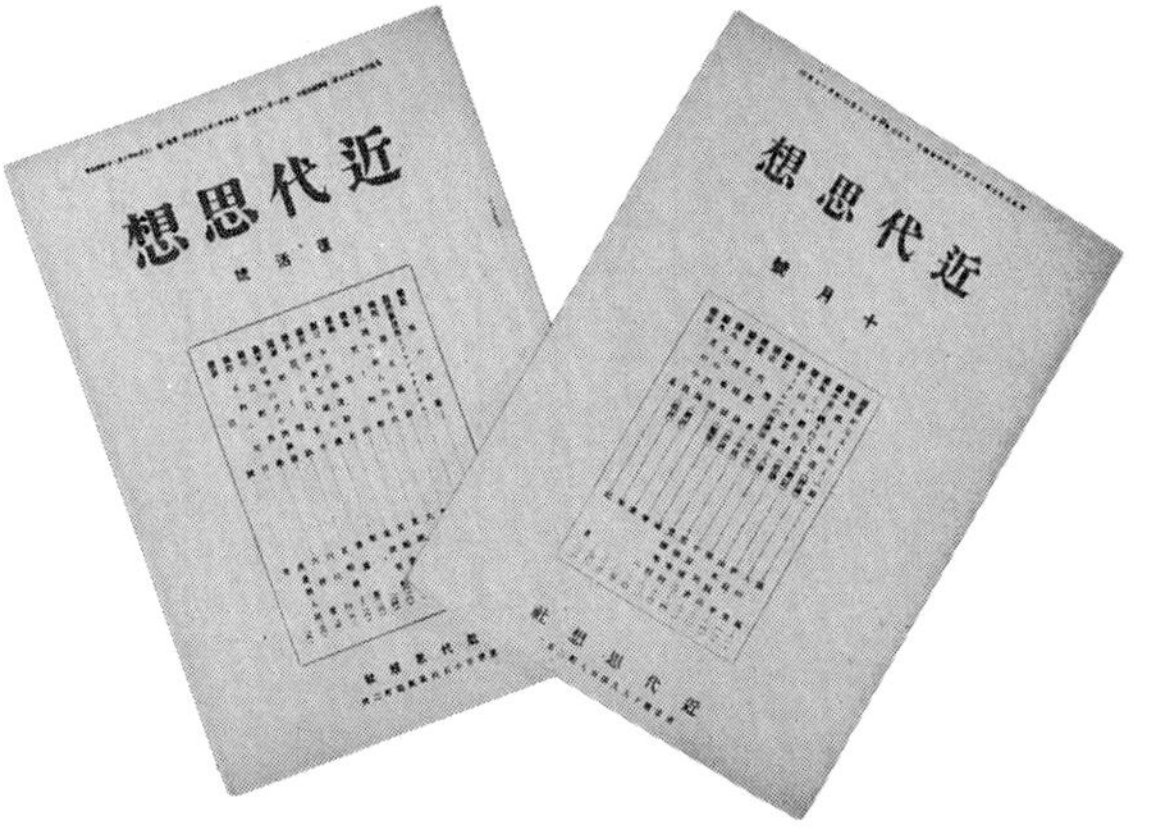

「近代思想」創刊号（1912年10月・右）
復活号（1915年10月・左）

よく知られているあの詩「はてしなき議論の後」を書いている。白秋の歌もまたモダンな感覚をうたう新しい言葉をきらめかせた。「かはたれのロウデンバッハ芥子の花ほのかに過ぎし夏はなつかし」「サラダとり白きソースをかけてましさみしき春の思ひ出のため」。

生きる言葉

新しい時代があけそめていたのだ。「近代思想」はその第一走者だった。監獄学校で学んだすべてがここに噴出し、反逆と闘争の熱情が未聞の言葉となってほとばしり出てゆく。

生は永久の闘ひである。自然との闘ひ、社会との闘ひ、他の生との闘ひ、
永久に解決のない闘ひである。

闘へ。
闘ひは生の花である。
みのり多き生の花である。

（「むだ花」）

熱のこもった大杉の言葉は、平易でありながら詩のように心に入ってくる。
「生の拡充」の言葉も、けざやかに煌めきたって、胸を打つ。

生の拡充の中に生の至上の美を見る僕は、この反逆とこの破壊との中にのみ、今日生の至上の美を見る。征服の事実がその頂点に達した今日においては、諧調はもはや美ではない。美はただ乱調に在る。諧調は偽りである。真はただ乱調に在る。

「美はただ乱調に在る」――この言葉一つをとってみても、文士としての大杉栄の力量がうかがえる。余人に書ける文章ではない。

大杉栄の文章の魅力、それは彼の言葉が彼の肉体から発せられて、その熱を帯びていることにある。実際、大杉は誰にもまして実践論者であり、すぐれた実践者であった。だからこそ彼の言葉はその実践からほとばしり出てくるのである。身を賭したその言葉は、いつも決然として、熱く、激しい。血のかよわない観念語をさぞかし彼は軽蔑していたことだろう。

大杉は当時はやっていたベルクソンの生の哲学に汲んでいた。彼の思想はまさしく政治思想というより、「生」の思想であり、自己の肉体の深みからこみあげてくる生きた言葉からなっている。死んだイデオロギーと彼ほど無縁だった主義者はいない。アナキスムとは、ひとりひとりの生と言葉を信じ、それに賭ける思想にほかならない。だからこそ彼の言葉は政治を越えていつまでもみずみずしく、私たちを惹きつけるのである。

花に舞ふ

それにしても主義者には厳しい「冬の時代」であった。明治四十三年五月、幸徳秋水をはじめ二十六人におよぶ大逆事件の被疑者の検挙が始まる。年明けの一月に死刑判決、その六日後には幸徳ら十一人の死刑執行という異例の弾圧であった。以後、長い冬の時代が続く。たまたま入獄中で検挙をまぬがれた大杉は、風寒い春に出獄した我が身を歌にした。

春三月　縊《くび》り残され　花に舞ふ

死を覚悟しつつ、花に舞う。洒脱にして、ふてぶてしく、まさに大杉らしい歌である。言葉に華があって、一読すると忘れられない。命を賭す潔さが胸をうつ。この歌がそうであるように、大杉栄の言葉はいつも「いま・ここ」に生きる自分を語っている。

イデオロギーの言葉はつねに「他人」の言葉にすぎないが、大杉はいつも自分の言葉なのだ。書物よりも自分を見よ、と彼は言う。「書物を読むよりも先ず、自らの身辺に生きてゐる事実に眼を転ぜよ」と。思想とはできあがった体系ではなく、自分が築いてゆく足跡そのものなのである。「人生は決して、予め定められた、即ちちやんと出来あがつた一冊の本ではない。各人が其処へ一字々々書いて行く白紙の本だ。生きて行く其の事が即ち人生なのだ」（「社会的理想論」）。

自分に徹し、自分の内をくぐらないものには決して盲従しない。それが大杉の主義である。その言葉はいつも歯切れ良い。「自分の事は自分でする。／これが僕等の主義だ。僕等労働者の、日常生活の上から自然に出来た、処世哲学だ」（「僕等の主義」）。

「理想」もまたあたえられた目標でなく、自らの創造の行為にほかならない。

一運動の理想は、其の謂はゆる最後の目的の中に自らを見出すものではない。理想は常に其の運動と伴ひ、其の運動と共に進んで行く。理想が運動の前方にあるのではない。運動そのものの中に在るのだ。「自由と創造とは、吾々の外に、また将来にあるのではない。吾々の中に、現にあるのだ」。

（「生の創造」）

自由は、我々の中に、現にある——大杉ほど自由を愛した男はないだろう。彼は組織からもイズムからもつねに自由だった。アナキズムとはこの個の自由の別名ではなかっただろうか。

僕は精神が好きだ。しかし其の精神が理論化されると大がいは厭やになる。理論化と云ふ行程の間に、多くは社会的現実との調和、事大的妥協があるからだ。まやかしがあるからだ。／精神そのままの思想は稀れだ。精神そのままの行為はなおさら稀れだ。（…）僕の一番好きなのは人間の盲目的行為だ。精神そのままの爆発だ。／思想に自由あれ。しかし又行為にも自由あれ。そして更には又動機にも自由あれ。

（「僕は精神が好きだ」）

「大杉君は「多数決」が大嫌いであった」と語った山川均の追想を思い出す。アナキスト大杉栄は自己の自由を愛し、そして他者の自由を愛した。説得という身ぶりほど彼から無縁なものはない。新参者が近寄ってくると、相手の内側から自分の言葉が生まれてくるのを、それとなく待っている。ひとりひとりの固有の生と言葉はわかちがたく結ばれていて、かけがえのないものだ。個を圧殺する多数決を善しとしなかった大杉はまさにこの意味でアナキストだったのである。

パリのミディネット

アナキズムは世界的同盟であった。

大正十一年、大杉のもとに一通の横文字の手紙が届く。フランスのアナキスト、コロメルからのもので、ベルリンで開かれる国際アナキスト大会への招待状だった。即座に行く決意をしたが、問題は渡航費である。頭を悩ました末、「ふと一人の友人の事を思ひ浮んで」電話をし、「案外世話なく話しがついた」――大杉の『日本脱出記』にはこうあり、友人というのは有島武郎のことだが、実は話はこんなに簡単ではなかった。近藤憲二の回想によれば、有島からもらった旅費は雑誌発行の費用や何やですぐに使いはたしてしまい、窮余の一策で「鬼武藤」と呼ばれていた高利貸のところへ足を運ぶ。武藤の息子の方は社会主義同盟に加入していて、あっさりと金を貸してくれた。

十二月十一日、大杉はまず上海に渡り、その後フランス汽船アンドレ・ルボン号の乗客となって、二月十三日無事にマルセイユに着く。だがすぐにはパリに向かわずリヨン滞在がしばらく続いた。リヨンには信頼できる中国人の同志がいたし、いちばんの用件は警察からドイツ行きのビザをもらうことだった。ところがこのビザがなかなかもらえない。「一週間後」と言われて行ったら「もう一週間後」と言われ、「明日」と言われて行くと「また延びた」という按配で埒があかない。「自由の国」というイメージとは裏腹にフランスは名だたる書類大国である。大杉はそれを知らなかったのだ。さすがに嫌気がさしてパリに行くことにした。

大杉の着いたところはパリ北東部のベルヴィル。最下層の労働者たちの住む貧民街である。そこにコロメル率いる無政府主義同盟機関リベルテール社があったからだ。アドレスだけはベルヴィル大通り《アヴェニュー》だが、シャンゼリゼのような繁華な大通りとはうって変って、軒並み汚らしい安カフェや安っぽい店が並び、得体の知れない人種がひしめいている。

ここのくだりもそうだが、彼の『日本脱出記』は荷風のような憧憬の目に曇ることなく、冷静にパリの下層民の生態を見ている。荷風の見たパリとアナキストの見たパリはまるで様相を異にしている。

「通りの真中の広い歩道が、道一ぱいに汚ならしいテントの小舎がけがあつて、そこを又日本ではとても見られないやうな汚ならしい風の野蛮人見たいな顔をした人間がうぢや〳〵と通つている」。リベルテール社のコロメルに会った後、近所にホテルを探すことにしたのだが、案内されたホテル横丁がこれまた木賃宿ばかり。部屋の汚らしさといい設備の粗末さといいひどいものだが、階下にある共同トイレの不潔さは怖気をふるうしろもので、「そのきたなさはとても日本の辻便所の比ぢやない」ありさまである。

それでもさすがは主義者の大杉である。フランスかぶれの文士や芸術家なら決して足をむけない貧民街に泊ろうというのだから。「フランスへ行つたら労働者町に住んで見たい」とかねてから思っていた彼は、「ここに住むことに就いての大きな好奇心を持つて」宿を選んだのである。

そうしてベルヴィルに泊った成果は思わぬところから始まった。外に出ると、やたらと女が寄ってきて袖をひくのである。なかには「五フランなら」などと声をかける女もいる。あまりにたて続くので遂にベルヴィルを逃げ出し、繁華街のグラン・ブルヴァール近くのホテルに宿を変えた。

だがここでもその手の女はいっこうに減る気配がない。「道を通る女といふ女は、殆ど皆その行きちがふ男に何か目で話しかけて行く」。

まことにパリは売春の都だが、さすがは大杉らしく、そのうちに女たちの「貧困売春」の実態を把握してゆく。キーワードは「ミディネット」である。ちょうどその頃ミディネットたちが同盟罷工をしていたのだ。「このミデイネットといふのは、字引をひいてもちよつと出て来ない字だが、ミデイ即ち正午にあちこちの商店や工場からぞろぞろと飯を食ひに出てくる女という意味で、いろんな女店員や女工を総称するパリ語だ。そしてこのミデイネットがやはり、正午のやすみ時間に、本職の労働以外の労働をするといふ話しを聞いた」。そのころ罷工をやっていたミディネットは、その中のお針女工で、「八千人ものこのお針女工がもう四週間も罷工をつづけて」、大通りで示威運動をしたり、あちこちで警官隊と衝突しているという。

大杉はミディネットの一人に会って、生活状態を聞いている。彼女たちはとにかく給料が安い。食費その他の生活費を足すと、年間に二千ランの赤字になるという。この赤字をうめるために男友達と同棲したり、夫婦共稼ぎをしたりするのだが、それができない者は、「正午のやすみ時間に働く、謂はゆるミデイネットになる」のである。彼女たちは、「その商売上、雇ひ主からさう強ひられて」いるのだ。

ミディネットの身の上は、十九世紀の「グリゼット」神話を想起させる。五章の永井荷風論で述べたように、都市化とともに職を求めて地方から出てきた若い娘の多くはお針女工《グリゼット》になって屋根裏部屋に住み、安給料の埋めあわせに画家のモデルをしたりする娘も多かった。たとえばルノワールの妻アリーヌはまさにそんなお針女工《グリゼット》の一人である。そうでなければ街の女になって身を

『お針女工《グリゼット》の生理学』扉
（ガヴァルニ画）

お針女工の屋根裏暮らし
（『パリの悪魔』ガヴァルニ画）

もちくずす娘たちも少なくなかった。呼び名こそミディネットと変わったものの、グリゼットの生活は二十世紀にも続いていたのだ。ただし大いに変ったものがある。それは彼女たちが団結して罷工をし、大勢で示威運動をするようになったことだ。二十世紀はまさしく労働運動の立ち起こった時代である。荷風のパリから時は流れ、大杉は労働者の蜂起に会うべくして出会ったのだ。

といっても彼とてパリで遊ばなかったわけではない。大杉を遊びに誘ったのは画家の林倭衛《しずえ》である。気やすい仲の彼にだけは手紙で来仏を知らせたのだ。大杉より十歳ほど年下で社会運動にも関心をよせて大杉を敬慕していた林が一躍脚光を浴びたのは、大正八年、東京監獄から出獄したばかりの大杉を描いた「出獄の日のO氏の肖像」によってである。二科展に出品された作品だが、社会主義者の肖像画が公の眼にふれるのは良くないという理由で内務省が絵の取り下げを命じたのだ。有島生馬らの激しい抗議も聞き入れられず、絵は会場から外されてしまったが、この騒動で林倭衛の名は広く世に知られることになった。

敬慕する大杉来訪の嬉しさにすぐにパリのアドレスに駆けつけた林は、大杉の木賃宿のひどさに胆をつぶす。「いやまったくこう云ふ所に居たんぢやア、巴里に居るんだと思へない。何処か野蛮国へでも行ったようだ。（…）これぢやあ巴里も糸瓜もないね、まるで地獄さ」。林が勧めたのはパリ一の歓楽街モンマルトルだった。そうして二人が落ち着いた先は、連れ込み宿の並ぶピガール通りを少し下ったヴィクトール・マッセ通りのホテル。夜の踊り場として名高いバル・タバランはすぐ近くである。

ヴィクトール・マッセ通り角に建つ
バル・タバラン（1905年頃）

この踊り場については永井荷風論で詳述したが、それにしても大杉たちの宿がヴィクトール・マッセ通りにあるという偶然には驚くほかはない。およそ十年前に鉄幹が宿をとったのもまさにこの通りだからである。十とせの昔には歌人が暮らした街で、今はアナキストが遊興に耽る——実際、大杉はモンマルトルで「ただ遊び暮らし」、頻々とバル・タバランに通って、「そこの女の中でのえりぬき」のドリイという踊り子といい仲になる。「五フラン女」が怖くてベルヴィルを逃げ出した大杉も、モンマルトルの女たちはむしろ自分の方から「追つかけまはしてゐた」くらいなのだ。男ぶりも良くフランス語のできた大杉のことだから、きっともてたことだろう。

明治大正の時代、海外に遊学して現地の女と恋仲になった芸術家は、鷗外や荷風や藤田のように外国語に堪能である。大杉もまたこのケースにちがいない。どんなフランス語で踊り子を口説いたのか、聞いてみたかった気もする。

林倭衛画「出獄の日のO氏」(1919年)

ラ・サンテの春

だがそんな浮かれた日々は短くすぎ、メーデーの集会が近づいてきた。日本のメーデーについて熱弁をふるった大杉は、秩序紊乱の科で警察に捕らえられ、ラ・サンテ刑務所入りの身となってしまう。

大杉が三週間を過ごしたラ・サンテ刑務所は、モンパルナスに近い市街地に建つ刑務所。一八六五年から在る由緒ある建物で、政治犯を入れる監獄として名高く、共産党員が入れられ、大杉が入所した時にも十数名の無政府主義者が入っていた。むろん政治犯だけでなく、泥棒詩人ジャン・ジュネもここに入れられたし、詩人のアポリネールも名画「モナ・リザ」盗難の罪に問われ

当時のラ・サンテ刑務所

て一週間捕囚の身となったことがある。

高い壁に囲まれた建物はいかにも監獄のイメージそのものだが、それだけに側の街路樹のマロニエの緑が目に鮮やかだ。大杉はこのラ・サンテの独房を大いに楽しんだらしい。なにしろ日本の刑務所とはちがってベッドがあるし、タバコもライターも持ちこみ可。しかも金さえあれば好きな料理を外から取り寄せることもできるのだ。金がつきた後の監獄の食事はまずいが、何とワインがついている。飲めない大杉も白ワインをちびりちびりなめつつ、独房の日々を楽しんでいる。日本にいるときと同じく、大杉にとって監獄暮らしは本職のせわしなさから解放される安息の場でもあったのだ。

『日本脱出記』中の「牢屋の歌」は冒頭から軽快な文章ではじまっている。

パリに
すきな事二つあり
女の世話のないのと

牢屋の酒とたばこ

「ラ・サンテの春」とでも名づけたいように愉快な文章である。

のんきな牢屋だ。一日ベッドの上に横になって、煙草の輪を吹いてゐてもいい。酒も葡萄酒とビールとなら、机の上に瓶をならべて、一日ちびりちびりやってゐてもいい。酒の事はまたあとで書く。その前にドリイの歌を一つ入れたい。

独房の
実はベッドのソファの上に
煙草のけむり
バル・タバレンの踊り子ドリイ

窓のそとは春だ。すぐそばの高い煉瓦塀を越えて、街路樹のマロニエの若葉がにほっている。なすことなしに、ベッドの上に横になって、そのすき通るやうな新緑をながめてゐる。そして葉巻の灰を落としながら、ふと薄紫のけむりに籠もつてゐる室の中に目を移すと、そこにドリイの踊り姿が現はれてくる。彼の女はよく薄紫の踊り着を着ていた。そしてそれが一番よく彼の女に似合つた。

エッセイストとしての大杉の筆は軽快そのもので、ほとんど現代語と違和感がない。「古語の憂い」からも「文語の威」からもはるか遠く、明治が遠くなったという実感がわいてくる。言葉が新しくなったのだ。

だが、この春の日々は永くは続かなかった。国外追放処分で日本に帰還した二カ月後、関東大震災に見舞われる。その二週間後、大杉栄は妻の野枝と甥の橘宗一と共に憲兵の手にかけられて虐殺の運命にあう。

——春三月　縊り残され　花に舞ふ

この稀代のアナキストはおのれの運命を悟っていたことだろう。むごたらしい非業の死を。けれども、つねに自分の言葉で生を語り、軽快なフットワークで時代を駆けぬけた大杉栄の言葉は、今も新しく、大正を現代につなぐ言葉でありつづけている。

第8章

月下の一群——モダンエイジへ

第二次「明星」創刊号

十八の日の直《なほ》きこころに

アナキズムのヒーローを生みだした大正は、カフェがはやり、デパートがにぎわった浮薄なモダン都市の時代でもあった。きびしい労働に荒れた手をした男たちの一方に、親にあまえて仕事に就かず、白い手をした若者もいた。大杉栄より十一歳ほど年下で、外交官の長男に生まれた堀口大學は、そんな「美しき少年」の一人である。

息子も外交官にと願う父の想いをよそに、青春の思愁に沈む少年は、文学に心惹かれてゆく。「もの思ひいづれわが身の若ければいづれわが身の美くしければ」（『パンの笛』）——そんなある日、出会ったのが、それまで目にしたこともない雑誌「スバル」だった。巻頭には、吉井勇の「夏のおもひで」百首が掲げられている。

君がため瀟湘《せうしやう》湖南《こなん》の少女《をとめ》らはわれと遊ばずなりにけるかな
海風《かいふう》は君がからだに吹き入りぬこの夜抱《いだ》かばいかに涼しき

こんなすばらしい一百首。一読、僕は圧倒された。息づまるほどのショックだった。このような歌いぶりの短歌が存在《ある》とは知らなかった。作者の吉井勇の名も初見だった。繰り返し読んでいるうちに、自分でも作ってみたくなった。こんなに強く、こんなに深く心を打つ、調べの生々《なまなま》しい歌が一首でも作れたら、死んでも惜しくないという気さえした。それほど作りたかった。僕は十八歳だった。

（「宿世」）

それからというもの、少年は憑かれたように短歌をつくっては投稿を続けた。添削指導は与謝野鉄幹と晶子だったが、十八歳の大學は二人の名さえ知らない少年だった。新詩社に入社したのは、もっぱら「吉井勇ばりの短歌」が作りたかったからなのである。

この間のことは、時の文壇情勢の変遷を思わせずにはいない。新詩社の創立から早や十年。一世を風靡した浪漫主義の火は燃え尽きて、「明星」は一年前の明治四十一年に終刊となっていた。ことに痛かったのは、吉井勇、北原白秋、木下杢太郎ら七人の若手が社を去っていったことだ。その七人が中心になり、森鷗外を主幹にいただいて翌年の明治四十二年に創刊した雑誌が「スバル」なのである。翌年、慶應義塾の教授となった永井荷風が「三田文学」を創刊し、そのひと月先に「白樺」が創刊されている。なかでも「スバル」と「三田文学」はもっとも耽美的傾向の濃い雑誌であった。白い手をした「美しい少年」がその二誌と結ばれたのは当然だったのかもしれない。

18歳の堀口大學（写真提供・堀口すみれ子）

「スバル」の一隅に場を借りた「新詩社詠草」欄に初めて一首が採られたのは三カ月後。翌月の明治四十三年十月号からは、目次に堀口大學の名が載り、「夏のなごり」と題した三十二首を詠んでいる。「なにがしの避暑地の街の少女等はドンファンとしも我

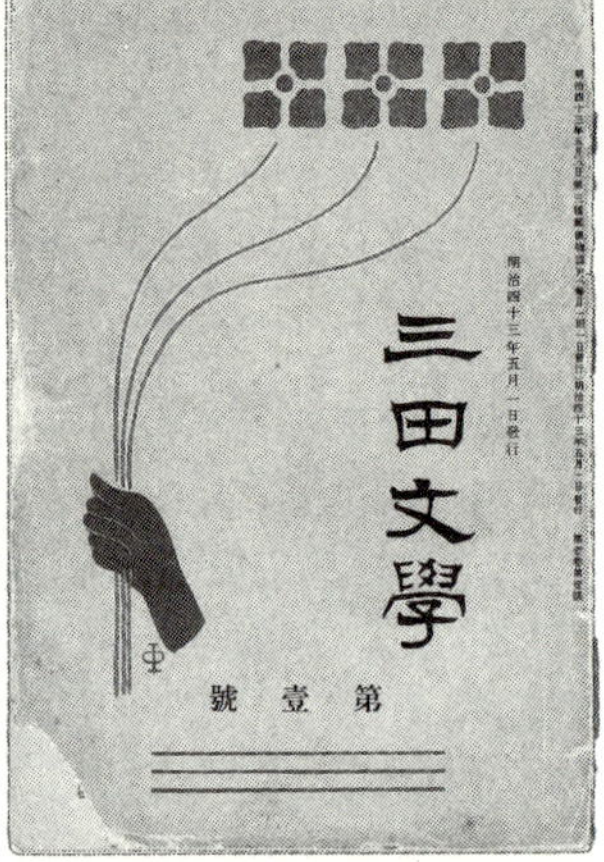

「三田文学」創刊号
（藤島武二表紙画。日本近代文学館蔵）

を呼ぶらん」「わがこころ青き相模の海かぜをまぼろしに見て走らんとする」など、吉井勇の影響が如実にうかがわれる。吉井が「夏のおもひで」の続編を「水荘記」として連載すると、「「水荘記」を読みて作れる」と断り書きをして、それにちなんだ歌を詠むほどである。

けれども、大學少年は、みずからの内に響くものあればこそ、かくまでの傾倒をみせたのだ。たとえば「水」のモチーフ。黄昏をこよなく愛したこの詩人は、メランコリーの物質である水と月に惹きつけられてやまなかった。後年の詩集『水の面に書きて』は、タイトルから冒頭詩まで水の詩だ。「夕《ゆふ》ぐれわれ水を眺むるに／流れよるオフエリヤはなきか？」のルフランで知られる冒頭詩「古風な幻影」は水と夕月と水鏡のメランコリーに満ちている。

いや、メランコリーの水だけではない。「夏のおもひで」は海の歌であり、夏の太陽を愛する海辺の少女の歌である。それまで海をうたった短歌は皆無にひとしく、吉井勇の「海風」は少年にとって目の覚めるように新鮮な驚きだったにちがいない。後述するように堀口大學の詩も訳詩も「海」と「海の女」がテーマの一つになって時代に先駆けるのだが、その最初の一撃がここにあったのだ。『パンの笛』の「海と女」から二首をひいておく。

夏の夜の恋の饗宴《きやうえん》面白や巴里より来したをやめもゐて

その秘密海より外に知る人も無しと云ふさえすでに美くし

こうして二年間ほど短歌という「耽美の桃源郷」にうちこんだ日々は、少年に文語表現の雅びと格調とを教えたにちがいない。以後長きにわたって異郷に暮らしたことを思えばなおさら貴重な経験であっただろう。

その後ほどなくして詩作に移っていったのは、ほかでもない与謝野鉄幹の示唆によってであった。鉄幹からの添削返書に「いちど遊びに来てごらんなさい」という添え書きをみて、「天にも昇る思いで」与謝野家を訪れたのが「スバル」と出会った年の暮のこと。話すうち、鉄幹が京城に渡っていた時代に親しく交わった領事官補の堀口九萬一《くまいち》の息子がほかでもない大學なのだとわかり、奇遇をよろこんだ鉄幹は、以後この少年に特別の愛顧をかけてゆく。父九萬一は日本で初の外交官試験に受かった三人の一人という逸材であり、京城の地で鉄幹とは漢詩を語りあう詩友でもあったのだ。

さらに新詩社入社で得たものは、佐藤春夫との出会いである。同じ頃に入社していた春夫を、鉄幹がひきあわせたのだ。春夫も十八歳だった。若い二人の感性は驚くほど似通っていた。春夫もまた、新詩社同人のうちで「最も敬愛したのは白秋でも啄木でもその他の何人でもなく晶子と勇とであった」という。以後大學と春夫は終生の友となる。「シャム双生児のかたわれ」と自分を呼ぶのが大學のよろこびの表現であった。

そんな二人に、あるとき鉄幹がこう言ったという。「君たちはまだ若いのだし、短歌という短い定型だけでは、これからの君たちの思想なり感情なりを表現するに、不足なもの、窮屈なものを感じる時が必ず来ると思う。だから、短歌とあわせて、詩の勉強もしておくべきだな」。実は言われる前からひそかに詩も書いていた二人は喜んで詩作にはげむが、ここで思うのは、大學がいかに新詩社の何であるかを知らずにすぎたかということである。

初の訳詩集『昨日の花』
（永井荷風序）

　一、二章にみたように、与謝野鉄幹のめざした「明星」はたんなる短歌誌ではさらさらなかった。それまで宮中の儀礼であった和歌を排して、それを近代の自己表現とすること。それが鉄幹のめざした詩歌の革新であり、短歌を「短詩」とよぶことさえあったほど短歌も詩も優劣なく各人の心のおもむくままで良かったのである。いや、それより何より与謝野鉄幹その人が詩人でもあったのだ。『みだれ髪』のあとに出た『紫』など傑出した詩をおさめた詩歌集だが、大學の眼に詩人鉄幹の姿が映るには、歌人晶子の存在が大きすぎたのであろう。「明星」の最盛期、きらきらしい存在感で鳴り響いた鉄幹を知る萩原朔太郎が『紫』を讃えた詩評を書いたのと対照的に、大學が鉄幹からうけとったのはもっぱら父にも似た慈愛であった。

　鉄幹の死に際して詠んだ歌がありありとそれを語っている。「涙の念珠」から二首をひく。

泣かでやは二十五年の恩愛に一期《いちご》の末のこのはかなさに
師と呼びて父と思ひて慕ひにき十八の日の直《なほ》きこころに

とまれ、以後の「スバル」には詩作品が載せられてゆく。たとえば「スバル」明治四十四年六月号掲載の「猫の眼」。「夕ぐれどきとはなつたけれど、／街にあかりはついたれど、今じゃ他人と思へども……思へども／ほんにまあなんとせう。あの薄情な猫の眼が／まあ、いやらしや」。一読、白秋の影響が濃厚である。事実、白秋は第二詩集『思ひ出』に収録される詩を「スバル」に寄せていたから、大學少年は読んでいたにちがいない。詩人大學への道をかえりみるようで興味深い。

それでも『月下の一群』への道はすでにこの頃から明らかで、明治四十五年一月号にはヴェルレーヌの「心に雨ふれり」ほか二詩、ミュッセの二詩が掲載されて、翻訳投稿はこれ以降数をましてゆく。

話をもどして、鉄幹が二人にかけた愛顧の念だが、その大きなものの一つが、永井荷風に紹介の労をとったことだろう。父の期待をうけて一度挑戦した一高を再受験した大學だったが、春夫とともに見事に落ちた。ちょうどその年の春、森鷗外と上田敏の推薦により、永井荷風が慶應義塾の教授の座に就いたところであった。しかも鉄幹自身も国文学の教授に就くことになっていたこともあり、二人の希望を聞いた鉄幹は荷風に宛てて推薦状をしたためたのである。早稲田の自然主義派に対抗すべく、荷風は就任早々に「三田文学」の創刊・編集にあたったが、晴れて慶應の学生になった大學と春夫に親しく声をかけている。

「或る日、いつも一緒の佐藤春夫と僕は、そこの腰板によりかかって、日向ぼっこをしていた。たまたま通りかかられた荷風先生は、僕らがそこにいるとごらんになると、立ちどまりになって、あの持ちまえの、露したたらんばかりと形容したいほど、温情のこもった微笑と一緒におっしゃったものだ。「君たちは『スバル』に書いているんだってね。今度何か出来たら見せてくれ給え、『三田文学』にものせたいから」。
こうして大學は「三田文学」にも発表の場をあたえられ、あまつさえ、荷風はまだ何者でもないこの若き詩人の初の訳詩集『昨日の花』に序をしたためる労をとっている。大學にとって荷風は与謝野夫妻とならぶ一生の師であり恩人であった。

美くしき少年

若き大學の著書の序といえば、歌集『パンの笛』の序を記したのは与謝野鉄幹である。そこで目をひくのはフランスの詩人にふれた文章だ。「君が歌は何処となくパウル・ヱルレエヌの幽愁を想はしめる。併せてアルベエル・サマンの優婉を。或はまたアンリイ・ド・レニエの高雅を想はしめる。さうして、君が歌の節廻しには、しばしば欧州の音楽及び舞踏の旋律を彷彿せしめるものがある」。みずからパリに遊学し訳詩集『リラの花』を編んだ者ならではの言であり、黄昏の憂愁を好む大學の感性をよくとらえている。その鉄幹にもまして、晶子の序に代える歌は、大學のすべてを詠みこんで素晴らしい。

明日の人わかき歌びと新しき涙を投げて過ぐる旅人
この君は微笑むときも涙しぬ青春の日の豊かなるため

まさしく大學は愁いをいだく少年であった。けれどもその憂愁の涙は「新しき」涙であって、ヴェルレーヌに通じ、レニエに通じる象徴派のそれであり、大正期の詩に新風を吹きこむものであった。その新風は、大正元年の「スバル」終刊のあと、大正十年に創刊された第二次「明星」に著しい。新装なった「明星」は、「Novembre 1921」と発刊年表記を西暦に変え、月表記もフランス語にしてしゃれたカットを添えた、見るからにモダンな雑誌である。

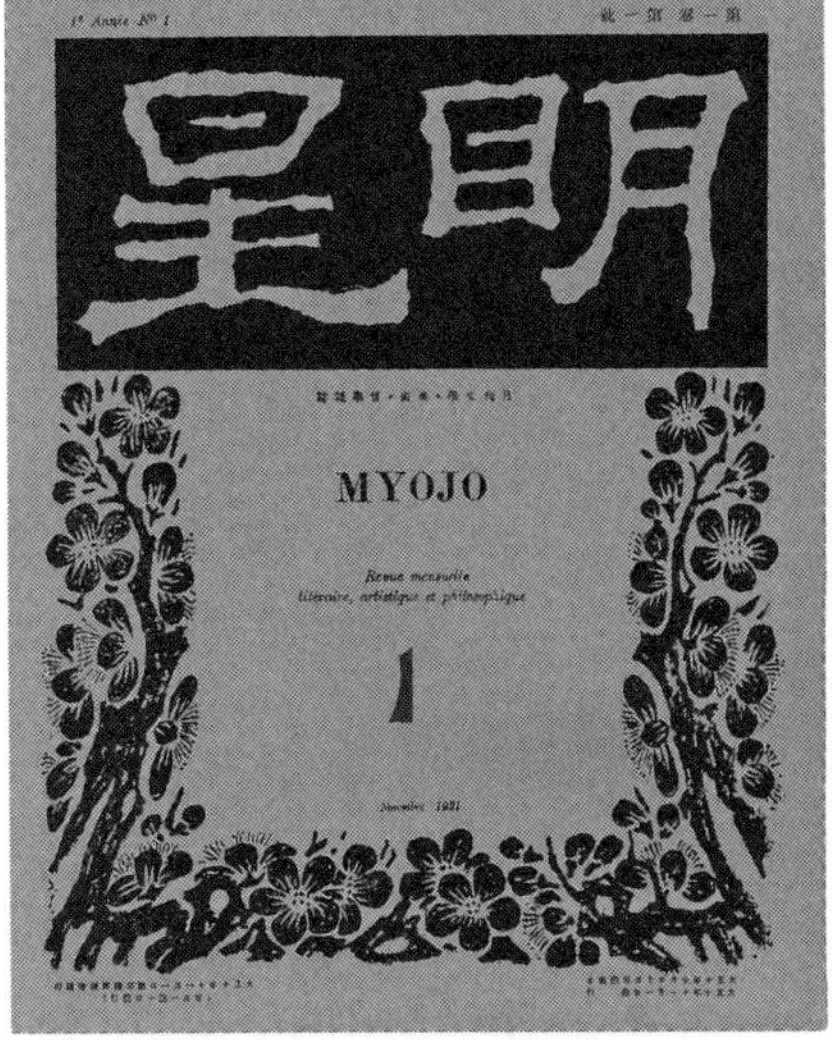

第二次「明星」創刊号（表紙図案＝津田青楓）

その頃二十歳になっていた大學は、父の任地に呼ばれてメキシコに旅立ち、メキシコからベルギーへ、さらにスペインからブラジル、ルーマニアへと、一時の帰国はあれ、十四年余りの歳月を外国で暮らす身ではあったが、海をへだてて「明星」への訳詩送稿を怠らなかった。その集成がやがて『月下の一群』の大著となって世を驚かすのだ。

その第二次「明星」をみる前に、もう一度「スバル」にふれておく。それというのも、「スバル」と「明星」の二誌にわたって、高村光太郎の活躍が際立っているからである。白秋や啄木、そして大杉栄と同世代の光太郎は、すでに第一次「明星」から高村砕雨の号で短歌や詩を載せていたが、三年間にわたる米英仏の外遊を終えて明治四十二年七月に帰国してからは、毎号のよ

ブラジル時代の堀口大學
（写真提供・堀口すみれ子）

うに「スバル」に寄稿を続け、ジャンルも多岐にわたっている。九月号、十月号と続けてマチスの絵画論を寄せ、裏表紙にも光太郎の絵が使われている。十月号にはボードレールの訳詩と短歌、十一月号からはユイスマンスの「巴里の写生（パリ・スケッチ）」訳の連載を始め、翌年一月号では連載とともに文展評も書き、二月号ではゾラの「制作」を訳し、四月号では芸術の自由を説いた名高い「緑色の太陽」を発表している。そのほか印象派論あり、詩あり、光太郎の名が毎号のように目次を飾っている。この活躍は第二次「明星」でも変らず、創刊号にはこれまた名高い長詩「雨に打たるるカテドラル」を寄せ、その後もたびたび詩を寄せている。

これにたいして若き堀口大學はまさに「明星」の新星であった。創刊翌月の十二月号には日夏耿之介の長文の「堀口大學の芸術」が寄せられ、翌一九二二年七月号からはアポリネールやコクトーの訳詩が届く。三月号に載った詩の一つ「詩法」は後にもふれるが、「象徴の附け鼻を除つて／顔を洗つて出なほせ」で始まるあの新詩宣言である。大學はまさに異邦を旅しつつ「新しい涙」を投げてよこす新星であった。グールモンの詩、ラディゲ、マックス・ジャコブ、ヴァレリーの詩。いまだ日本の知らないモダニズムの訳詩が「明星」の誌面にきらめきたつ。第二次「明星」の時代はまさに一九二〇年代、ジャズに浮かれダンスに浮かれた「狂乱の時代《レザネフォール》」である。若き大學の訳詩や詩と共に、軽やかな狂騒の風がページの間を吹きぬけてゆく。あげてゆくときりがないので、先にふれた訳詩寄稿のうちよく知られたコクトーの詩をひいておく。

私の耳は貝のから
海の響きをなつかしむ
（「耳」）

コクトーをあげたついでに、もう一篇、コクトーの詩を。これは後年の『ジャン・コクトー詩集』から。

シャボン玉の中へは
庭ははいれません。
周囲《まわり》をくるくる回っています
（「シャボン玉」）

寄せたのはむろん訳詩だけでなく創作詩も少なくない。一九二二年四月号には「マリイ・ローランサンの扇」もあるが、よく親しまれている「海の風景」をひいておこう。

空《そら》の石盤に
鷗がＡＢＣを書く

海は灰色の牧場《まきば》です
白波《しらなみ》は綿羊《めんやう》の群《むれ》であらう

船が散歩する
煙草を吸ひながら

船が散歩する
口笛を吹きながら

（「海の風景」）

消息欄でも大學は海の彼方から近況をよせている。なかでも興味深いものの一つが、一九二二年十一月号のリオ・デ・ジャネイロからの便り。同年リオを訪れたポール・フォールの肩入れでパリで出版したフランス語歌集『ＴＡＮＫＡＳ』を話題にした便りである。当時パリに滞在していた平野万里が前年の消息欄でこの歌集を詳しく紹介したことへの返礼である。「ＴＡＮＫＡＳは欧米諸国では、私の想像しなかつた好評を博しました。すでに私の手元に集つた批評文だけでも百以上ございます」とあるから、現代フランスの短歌ブームの源流に寄与した一著といってもいいだろう。

大正十二年、二十四歳の若さで亡くなった母に代わって、義母となったベルギー女性スチナと共に一家そろって一時帰国すると、消息欄の話題になる。「七月十六日に堀口大學君が御両親令妹と一所に帰朝した。非常に元気である。今度の外遊満五年間に於ける君の主な仕事は読書であつて、買つて帰つた仏蘭西の書物ばかりでも五千冊を超えてゐると云ふ。詩壇は君の造詣に由つて大に新しい刺激を受けることであらう」。

事実そのとおり、『月下の一群』はこの二年後に刊行をみるのだが、「明星」の新星としての大學をみてきた私たちは、「スバル」にあっても「明星」にあっても巨匠というべき存在感のあった高村光太郎との対比を一考してみたい。同じく巨匠的存在であった白秋については長文の論考があるのに比し、光太郎への言及はいっさいない。感性が違いすぎる先達をむしろ否定的にみていたといってもまちがいではないだろう。「何よりも音楽を」と言うヴェルレーヌを愛した大學は、「意味」で充満して重たい光太郎の詩の対極に位置しているからだ。後年の詩集『夕の虹』の一篇「私の詩」を思いだす。

軽くて重い
――何でせう？
短く長い
――無理でせう！

わたしが尋ねる
わたしの詩

一読してわかるとおり、「軽さ」を求め「はかなさ」を愛する大學が重厚長大な光太郎に共鳴する余地はなかっただろう。事実、大學にとっては、はかないものこそ美しいものであった。「明星」一九二二（大正十一）年六月号掲載の「我が短歌」から一首をひく。「わが二十歳《はたち》ロオランサンの画のごとしはかなし悲しされど美くし」。異邦の地で胸を病みつつ「主な仕事は読書」という閑雅な日々を送っていた大學はまさにはかなく「美しい少年」であった。同じ慶應大生であった水上瀧太郎がメキシコに旅立つ友を送った歌も「美くしき」という語を重ねている。

美くしき友をぬすみて黒船はよろこびの笛吹きて走りぬ
美くしき少年の乗る大船が青海原にひかる七月
（「スバル」明治四十四年七月号）

異邦人

美しい少年は、メキシコの地で遊惰な日々を送った。ベルギーで、スペインで、はたまたブラジルで、外交官の父に近しい社交界に出入りした日々を彼はこう回顧している。

今から五六十年以前

その頃　西欧でも中南米でも
日本はまだ神秘に包まれた
極東の小国でした
「日本公使の息子」
それがフランス語を話し
それが詩を書くという
まさにパンダなみの珍獣でした

珍重されました
ペットとして
社交界のご婦人がたに
（「珍獣」）

上流社交界の言葉とされていたフランス語を話す少年がダンディな細身のスーツ姿で現れたら、有閑階級のマダムをはじめ、通りすがりの女にいたるまで、目をひかずにはいなかったにちがいない。大學は別の詩でもこう綴っている。

多数《おほぜい》の女《をんな》が私《わたし》の為《ため》に泣《な》いた
誰《だれ》であつたか私《わたし》にはもう記憶《きおく》がない
（…）

一人《ひとり》はメキシコに住《す》んでゐて、
私《わたし》によく似《に》た男《をとこ》の子《こ》の母《はゝ》である。
彼女《かのじょ》はその子《こ》に云《い》つて聞《き》かせる
昔《むかし》の涙《なみだ》に目《め》を濡《うるほ》し乍《なが》ら
「——お前《まえ》のお父《とう》さんは
お前《まえ》の生《うま》れる前に
お死《しに》になつたのだ！」と
（…）
多数《おほぜい》の女《をんな》が私《わたし》の為《ため》に泣《な》いた
誰《だれ》であつたか私《わたし》にはもう記憶《きおく》がない

（「記憶」）

吉井勇にも負けない女泣かせだが、ことに南米諸国で効いたのはフランス語であった。浩瀚な評伝の傑作、長谷川郁夫『堀口大學』は、父九萬一が外交官として見た「中南米諸国の印象」を紹介している。「社交界などにおいては、世界における近代文化の源泉はフランスであり、その爛漫たる開花もまたフランスであると崇拝し憧憬してゐるので、パリ流行の婦人の衣裳、帽子、靴、手袋、ハンカチーフ、香水はいふまでもなく、眉の描き方まで一切万端フランスでなければ夜が明けぬやうに思ふているのが南米の国々である」。

フランスかぶれは日本だけでなく世界中の上流階級に及んでいたのだ。世紀末からベルエポックにかけて、フランス文化は世界に覇を唱えていた。一九〇〇年万博の入場者数はヨーロッパで歴代一位にのぼり、世界の流行をリードするモード誌「ヴォーグ」の創刊も世紀末のこと。その誌面を飾ったのは、ポール・ポワレ、シャネル、ランバンといったパリ・モードであった。

大學はそのフランス語を流暢に使いながら世界の首都をめぐったが、なかでも彼が甘美な風光に身をまかせて過ごしたのはリオ・デ・ジャネイロであった。「そこで過ごした五年間、それは多分、私の一生のうちで一番に幸福な歳月であつたらしい。うつらうつらと夢多き日と夜とを持つた」。さびやの歌をききながら、明るい南国の光のうちに、私は椰子の樹を歌ひ、少年は、貧苦にあえぎつつ詩を書いた多くの詩人たちからはるか遠い安逸のうちに、たゆたう夢に耽り、洋書を読みつつ贅沢な青春の日々を送ったのだ。こころに響く詩をただ楽しんで訳しながら。

閑雅な日々の楽しみが大著となって実るにはまだ早いのだが、ここで佐藤春夫が「東京朝日新聞」に書いた『月下の一群』評の一節をひいてみたい。あまりにも的確に友の恵まれすぎた青春の日々を言いあてているからである。「たとひ君のやうな高雅な閑人にしても、絶好の状態においての十年といふ閑散がなかつたならば、六十六家、三百有四十篇といふこのやうな訳詩は絶対にあり得なかつたであらう。君は天に感謝しなければならない。さうして僕たちも。君はのらりくらりと遊び暮して、心のままに摘むうちに、ついにすばらしい花束をつくりあげてゐたのだよ」。

諸国を旅しつつ「心のままに摘む」という春夫の言葉は、荷風が大學の訳詩集『昨日の花』に付した序の言葉を想起させる。名文として名高い序をひく。

何故に昨日の花とは名づけたる。昨日の花とはつみとりてその色いさゝか変るともその香はながく残りて失せじとのこゝろか。そもこの詩集はいく年月べるじつくにふらんすに又めきしこにいすぱにやに何れも美しき羅典語系の国さまよひ歩みたまひける若き詩人わが堀口大學君そのさすらひの道すがら新しき仏蘭西の詩の中にても取りわけて新しき調をかなでたるものをとりてわが国の言葉に移しかへられしを集めて一巻とはなしけるなり。(…)然りとすれば此翻訳一巻の詩は君を知るわれ等にとりては豈只に尋常一様の翻訳詩とのみ看過すべきものならんや。昨日の花はまことにこれ君が深き思出の花ならでやは。

春夫といい荷風といい、まさしく大學の訳詩が「心のままに」「深き思出の花」を摘みとって編んだことを言い当てている。その放逸な旅の身に、おそらく春夫は羨望を、荷風は共感を覚えつつ記したことだろう。春夫の言うとおり、のらりくらりと遊びつつ好きな詩だけを選んでゆく贅沢な営みは、日本を遠く離れて狭い日本の文壇詩壇の傾向を気にもとめず、十年以上もの歳月を異国に暮らした身なればこそできたことであった。

別の言葉で言えば、つまり堀口大學という詩人は「異邦人」だったのである。「新しき涙を投げて過ぐる旅人」は故郷をもたない孤独者なのだ。このことこそ堀口大學の訳詩の核心に迫る事実なのだが、その前に、なにゆえ彼がこうして遊び暮らせる閑人でありえたのかを語るべきだろう。ひとえにそれは偉大な父の寛容さに依るものだからだ。傑出した外交官であり、ベルギー女性を娶るほどにフランス語にも堪能で、漢詩をはじめ文人としても並はずれた才の持主であった堀口九萬一は、こよなく書物を愛し、大學にヴェルレーヌなどのフランス詩を教えたのもまた九萬一であった。「父ほど疲れを知らない読書家を僕は知らない」とは息子大學の言葉である。ある時、グールモンの「秋妃」と「秋園」の二篇を漢詩に訳して荷風編纂の雑誌に掲載されたというから、その異才のほどがうかがわれよう。

そうして書に親しみつつ外交官の職務も見事にこなした父であってみれば、当然ながら長男も外交官にするつもりで小学生の頃から英語を習わせていた。一高法科を受験したのも父の望みに従ってのことである。見事に落ちたが、父の期待を負った大學は外交官試験受験のため単身帰国し、ホテル住まいで準備に励んで論文と筆記試験には合格したものの、面接試験の日に喀血をしてまたも失敗を喫してしまう。さすがに父も外交官への道を断念せざるを得なかった。おのずと大學は好きな文学の道をゆくことをゆるされたにひとしい。初詩集『月光とピエロ』が父に捧げられている所以であろう。それにしても九萬一の無念も大きかったにちがいない。『パンの笛』には次の歌が収められている。

悄然と父嘆ずらく「たそがれを愛づるに過ぐる長男をもつ」

まさしく大學は黄昏を愛した。白秋もまた「かはたれどき」を愛したように、フランス象徴派に傾倒する詩人は黄昏の憂愁に惹かれるのである。大學のそれを一つだけあげてみれば、「ゆうぐれの時《とき》はよい時《とき》／かぎりなくやさしいひと時」のルフランで知られる『月光とピエロ』の一篇など典型であろう。

とまれこの寛容な父ゆえに息子は「のらりくらりと遊び暮らして」好きな詩を訳すことができたのである。この意味で萩原朔太郎の言うとおり、まさに彼は「外交官のドラ息子」であった。

書物の買い方にもそれは明らかで、「親の威」を借りて日本公使館を通してパリのガリマール社に発注し、高価な限定本を苦もなく手にしていたというし、欲しい本は金に糸目もつけずにとりよせたらしい。そんな息子の「膨大な本代」に父は文句を言うこともなかったという。大げさに言うなら、『月下の一群』という豪奢な詩集はこの父あってこそ生まれたのである。

それにしても十四年におよぶ異国暮らしは孤独であった。シャム双生児のかたわれである春夫も手紙に返事をよこさない。『パンの笛』から。

ああ友よ佐藤春夫よかかる時恋人よりも恋しきも汝《なれ》
さびしかり酔ひてうたへどかたわらに酔ひて泣くべく春夫あらねば

その大學に詩友ができたのは、大正六年に外交官試験のため単身帰国の折、帝大法文科に籍をおきつつフランス文学に傾倒していた柳澤健から、同人誌「詩人」への勧誘の手紙をもらったのがきっかけであった。歓迎会の席で、西条八十、白鳥省吾、日夏耿之介などを識る。日夏はやがて初詩集『転身の頌』をだすことになっていた。以後、大學は日夏と長く親交を結ぶことになる。また、白秋が創立した巡礼社刊行の同人誌「詩篇」にも日夏、室生犀星、萩原朔太郎らにまじって詩を寄せた。

とはいえ一年後には父とともにブラジルに渡り、またしても長く日本を不在にする大學である。青年は孤独な異邦人であるしかなかったのだ。『月光とピエロ』はうたっている。

生れし国にある時は
家なき人となりにけり。
人は知らじな、ふる里を
外国《とつくに》と見るわがうれひ。

（「ふる里」）

この孤独感がどれほど深かったかは、晶子の死によせた文のなかでもこの詩をひき、晶子に孤独を慰められた思い出を語っていることからもわかる。「日本にゐる間、どの道私は、宿屋ぐらしをしなければならない天涯孤独の姿だつた」と。だがこの孤独こそ、訳す詩の選択に絶対的自由をあたえ、「ついにすばらしい花束」をつくりあげた秘密なのだ。日本の詩壇・文壇を右顧左眄する境地からはるか遠く、彼はただ思いのままに詩を編むことができたからである。

丸谷才一『日本文学史早わかり』は、詩歌の編纂という営為を語って、宮廷の勅撰歌集がそうであったように、それは必ず共同体的営為であると言い、堀口大學の『月下の一群』について、「堀口は自分用に、まつたく人工的に幻の共同体を作りあげ」たのだと語っている。「あれは非在の共同体のための詩華集」なのだ、と。非在の共同体——ふる里をもたない異邦人である大學にとって、摘み取った花束を捧げる相手はまさしくそれでしかありえなかったことだろう。

であればこそ『月下の一群』は、鷗外の『於母影』から藤村の『若菜集』、そして上田敏の『海潮音』へといたる明治詩壇の共同体に「新しい涙」をなげかけ、それを一新する大挙をなし遂げたのである。ふたたび丸谷才一から。「それは最初、ごく狭い範囲の文学好きの所有物だつたが、やがて数十年のうちに（…）大衆に浸透し、社会全体の感受性を変へたのである。この本がなければ、日本人全体にとつての西欧の詩は相変わらず上田敏のふしまはしであつたらう。堀口は『月下の一群』によつて、この文明における詩の意識を改めた。それを一新したとは言はないまでも、まつたく自由にしたことはたしかだらう」。『月下の一群』とその反響については次節に詳しく見るが、もう一つだけこの訳詩集があたえた解放感にふれてこの節を終えたいと思う。
大學よりひとまわり下の世代にあたる詩人三好達治の賛辞である。

私ども堀口さんの詩に初めて接した時のあの愕きと喜び、あの鮮やかな記憶を私はここでもう一度喚び起してみたい。といふ下から私には、

象徴の附け鼻をとつて
顔を洗つて出なほせ

とこの二行がまづ眼さきに浮ぶ。それは洒落た歯切れのいい胸のすくほど急所を射あてた啖呵として、当時この国の詩界の東西もろくろく弁へかねた私のやうな者にも無条件で、飛箭のやうに眼に飛びこんだのを忘れない。(…)事実堀口さんの詩は伝統からの解放をまず第一に私どもに意味した。それは何よりもその明快さでそれ以前の(――ずつと以前の国文畑から引継ぎの)曖昧さ廻りくどさの朦朧世界から私どもを解放した。

堀口大學は、国文学の伝統から詩を解放し、それまでの日本人の感性になかった別世界の扉を

開けてみせたのである。まさしく、異邦人であることによって。非在の共同体にひとり遊んだ閑雅な日々は未聞の領野をひらいたのであった。三好達治とともに、彼の遊惰な日々の結末を寿いで、この節を終えよう。

蟬がゐた
夏ぢゆう歌ひくらした。
秋が来た
困つた、困つた！

（教訓）

それでよかつた

（「蟬」）

『月下の一群』

大正十四年、ようやく『月下の一群』が刊行される。先にひいた書評で佐藤春夫がこの訳詩集を「未曾有の書物」と呼んでいるように、『月下の一群』は書物としても稀に見る贅沢なものであった。その立役者は長谷川巳之吉という新進の出版者である。二十代の初めに上京していろいろな雑誌の編集の仕事をしていたが、大正十二年頃に独立して「第一書房」を創立した長谷川は、『月

『月下の一群』諸版

下の一群』の草稿を見て一目惚れし、自身の装丁で破格の豪華本にしたてあげた。大學はその頃をふりかえって語っている。「当時としては実に稀れに見る美本、ノート用の上質フールス紙、大判七五〇頁の本文に、十六葉に及ぶ別刷の詩人肖像入りという、ものを惜しまぬ造本、金唐草模様のみどりの厚表紙に、金箔おしの背皮の装幀は、出版者長谷川巳之吉君の意匠になる見事なもの、従って定価も四円八十銭という高価だったが、幸いによく売れた」。少し先の話になるが、三年後、大學は日夏耿之介らと同人誌「パンテオン」を発足させるが、その六号の末尾に「一出版者の手記」と題して長谷川巳之吉はコクトーの『雄鶏とアルルカン』から「青年は確実な証券を買つてはならない」というアフォリズムをひき、現今の若者の堅実志向を批判している。『月下の一群』に賭けた彼の心意気がありありと伝わってくるではないか。幸いにして彼の賭けは当たった。以後、第一書房は堀口大學の作品をすべてひきうけ、萩原朔太郎などの新進詩人の詩集を次々とだしてゆく。

『月下の一群』（長谷川巳之吉装丁）

『月下の一群』扉（長谷川潔画）

また少し話がそれるが、七号末尾の彼の手記も当時の出版事情がわかって面白い。「今日の出版書肆の喉首を押さへてゐると云はれる」のは大取次店で、第一書房のようなマイナーな出版社の発行部数は最初から決められてしまう。その上返本があるから、取次を通した出版は商売にならない。だから購読制度をとるのだと言う。「パンテオンが五十銭で売れると云ふ事は、即ち市場へ出さない為めなのである」と。時は昭和三年。昭和元年から始まったいわゆる円本ブームのさなかである。良心的な小出版社の苦闘は現在に至るまで何一つ変ってないことがわかって興味深い。

閑話休題。美麗本といえば、堀口大學は画家の長谷川潔との出会いにも恵まれていた。長谷川巳之吉と同世代の潔は堀口大學や日夏耿之介の本の装丁を手がけたが、黒白のマニエール・ノワールと呼ばれる古い

『新しき小径』表紙画
（長谷川潔画）

版画技法に魅せられて渡仏し、かの地で高い評価をうけて生涯帰国しなかった。『月光とピエロ』や『パンの笛』の繊細な装丁はこの異色の画家の手になるものである。

長谷川巳之吉が身を賭した『月下の一群』は、予想をはるかに越えて版を重ねた。若い詩人たちはひきこまれるように耽読した。三好達治は『月下の一群』を買ったその日、「この七百頁のに《ママ》余る大冊に鼻を埋めてひと思ひに読終つたのを覚えてゐる」「丁度私位の年代の詩壇の当時の青年達には、この本は直接間接どれほど影響を及ぼしたものか知れなかつた」と語っている。

伊藤整もまた『月下の一群』に大きな影響をうけた一人である。「私に一番大きな影響を与へたのは、〝海潮音〟と〝日本近代名詩集〟についで、大正の末頃たしか十四年頃に出た堀口大學の厖大な訳詩集〝月下の一群〟であつたらう。近代フランスの詩のエッセンスとも言ふべきこの訳詩集は、私のみでなく昭和期の新詩人たちにどれほど大きな影響を与へたか分らない。〝於母影〟が明治の詩の源泉であれば、〝海潮音〟と〝珊瑚集〟は大正の詩を生んだ母胎であり、〝月下の一群〟は昭和の詩の大きな源泉をなしたと言っていいであらう」。

『堀口大學全集』（小澤書店）の編者の一人である飯島耕一も圧倒的な影響下にあった詩人である。「わたしは、言ってみれば戦後まもなく堀口大學訳のフランス詩によって文学に開眼させられた一人だったのであり、「堀口大學の日本語」（…）の影響が非常に大きかったと思っている。戦後三十年近く、「堀口大學の訳詩の日本語」の内部にあったと言ってよい」。いかに多くの作家や詩人が、それも長年にわたって『月下の一群』の訳詩の影響をうけてきたかがわかる。ちなみに太宰治の処女作『晩年』の冒頭のエピグラフ、「選ばれてあることの／恍惚と不安と／二つわれにあり」もまた堀口大學による『ヴェルレーヌ詩集』中の「智恵」からひいたものである。

こうして堀口大學の訳詩がかれらに伝えたもの、それはフランス詩の音楽性であり、エスプリであり、象徴派の優艶とポスト象徴派のモダニズムであったと言ってよいだろう。大學の新しさは現代フランスの海の響きや光を伝えて読者を彼方に誘ったのだ。

モダンエイジ

『月下の一群』が世に出た大正十四年は一九二五年、いわゆる「狂乱の時代《レザネフォール》」のさなかである。ジャズがはやり、ダンスがはやり、若い娘が一人で外出するようになった。女たちは髪を短く切り、スカート丈も短くなった。かつてはコルセットの中に封じこめられていた肉体が自由な動きのできる装いを求めてゆく。ココ・シャネルの登場はもうすぐそこに迫っている。やがてジョセフィン・ベーカーが一糸まとわぬ姿で踊ってパリを熱狂の渦にまきこむことだろう。

こうした新しいモードを大學は知悉していた。すでに『パンの笛』で「女みな裸体に近く身を装《よそ》ふ世紀末とはなりにけらしな」とうたっていた大學だが、二〇年代のそれは桁がちがっていた。

「最近二三年間の、欧米の女衣装の流行は、一言を以つてこれをいひ尽したら、「脚を見せる流行」だといふことになるだらうと思はれる。それほど、このごろでは、女たちは競つてその脚を見せるのである」（「夏・女・脚」）。

こうして女たちが脚を見せるのはわけても夏の浜辺である。海辺リゾートが流行っていたのだ。三好達治は「海の詩歌」というエッセイで明治以降の新体詩を考察し、「海洋などという健康そのもの、生命そのものの象徴の如き大自然に対しては、我々の文学は背中むけの方角にむかつてゐた」と語っているが、「大自然」などというものとは全くちがって、海辺が都会的な流行《モード》になっていたのである。カレーと南仏リヴィエラ海岸を結ぶ豪華寝台車「青列車《トランブルー》」が上流階級の人気を呼んだが、パリから二時間あまりのドーヴィルも人気スポットだった。その浜辺に粋な姿を見せること、それがかれらのリゾートであった。海辺の恋をうたったラディゲの詩もこうした時代の気分とともに生まれてくる。

砂の上にわれ等のやうに
抱《いだ》き合つてる頭文字《かしらもじ》
このはかない紋章より先きに
われ等の恋が消えませう

（「頭文字」）

大學もまたフランスかぶれのリオの海辺をうたっていた。

砂の枕はくづれ易《やす》い
少女《をとめ》よ　お行儀よくしませう
沢山な星が見てゐますれば
あらはな膝はかくしませう
（「砂の枕」）

ラディゲの詩も大學のそれも簡潔さがモダンである。そしてモダニスムと言うなら、何といってもアポリネールこそその旗手であった。佐藤春夫は例の書評で、「我々のいはゆる近代は、グウルモンから始まつてゐるよう」だと言い、「グウルモンはそれの夜明けで、アポリネールは多分起床で……」と語っているが、アポリネールはむしろ起床ラッパだというべきだろう。美術にも造詣深くキュビスムの一員でもあり、死の直前に刊行された『カリグラム』では文字で絵を描いたこの詩人はまさにアヴァンギャルドだった。彼アポリネールには毛虫や蚤やら海月《くらげ》やらをうたった『動物詩集』という詩集もある。たとえば「蛸」。

天へ向つて墨汁を吐き乍ら
彼の愛するものの生血をすすり、
さうしてデリシャスに感じてゐる
この不人情な怪物は私です。

そしてこの詩人は不幸に終わったマリー・ローランサンとの恋でも名高い。よく知られた「ミ

随想集『詩と詩人』

（扉絵マリー・ローランサン「ピンクの少女」、挿画スケッチはジャン・コクトー画。筆者蔵）

ラボー橋」（改訂版）をひく。

ミラボー橋の下をセーヌ河が流れ
　われらの恋が流れる
　わたしは思いだす
悩みのあとには楽しみが来ると
　　日も暮れよ　鐘も鳴れ
　　月日は流れ　わたしは残る

手と手をつなぎ　顔と顔を向け会おう
　こうしていると
二人の腕の橋の下を
疲れたまなざしの無窮の時が流れる
　　日も暮れよ　鐘も鳴れ
　　月日は流れ　わたしは残る

流れる水のように恋もまた死んでゆく

恋もまた死んでゆく
命ばかりが長く
希望ばかりが大きい

日も暮れよ　鐘も鳴れ
月日は流れ　わたしは残る

日が去り　月がゆき
過ぎた時も
昔の恋も　二度とまた帰ってこない
ミラボー橋の下をセーヌ河が流れる

日も暮れよ　鐘も鳴れ
月日は流れ　わたしは残る

彼アポリネールはルーヴル美術館の「モナ・リザ」を盗み出した犯人として逮捕され、刑務所に入れられたこともある。大杉栄が入れられたあのラ・サンテ刑務所だ。幸い一週間で釈放されたが。作品といい行動といい、アポリネールの出現は象徴派の詩を古臭いものにしたと言っても過言ではないだろう。

大學がこの詩人の名を知ったのは早く、一九一五年のマドリッド滞在の折、当地に住んでいたマリー・ローランサンから彼の名を聞かされたのだった。マリーはアポリネールと別れた後、ドイツ生まれの画家と結婚をしたものの、大戦が勃発したので中立国スペインに身を寄せたのだ。淡い灰色とピンクの夢幻的な背景にはかなげな女を描いたマリーの絵は、美しい少年を魅了した。「それは夢のような、幻のような、また夕暮れの物影のような、ありとしもなき画であつた（…）あえかにやさしい画であつた」。

若き大學は彼女からこんな詩をもらっている。題して「日本の鶯」。

この鶯　餌《えさ》はお米です
歌好きは生まれつきです
でもやはり小鳥です
わがままな気紛れから
わざとさびしく歌います

絵も描き詩も書いたマリーは、キュビストの画家たちやコクトーらの詩人たち、二十世紀を率いた芸術家のミューズであり、「キュビスムの女神」とも呼ばれていた。ジャン・モレアスがこんな詩を捧げている。「笑ふ時／マリイ／ロオランサン／黄金《きん》の輪がうかぶ／彼の女の美くしい／瞳の中に」。その女神が戦後ドイツに去っていた二年間、詩人たちの嘆きは大きく、彼女を取り戻そうと、アンドレ・ブルトンやマックス・ジャコブたちは『マリー・ローランサンの扇』と

ポール・モラン『夜ひらく』『夜とざす』（筆者蔵）

いう詩集を作ってマリーに献じた。彼女をさしまねくためである。その甲斐あって、ほどなくマリーは夫と別れて再びパリに住むことになる。一九二四年、パリに寄った大學が再会したのはまさしく詩人たちのミューズとして君臨する誇らかなローランサンであった。

そのパリで彼はまたポール・モランに会っている。父の任地ルーマニアに行くのにマルセイユを経由し、そこからパリに上ったのだった。すでにルーマニアに向かう船中で『夜ひらく』を訳し終えていた彼は、外務省に勤めるモランに電話で面会を申しこみ、さっそく翌日に会って、続編『夜とざす』の翻訳を勧められる。有能な外交官として世界を飛びまわり、「自分はすでに、今日まで、千のベッドに眠った」と豪語するモランのスピード感あふれる『夜ひらく』は大ヒットして、一躍世界文学界の寵児となった。モランの文体は二〇年代のモダンエイジの弾んだ感覚をそのまま写しだしたのだ。一九二三年三月号の「明星」消息欄に大學の紹介がある。「彼の出世作『夜開』は六カ月に八万部を売りつくした（…）彼を新しいステンダルだと云ふ人がある。／彼を新らしいピエル・ロッチイだと云ふ人がある。／彼にはステンダルにもピエル・ロッチイにも及ばぬ或るものがある。若いことがそれだ。新しいことがそれだ」。

一九二四年（大正十三年）に『夜ひらく』の翻訳が刊行されるや、誰もが先を争うように読んだ。金子光晴がエッセイでその頃を語っている。「モダニズムのはしりは、フランスのポオル・モオランだった。当時堀口大學の訳筆になる『夜ひらく』『夜とざす』を読まない文学青年はなかった」。ことに川端康成や横光利一はモランの文体に大きな影響をうけ、新感覚派と呼ばれる新しい小説を世にだしたのは近代文学史上よく知られた事実である。

ということは堀口大學の訳のうまさは詩だけに限られないということだが、実際、モランとは全く異なる古典的文体で書かれたラディゲの『ドルジェル伯の舞踏会』の訳文についても、三島由紀夫が感嘆してやまなかったことはよく知られている。「ラディゲが二十歳で夭折する前に書いた傑作『ドルヂェル伯の舞踏会』には他の訳者の訳も二、三あるが、私にとってのそれは、どうしても堀口大學氏の訳でなくてはならない。私は、堀口氏の創つた日本語の芸術作品としての『ドルヂェル伯の舞踏会』に、完全にイカれてゐたのであるから。それは正に少年時代の私の聖書であつた」（「一冊の本」）。堀口大學がいかに訳者としてぬきんでていたかを語る最高の証言であろう。

エロティシズム論争

大正十三年の『夜ひらく』に翌年の『月下の一群』と、堀口大學の名は時にきらめいた。「明星」にもよくそれが表われていて、一九二五（大正十四）年九月号は冒頭からモランの『恋の欧羅巴』の訳に始まり、消息欄にも彼の名がある。「帰朝以来の堀口さんの元気と活動とには最も驚かれます。猶又モオランの『あてやかな欧羅巴』と云ふ新しい小説を翻訳中です。本号の「明星」に載せた「ものぐさ病」は其中の一短編です」。以下の号にも大學の訳が誌面を飾り、新刊予告が次々と消息欄をにぎわしている。

このころ大學は日夏耿之介たちと同人誌「パンテオン」を創刊した。「ヘルメスの領域」を日夏が監修し、「サントオルの領域」を西条八十が、「エロスの領域」を大學が担当するという趣向で、第一書房刊らしいしゃれた装丁の雑誌である。二号には青柳瑞穂も詩を寄せているが、問題の発端は大學の原稿にたいする日夏の拒否反応であった。たとえば八号の日夏の後記にある「今をさかりと時花ってゐるもの——悪く濁った趣味（思想ではない）と軽く浮づった趣味（思想ではない）と——これらが蔓延ればはびこる程我々には棲みにくくなる」などといった漠とした言葉が気になってはいたが、あるとき人づて

ポール・モラン『恋の欧羅巴』
第一書房（筆者蔵）

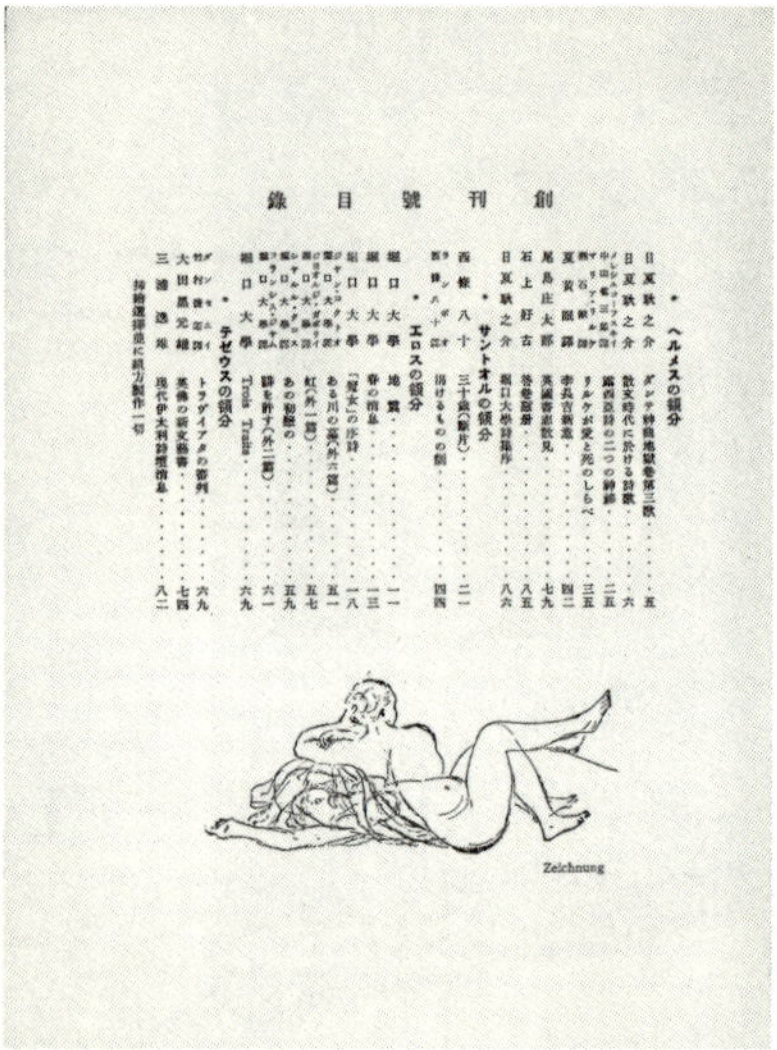
創刊號目錄

・ヘルメスの領分
日夏耿之介　ダンテ神曲地獄卷第三歌……五
日夏耿之介　散文時代に於ける詩歌……六
リルケが愛と死のしらべ……三五
尾島庄太郎……七九
石上好古……八五
日夏耿之介　堀口大學詩集序……八六

・サントオルの領分
西條八十　三十歳(斷片)……二一

・エロスの領分
堀口大學　地貫……一一
堀口大學……一三
「聖女」の序詩……一八
ある川の岸(外六篇)……五一
紅(外一篇)……五七
詩を許す(外二篇)……六一
堀口大學　Trois Traits……六九

・テゼウスの領分
トラヴイアタの審判……六九
大田黒元雄……七四
三浦逸雄　現代伊太利詩壇消息……八二

『パンテオン』創刊号と目次（筆者蔵）

に、日夏は大學の文章に触れぬよう油紙で密閉してから雑誌を開くと聞いて、終に大學は決別を覚悟した。思えば、日夏は大學が異国にいるときの著書刊行の世話を一手にひきうけ、大學もまた日夏の詩の仏訳書をパリで刊行してよろこびをわかちあった親交厚い二人であった。大學にとっていかにつらい絶交であったかは想像に余りある。

あまつさえ、袂を分かった後、日夏は長く「中央公論」に連載していた「明治大正詩史」の単行本化に際して堀口大學の項を書き替えたのである。「群小詩壇」（白秋もここに入れている）の最後に堀口大學をおき、「彼の輓近に及んで、特色づけられたその色情詩は、何等人間生活の本能的桎梏にまつはる痛烈深刻の体験に根ざさゞる、遊戯的淫慾の文字上小技巧の小産物にすぎざる点に於て、共同後架の不良的楽書きにも如《し》かざる、風俗史上の興味を牽く程度の価値あるものにすぎない。堀口大學は、爰に於て夙くも徒らに詩齢老いたる全き永久の小未完成品たるにすぎないのである」と結んでいる。この書き替えは、川路柳虹が非難記事を新聞に書いたりして文壇の事件にもなった。

それでなくても「異邦人」の大學は孤立しがちな詩人であった。皮肉なことに、東京大学近くに生まれたので大學と名付けられたにもかかわらず、その頃辰野隆や鈴木信太郎らの俊才を擁して陣容を固めていた東大仏文科は何かと彼に批判的であった。『消えがての虹』には「敵」と題した詩がある。「赤門城にたてこもる／敵は大勢／身はひとり／しかも病弱／弱法師《よろ》」。つくづくとこの異邦人は孤独な詩人であったのだ。

日夏と決別した大學は、一人で雑誌「オルフェイン」を創刊するが、萩原朔太郎が次のような稿を寄せたのはその創刊号である。「日本の詩壇の不幸は、専門の権威ある批評家がゐないことである」という言葉に始まって、それゆえ評価さるべき詩人が評価されない現状を批判し、後をこう続けている。「わが堀口大學君の如きも、かうした時代に於ける一人の寂しき詩人である。堀口君の叙情詩には少なくとも時代の興味をポイントすべき、或る本質の精神があるにかかはらず、詩壇は少しもそれを知らず、またその正価を発見して、批判の興味を提出した詩論家もない。けだし堀口君の如きは、同党異伐を事としてゐる日本の詩壇で、常に孤独の位置に居る不幸な寂しい詩人である」。

朔太郎の言葉は大學を慰めたことだろう。だが事の核心は大學の「エロティシズム」にあった。朔太郎の言葉を続けよう。「堀口君は、その哲学にエロティシズムの没落を情熱してゐる。近代風の明るい巴里ジャンの詩人である」。その詩風は「貴婦人の香水臭い悪洒落や、巴里の放蕩者が悦ぶやうな、愚劣な軽口に興味を持ち、そこに堀口君の気取つた芸術的遊戯を持つてゐる」。

これは朔太郎の言うとおりだが、私の見るところ、「パンテオン」に寄せた詩には芸術性がないと思われるものが少なくない。これに関するかぎり日夏の侮蔑も一理ありともいえようか。例をみよう。たとえば八号の「かの女の帯」。「白鳥の歌は死ぬる時／花火の瞳《ひとみ》は消える時／かの女の帯は解ける時」。七号の「長襦袢」も大同小異である。「著る時に　最初／脱ぐ時に　最後／奥さん／あなたの肉体は／これより他《ほか》の／衣裳を知らない」。詩になっていないと思うのは私だけではないだろう。創刊号の詩はもっとストレートだ。タイトルは「地震」。

地震

なまめかしき地震
震源地
美学の中心

性
やや急
初期微動
……
上下動

……水平動
……最大振動
……ゆりかへし
……またゆりかへし
……死者
二

読んだ日夏の顔が浮かんでくるようである。たとえばグールモンの訳詩から伝わってくるような官能のおおのきはここにはない。大學のエロティシズムは訳詩においてこそあの悩ましい香を放つのである。

大衆の方へ

けれども大學の詩はわかりやすい。日夏をその頂点とするような擬古体の難解な晦渋さほど彼

『日夏耿之介選集』
(装丁木下杢太郎。筆者蔵)

の詩から遠いものはない。きっかけは何であったにしろ、超俗をきわめる日夏耿之介と堀口大學とはむしろ対極をなす詩風の二人ではなかっただろうか。知りあったばかりの大正六年、ちょうど日夏の『転身の頌』が刊行をみた。大學が「三田文学」に書評を寄せているが、大學の筆致は率直である。「日夏氏は公衆を度外に置いてゐる。公衆は日夏氏の目やすの外にある。(…)私は疑ふ、日夏氏の或作品の完全なる表情は、ともすると作者によつてのみ了解せらるるのではないかと。然るに私も公衆の一人である」。

それからほぼ十年。日夏の超俗志向はつのるばかりであった。萩原朔太郎の『作家論』の月報に日夏はこう書いている。「白秋露風二君は過去に於てこそ相当業績があったが、この比すでに陳套陳腐に陥りどうにもならぬ頽廃期に入ってゐた。外の詩人は論じるに足りない」。彼が「どうにもならぬ頽廃期」というのは、その頃、露風や白秋が歌謡や童謡の分野で盛んな活躍をしていたことを指してのことだろう。大正二年、芸術座音楽会に依頼されて「城ケ島の雨」を作詞した白秋は、大正七年に新しい童謡をめざして鈴木三重吉が創刊した「赤い鳥」に積極的に参加して数々の童謡を書いた。「赤い鳥小鳥」「あわて床屋」「この道」「からたちの花」とあげてゆけば切りがない。俗衆を唾棄する日夏耿之介からすれば、このような大衆向けの仕事は詩の頽廃以外の何物でもなかったのであろう。

けれども時代は自分たちの歌を求めていた。政府指導の古臭い童謡でなく、子供の心に響く新しい言葉をという鈴木三重吉の情熱は幾多の文人を動かし、西条八十や谷崎潤一郎、三木露風たちが作品を寄せた。ことに白秋は「赤い鳥」で大きな役割を果たし、萩原朔太郎の白秋論は冒頭からこの事実にふれている。「明治以来、日本は多くのすぐれた詩人を生んだけれども、その事業の広汎に渡り、韻文学の全野を開拓して、不世出の天才を発揮した詩人は、実に北原白秋氏の外にない」。

白秋のほかにもう一人あげるとすれば、いうまでもなく西条八十であろう。西条八十が大正八年に第一書房から自費出版した象徴派詩集『砂金』は二十刷りを重ねたという。これは前年に「赤い鳥」に発表した「かなりあ」が大ヒットしたおかげもあるかもしれないが、八十の象徴詩は静謐な憂愁をたたえて美しい。雅文で書かれた日本象徴詩の最後の絶唱といっても過言ではないだろう。「桐の花」をひく。

おもひ出《い》でゝは
あるも怖《おそ》ろし
大理石《なめいし》の湯桶《ゆぶね》のなかに
忘れたる、その
桐《きり》の花《はな》。

夜《よる》ふけて
尼等《あまら》ひとしく

庭に下《お》り額《ひたひ》をあつむ。
誰《たれ》びとの
犯せし罪《とが》ぞ
月《つき》の暈《かさ》
ほのかなるころ。

うつろなる石《いし》の湯桶《ゆぶね》に
桐《きり》の花
媚《なまめ》きわたる。

その後の八十は数々の作詞にたずさわった後、大正十三年にソルボンヌ大学へ留学を果たし、早稲田の仏文科助教授の席につくが、帰国してからも次々と昭和の歌をつくり続けた。パリ帰りの象徴派詩人は、しゃれた口語体で大衆の浮かれ心に響く新しい歌を次々と繰り出してゆく。モダン都市に変貌してゆく東京は、自分たちの歌を求めていた。八十の言葉はまさに彼らの心を言葉にうつしたのだ。ことに菊池寛の小説の映画化の主題歌として依頼された「東京行進曲」は二十五万枚というレコード史上空前のヒットとなった。その後も「東京音頭」「旅の夜風」「支那の夜」「誰か故郷を想はざる」「蘇州夜曲」……あげてゆけばきりがないほどのヒット作の連続である。「お菓子の好きな巴里娘／二人揃えばいそいそと／角の菓子屋へボンジュール」で始まる「お菓子と娘」などは、フランス帰りならではの歌である。

中山晋平との会話が、この間の事情をよく伝えている。吉川潮の西条八十論からひく。ある日歌詞の依頼に西条家をおとずれた晋平はこう言ったという。「昭和になってこのかた国民の音楽の好みが明らかに変わりました。シャンソンと呼ばれるパリの流行歌を宝塚歌劇団が舞台で歌ったり、社交ダンスでジャズの演奏が喜ばれる時代です」。それで「現代を的確にとらえたモダンな歌詞」を求めて八十のもとを訪れたのだ、と。時は一九三〇年代近く、ちょうど堀口大學たちが「パンテオン」を始めた頃である。次々とヒットする流行歌の作詞に追われる八十を、日夏がそうしたように「詩の堕落」だと攻撃する輩は一人ではなかった。だが大學はちがっていた。彼と八十は同い年、同人誌をつくるほどの仲である。ただし多忙な八十にはなかなか会えないので、大學の方から出した手紙が残されている。送られてきた『民謡編』への礼状である。「時謡、歌謡、小唄、民謡の類二百篇から成るこの全集中の一巻を読んで、僕が第一に驚くのは君の詩才のリッシュなことだ。僕は今更ながら、君の詩才の間口の広いのに魂消てゐる」。そして彼は手紙の結びにこう記している。文壇からのいろいろな非難にたいして、自分は「君が、他に何をやろうと、君の生得の歌を忘れるやうなカナリアでないと知つてゐるからだ。民衆には、民衆の謡が必要なのだ」と。

大學の最後の言葉は、大杉栄がしきりに「民衆」のための芸術を求めていたことを想起させる。大杉はそのためにロマン・ロランの芸術論を翻訳したが、西条八十の詩「美しき灰」も民衆によびかける詩人の魂を伝えて美しい。

吾《われ》死なば、
この軀《み》焼かれて、崩《くずほ》れて、
こまかに美しき灰とならん。

（…）

わが情熱の死灰は、
あざやかなる真紅《しんく》のいろに燃えて、
翻《ひるがえ》りつつ、遠き地平の空を彩《いろど》らん。

牧人よ、
荷馬車挽きよ、物売女《ものうりめ》よ、
かかる日、こころ楽しく、往還《わうくわん》を歩みゆけよ。
吾《われ》は一代の詩人、
灰となりても、なほ、風の中に舞ひつつ、
卿等《おんみら》のために美しき唄をうたふべし

この西条八十を筆頭に、白秋の歌謡や童謡も広く大衆に歌われてかれらの感性を変えていった。

こうした流行歌《はやりうた》の広がりは、日本近代の言葉が明治のそれとは決定的に異なるコードに従い始めたことを意味している。そのコードは、モードの論理といいかえてもよいだろう。明治初期の「威」ある文語が遠のいて、大衆歌謡が興隆するとき、そこに生じるのは「はやりすたり」の原理である。ひとは上から啓蒙する言葉ではなく、不特定多数に共有される言葉に心惹かれてゆくのである。どこからともなく、誰の言葉ともなく立ち現われて、人から人へと伝染し、またたく間にひろまってゆく言葉。そこには上をめざす明治のあずかり知らない流行《モード》の力がはたらいている。装いであれ、言葉であれ、対象は問わない。人もまた、偉人というコードを離れて、有名人という流行《モード》の律動に運ばれてゆく。

この新しいコードとともに、明治にあった「威」や「立志」のコードは急速にすたれてゆく。少なくとも無意識の前面から遠のいてゆく。いってみれば大衆社会のコードが社会を律してゆくのである。日夏耿之介のようにモードというこの新しいコードの力を侮蔑するむきも当然出てくるわけだが、侮蔑は勝手ながら、大衆を動かすこのモードの力をあなどってはならない。その伝播力は、エリートの啓蒙をはるかにしのぐ速さをもって多数をそめあげてゆく。エリートは高きをめざして低きを啓蒙しようとするが、流行は誰にも教えられないのに心にしのび寄ってくるのである。啓蒙の何百倍も早く、そして広く。文学の言葉に領域をしぼって言えば、芸術は売れないが、歌謡曲は売ろうとしなくても大衆に求められるのだ。こうして大正から昭和にかけて広まった流行歌の栄えは、威を無くした平ったい大正デモクラシーと良くなずんでいる。白秋の童謡も西条八十の歌もこうした時代感覚のなかで作られて、それを広げていったのであった。

そして、同じことが堀口大學についても言える。そう、『月下の一群』以来、大學の文体もまた巷に流行っていたのである。大正十五年の「東京朝日新聞」に載った「短詩型流行と産詩制限」というエッセイなど冒頭から面白い。「近頃、実に詩がはやる。(…)詩作といふことは、文学青年の間の一種の流行病であるらしい」「それ等の詩は多く一行、二行――長くて五行を出ない。まるで意味のない、口から出まかせな文句である。(…)これはフランス近代詩――殊にジャン・コクトオあたりの影響であるらしい」。とにかく困ったことだと嘆いている。しかしこうした模倣や流行をとおして、彼の訳詩のモダニティは狭い詩壇を越えて大衆の意識と感性を変えていったのだ。

もういちど丸谷才一の堀口大學論を再確認すべきであろう。最初は狭い文学好きの所有物だったものが、「やがて大衆に浸透し、社会全体の感受性を変へたのである」『月下の一群』のやうな、社会全体から歓迎される上質の詞華集が生れたことは、何か奇蹟めいた感じさへするくらゐだ」「文学史にはときどきかういふ奇妙な光栄があるものだ」。大正・昭和の大衆は無意識に「それ」を欲していたのだ。大學の訳詩はその時代の無意識をまたとない的確な言葉で表現にもたらしたのである。与謝野鉄幹のかかげた詩歌の革命から四半世紀、「明星」最後の門下生がついにそれを――それと意識することなくただ自分の趣味性にしたがって――なしとげたのは、確かに「奇蹟めいた」業というにふさわしい。

『月下の一群』から大學の死まではさらに半世紀が流れている。こうして明治から昭和五十年代までおよそ八十年。文学だけに絞ってふりかえってみても、鷗外の「於母影」から『即興詩人』訳、二葉亭四迷の『あひびき』訳を先駆として、文語文から口語文への転換もさまざまな緊張関係を保ちながら進み、近代の日本語は外国語の翻訳をとおして変化をとげてきた。なかでもフランスは最も多くの文人・画家たちの憧憬の地となり、フランス詩の感性は上田敏の『海潮音』から荷風の『珊瑚礁』へと受け継がれ、そして堀口大學の『月下の一群』にいたって、昭和の大衆の感性の変容をもちきたらした。白秋や西条八十の歌はその変容を加速化した。

思えばフランスかぶれはいわゆる服飾のモードよりも言葉が先行していたのである。というより、言葉こそ文化の核心をつくりなすものであって、それをわかっていればこそ、モダン東京の歌を求めた作曲家はフランス詩にたずさわる西条八十に作詞を求めたのだ。

そうして「東京行進曲」が大ヒットしてからおよそ百年弱、いままた日本語は大きな変容にさらされている。この新たな変貌の震源地はフランスではなくアメリカだ。そう、いわゆるグローバリゼーションである。ネット文化の肥大化によっていまや私たちは「英語の支配」に直面しているといってよいだろう。文学からではなく、経済と産業の要請によって進展してゆく英語の支配は、当然ながら母国語の衰退を招きよせずにはいない。水村美苗『日本語が亡びるとき』が危惧しているように、母語でなく英語で小説を書く作家が増えている趨勢はとまりそうにない。いや、日本国内でも会議を英語でおこなう会社が増えている。貧苦に耐えつつ自分の言葉を求めつづけた詩人たちの苦闘は、戦争の記憶よりさらに遠くなってしまったといっても過言ではないだろう。

フランス文学の翻訳の跡をたどり、文語から口語へと移りゆく「日本語の近代」をみてきたわたしたちは、思いもよらぬ領野の転換に直面して、足取りも心細く、ただ立ちすくむ以外にないのだろうか。

あとがき

文学作品を初出で読む面白さに目覚めたのはもうずいぶん前のことである。一年間の渡仏中、専門のバルザックの『従妹ベット』の初出が新聞であったことにはたと気づいて、新聞小説というメディアに開眼したのがきっかけである。以来、テクストの読み方が変って、初出メディアにこだわるようになった。

ふとしたことで編集者から与謝野晶子論を勧められて、ココ・シャネルとの比較論『晶子とシャネル』（勁草書房）を書いたのも早や十年前のことになるが、すぐに「明星」を読んでみたいと思った。幸い、大学に全巻そろっていた。読み始めてまもなく、活字の大小の妙に気がついて、与謝野鉄幹という男の編集の才覚に舌をまいた。

最盛期の「明星」の詠草欄が、晶子をはじめ、山川登美子、増田雅子などの才媛たちが恋歌を競う場であったことはよく知られているが、その欄の余白に小活字で組まれた鉄幹の返歌が実に興味深い。ある号には十一首が並んでいる。なかの一首「あめつちに一人の才と思ひしは浅かりけるよ君に逢はぬ時」。これはきっと晶子に宛てたものにちがいない。すると登美子には……というように、読む者は思わず相聞の場にまきこまれてゆく。誌面に臨場感があふれているのである。最も気をひくのは二カ月後の同欄のただ一首の歌。「恋と名といづれおもきをまよひ初めぬわが年ここに廿八の秋」。少女《おとめ》らは皆この歌に想いを馳せたことだろう。鉄幹の小活字は意図した「ささやき」なのである。並の活字ではこの親密性が伝わらない。逆に、大きな活字は名を語る。上田敏の訳詩は破格の大活字で組まれて驚くべき効果をあげている。その堂々たる大きさは、上田敏が詩壇の巨星であることをありありと語っている。終刊も近い頃、白秋や杢太郎や吉井勇など若い同人たちが自分たちの歌の活字の小ささを不満に思って新詩社を去ったのも同じ理由である。

こうして活字の大小一つで恋と名の綾なす関係を仕切った鉄幹の妙技を先の晶子論で詳しく綴ったが、その面白さをからだが覚えていて、いつか第二次「明星」も読んでみたい、その間にでた「スバル」も読んでみたいと思っていたところ、幸いにも雑誌『環』に連載の機会をあたえていただいた。科研費で購入した「明星」一四八巻と「スバル」六〇巻に書斎を占領されながら読みとおし、耽美派を形成した歌人や詩人、作家たちのさまざまな貌にふれて興味はつきなかった。ことに森鷗外の口語体小説の多くを初出の「スバル」で読み、ほとんど私小説である『半日』に驚いたりして、全集とはちがった親近感を抱いた。同じ鷗外の海外事情紹介「椋鳥通信」も面白おかしいゴシップの数々で、毎号真っ先にページをめくる癖がついてしまった。これまた雑誌ならではの時代への臨場感があるからだろう。

こうして改めて「スバル」と「明星」を読んでみて、最も心にかかったのは「翻訳もの」の多さである。明敏なジャーナリスト鉄幹は西洋文芸こそ時代の先端なのだとみてとったのだ。なかでも、「フランス」ものの翻訳がきららかな地位を占めたのは、やはり上田敏の訳詩の素晴らしさに尽きていると思う。『海潮音』所収の訳詩の多くが「明星」初出である。フランス象徴派の愁いと雅びが品格ある文語に移しおかれて、どれほどの憧憬をよびさましたことだろう。白秋が、荷風が、そして、鉄幹その人がひたとフランスに憧れた。「明星」とはまさに「フランスかぶれ」の雑誌であったのだ。

くわえて、「明星」の特色である画文交響もフランスかぶれに拍車をかけた。画家たちがいっせいにパリをめざしたからである。時まさに印象派の興隆期。芸術《アール》はフランスからやってきたのだ。

こうした雑誌の愉しみとともに、白秋、啄木、杢太郎、荷風、藤村そして大杉栄に堀口大學と、全集を広げてそれぞれの作品世界にひたる愉しみも興味つきなかった。好きではない藤村もパリ滞在が気になって読んでみると、長大な作品を最後まで読ませる文章力には敬服せざるをえなかった。さすがは『若菜集』の詩人である。その藤村の詩は文語だが、小説は口語である。さらには訳詩の言葉も、上田敏から荷風、堀口大學へと、明治から昭和初期への時代の流れとともに、典雅な文語からモダンな口語へと変貌をとげてゆく。その変遷をたどりつつ、明治以降の「日本語の近代」というテーマが自分のなかに浮上してきた。本書の伏流として読んでいただけたら幸いである。

最後に一つ、「明星」論でありながら晶子への言及が少ないのをいぶかしく思われるむきもあるかと思うが、晶子については、先の晶子論でその歌風から渡仏体験から母性保護論争に至るまですべて言いつくしたという思いがあるからである。本書とあわせてお読みいただけたら、と思う。

本書の執筆については、連載の時からさまざまな方のお力を借りた。『環』への連載を快諾してくださった藤原書店社長の藤原良雄氏に心からお礼申し上げたい。また、連載のたびに適切な助言をいただき、図版資料についてもご助力いただいた編集部の刈屋琢氏には切に感謝の辞をささげたい。氏の助力なくして本書の刊行はありえなかったと思う。

また、印象派絵画について様々な知識や資料をあたえていただいたブリヂストン美術館の田所夏子さん、六章の『巴里より』の原著の図版をお貸しくださった堺市文化観光局文化部の森下明穂さん、「新詩社」関連の資料閲覧に際してひとかたならぬご配慮をいただいた日本近代文学館の加藤桂子さん、皆様のご助力にあつくお礼申し上げたい。

二〇一五年　秋

山田登世子

本研究は平成二十五―二十七年度日本学術振興会科学研究費助成金（課題番号 25370384）の研究成果の一部をなす。

主要引用参照文献

第一次「明星」復刻版（全一〇〇巻）、臨川書店、一九六四年
第二次「明星」復刻版（全四八巻）、臨川書店、一九八〇年
「スバル」復刻版（全六〇巻）、臨川書店、一九六五年

第1章

上田敏『海潮音』（『上田敏全集』第一巻、教育出版センター、一九七七年）
――『みをつくし』（『上田敏全集』第二巻、教育出版センター、一九七九年）
――「書簡」（『上田敏全集』第一〇巻、教育出版センター、一九八一年）
小田切進・紅野敏郎『写真・近代日本文学百年　明治・大正編』明治書院、一九六七年
折口信夫「詩語としての日本語」（『折口信夫全集』第一九巻、中央公論社、一九六七年）
蒲原有明『飛雲集』日本図書センター、一九八九年
――『有明詩抄』岩波書店、一九二八年
北原白秋『思ひ出』（『白秋全集』第二巻、岩波書店、一九八五年）
――「上京当時の回想」「上田敏先生と私」（『白秋全集』第三五巻、岩波書店、一九八七年）
紅野敏郎『文学史の園　一九一〇年代』青英舎、一九八四年
斎藤茂吉『明治大正短歌史概観』（『斎藤茂吉全集』第二一巻、岩波書店、一九七三年）
佐藤春夫『晶子曼荼羅』（『佐藤春夫全集』第一三巻、臨川書店、二〇〇〇年）
島崎藤村『若菜集』（『藤村全集』第一巻、筑摩書房、一九六六年）
田山花袋『東京の三十年』講談社、一九九八年
永井荷風「帰朝者の日記」（『荷風全集』第六巻、岩波書店、一九九二年）

――「書かでもの記」（『荷風全集』第一三巻、岩波書店、一九九三年）
日夏耿之介『明治大正詩史』中巻、創元社、一九四九年
――『明治浪曼文学史』中央公論社、一九五一年
二葉亭四迷『あひびき』（『二葉亭四迷全集』岩波書店、第二巻、一九六四年）
森鷗外『舞姫』『うたかたの記』『文づかひ』（『森鷗外全集』第一巻、筑摩書房、一九七一年）
――『羽島千尋』（『森鷗外全集』第二巻、筑摩書房、一九七一年）
――『於母影』『埋木』『即興詩人』（『森鷗外全集』第八巻、筑摩書房、一九七一年）
与謝野晶子『みだれ髪』（『与謝野晶子全集』第一巻、講談社、一九七九年）
Baudelaire, Charles, *Les Fleurs du mal*, Gallimard, 2015
Regnier, Henri de, *Les jeux rustiques et divins; Les lendemains; Apaisement sites; Episodes; Sonnets; Poésies diverses; Poèmes anciens et romanesques; Tel qu'en songe* , Slatkine Reprints, 1978
Verlaine, Paul, *Œuvres poétiques complètes*, Gallimard,1938

第2章

逸見久美『新版評伝与謝野寛晶子　明治篇』八木書店、二〇〇七年
木下杢太郎「与謝野寛先生還暦の賀に際して」（『木下杢太郎全集』第一五巻、岩波書店、一九八二年）
窪田空穂・土岐善麿・土屋文明編『明治短歌史』春秋社、一九五八年
斎藤茂吉『明治大正短歌史概観』（『斎藤茂吉全集』第二一巻、岩波書店、一九七三年）
佐佐木幸綱『作歌の現場』角川書店、一九八二年
新保祐司『異形の明治』藤原書店、二〇一四年
竹西寛子『山川登美子』講談社、一九八五年
玉城徹『近代短歌の様式』短歌新聞社、一九七四年
田山花袋『田舎教師』新潮社、一九五二年
永畑道子『憂国の詩』新評論、一九八九年

夏目漱石『虞美人草』(『夏目漱石全集』第四巻、角川書店、一九七四年)
野田宇太郎編『与謝野鉄幹　与謝野晶子集』筑摩書房、一九六八年
萩原朔太郎「与謝野鉄幹論のこと」(『萩原朔太郎全集』第一〇巻、筑摩書房、一九七五年)
――「与謝野鉄幹論」(『萩原朔太郎全集』第一一巻、筑摩書房、一九七七年)
『白馬会』日本経済新聞社、一九九六年
日夏耿之介『明治浪漫文学史』中央公論社、一九五一年
正岡子規『歌よみに与ふる書』(『子規全集』第七巻、講談社、一九七五年)
――『墨汁一滴』(『子規全集』第一一巻、一九七九年)
山田登世子『晶子とシャネル』勁草書房、二〇〇六年
与謝野晶子『みだれ髪』(『与謝野晶子全集』第一巻、講談社、一九七九年)
――『青海波』(『与謝野晶子全集』第二巻、講談社、一九八〇年)
――『夏より秋へ』(『与謝野晶子全集』第三巻、講談社、一九八〇年)
――『歌のつくりやう』『晶子歌話』(『与謝野晶子全集』第一三巻、一九八〇年)
――『与謝野晶子歌集』岩波書店、一九八五年
与謝野鉄幹『与謝野寛短歌全集』明治書院、一九三三年
――『東西南北』(逸見久美編『鉄幹晶子全集』第一巻、勉誠出版、二〇〇一年)
――『紫』(逸見久美編『鉄幹晶子全集』第二巻、二〇〇三年)
――『相聞』(逸見久美編『鉄幹晶子全集』第四巻、勉誠出版、二〇〇二年)
――『リラの花』(『鉄幹晶子全集』第一三巻、勉誠出版、二〇〇四年)

第3章

芥川龍之介「文芸的な、あまりに文芸的な」(『芥川龍之介全集』第五巻、筑摩書房、一九七一年)
朝倉治彦・稲村徹元編『明治世相編年辞典』東京堂出版、一九六五年
安藤更生『銀座細見』中央公論社、一九七七年

石川啄木『一握の砂』(『石川啄木全集』第一巻、筑摩書房、一九七八年)
――『あこがれ』(『石川啄木全集』第二巻、筑摩書房、一九七九年)
――『弓町より(食ふべき詩)』『時代閉塞の現状』(『石川啄木全集』第四巻、筑摩書房、一九八〇年)
――『日記Ⅰ』(『石川啄木全集』第五巻、筑摩書房、一九七八年)
――『日記Ⅱ』(『石川啄木全集』第六巻、筑摩書房、一九七八年)
――『書簡』(『石川啄木全集』第七巻、筑摩書房、一九七九年)
上田博・瀧本和成編『明治文芸館Ⅳ』嵯峨野書院、一九九九年
上田敏『海潮音』(『上田敏全集』第一巻、教育出版センター、一九七七年)
――『うずまき』(『上田敏全集』第二巻、教育出版センター、一九七九年)
内田魯庵『思いだす人々』岩波書店、一九九四年
折口信夫「歌の円寂する時」「歌の円寂する時　続編」(『折口信夫全集』第二七巻、中央公論社、一九五六年)
川本三郎『白秋望景』新書館、二〇一二年
菅野昭正『詩学創造』平凡社、二〇〇一年
北原白秋『思ひ出』(『白秋全集』第二巻、岩波書店、一九八五年)
――『東京景物詩及其他』(『白秋全集』第三巻、岩波書店、一九八五年)
――『桐の花』(『白秋全集』第六巻、岩波書店、一九八五年)
――『明治大正詩史概観』(『白秋全集』第二一巻、岩波書店、一九八六年)
木下杢太郎『詩集』(『木下杢太郎全集』第一巻、岩波書店、一九八一年)
――「与謝野寛先生還暦の賀に際して」(『木下杢太郎全集』第一五巻、岩波書店、一九八二年)
斎藤茂吉『明治大正短歌史概観』(『斎藤茂吉全集』第二一巻、岩波書店、一九七三年)
高村光太郎「北原白秋の『思ひ出』」(『高村光太郎全集』第八巻、筑摩書房、一九五八年)
――「パンの会の頃」(『高村光太郎全集』第九巻、筑摩書房、一九五七年)
玉城徹『北原白秋』読売新聞社、一九七四年
野田宇太郎『パンの会』日本図書センター、一九八四年

萩原朔太郎「北原白秋の詩」(『萩原朔太郎全集』第七巻、筑摩書房、一九七六年)
日夏耿之介『明治大正詩史』中巻、創元社、一九四九年
松崎天民『銀座』銀ぶらガイド社、一九二七年
三島由紀夫「佐藤春夫氏についてのメモ」(『三島由紀夫全集』第二九巻、新潮社、二〇〇三年)
三浦雅士『青春の終焉』講談社、二〇〇一年
森鷗外『キタ・セクスアリス』(『森鷗外全集』第一巻、筑摩書房、一九七一年)
藪田義雄『評伝北原白秋』玉川大学出版部、一九七三年

第4章

荒谷鋪透『グレ=シュル=ロワンに架かる橋』ポーラ文化研究所、二〇〇五年
石井柏亭『滞欧手記』中央美術社、一九二五年
——『柏亭自伝』中央公論美術出版、一九七一年
石井柏亭・山本鼎・森田恒友編「方寸」一九〇八年一月号、一九〇八年八月号、一九〇九年二月号、一九一〇年五月号、方寸社
上田博・中島邦彦編『石川啄木と北原白秋』有精堂、一九八九年
宇佐美斉編『日仏交感の近代』京都大学学術出版会、二〇〇六年
神奈川県立近代美術館編『誌上のユートピア』美術館連絡協議会、二〇〇八年
川本三郎『白秋望景』新書館、二〇一二年
木下杢太郎・北原白秋・長田秀雄「屋上庭園」第一号、第二号、屋上庭園発行所、一九〇九年
菅野昭正『詩学創造』平凡社、二〇〇一年
北原白秋『邪宗門』(『白秋全集』第一巻、岩波書店、一九八四年)
——『思ひ出』(『白秋全集』第二巻、岩波書店、一九八五年)
——『東京景物詩 及其他』(『白秋全集』第三巻、岩波書店、一九八五年)
——『桐の花』(『白秋全集』第六巻、岩波書店、一九八五年)

――『明治大正詩史概観』（『白秋全集』第二一巻、岩波書店、一九八六年）
木下杢太郎『秋風抄』『食後の歌』（『木下杢太郎全集』第一巻、岩波書店、一九八一年）
――『新時代』（『木下杢太郎全集』第六巻、岩波書店、一九八二年）
――「詩集『邪宗門』を評す」（『木下杢太郎全集』第七巻、岩波書店、一九八一年）
――「パンの会の回想」（『木下杢太郎全集』第一三巻、岩波書店、一九八二年）
――「石井柏亭君」（『木下杢太郎全集』第一四巻、岩波書店、一九八二年）
――「『パンの会』と『屋上庭園』」（『木下杢太郎全集』第一五巻、岩波書店、一九八二年）
――『十九世紀仏国絵画史』（『木下杢太郎全集』第二〇巻、岩波書店、一九八二年）
島田紀夫『セーヌの印象派』小学館、一九九六年
高階秀爾『日本近代の美意識』青土社、一九七八年
田辺徹『美術批評の先駆者、岩村透』藤原書店、二〇〇八年
田山花袋『東京の三十年』講談社、一九九八年
永井荷風「仏国に於ける印象派」（『荷風全集』第六巻、岩波書店、一九九二年）
野田宇太郎『日本耽美派文学の誕生』河出書房新社、一九七五年
――『木下杢太郎の生涯と芸術』平凡社、一九八〇年
――『パンの会』日本図書センター、一九八四年
日夏耿之介『明治浪漫文学史』中央公論社、一九五一年
正岡子規「明治二十九年の俳句界」（『子規全集』第四巻、講談社、一九七五年）
宮川寅雄編『岩村透　芸苑雑稿他』平凡社、一九七一年
ムウテル、リヒャルト（木下杢太郎訳）『十九世紀仏国絵画史』甲鳥書林、一九四三年
山本鼎『美術家の欠伸』アルス、一九二一年

第5章

飯島耕一『永井荷風論』（飯島耕一『詩と散文』第四巻、みすず書房、二〇〇一年）

磯田光一『永井荷風』講談社、一九七九年
今橋映子『異都憧憬　日本人のパリ』柏書房、一九九三年
菅野昭正『永井荷風巡歴』岩波書店、一九九六年
北原白秋『邪宗門』(『白秋全集』第一巻、岩波書店、一九八四年)
永井荷風『恋と刃』『女優ナナ』(『荷風全集』第三巻、岩波書店、一九九三年)
――『あめりか物語』『西遊日誌抄』(『荷風全集』第四巻、岩波書店、一九九二年)
――『ふらんす物語』(『荷風全集』第五巻、岩波書店、一九九二年)
――『歓楽』(『荷風全集』第六巻、岩波書店、一九九二年)
――『冷笑』(『荷風全集』第七巻、岩波書店、一九九二年)
――『珊瑚集』(『荷風全集』第九巻、岩波書店、一九九三年)
――『腕くらべ』(『荷風全集』第一二巻、岩波書店、一九九二年)
――『ふらんす物語』新潮社、一九五一年
――『断腸亭日乗』第六巻、岩波書店、二〇〇二年
古屋健三『永井荷風　冬との出会い』朝日新聞社、一九九九年
ベンヤミン『ボードレール』(川村二郎・野村修編『ベンヤミン著作集　第六巻』晶文社、一九七五年)
ボードレール(阿部良雄訳)『悪の華』(『ボードレール全集I』筑摩書房、一九八三年)
――『現代生活の画家』(『ボードレール全集IV』筑摩書房、一九八七年)
与謝野晶子『夏より秋へ』(『与謝野晶子全集』第三巻、講談社、一九八〇年)

第6章

逸見久美『新版評伝与謝野寛晶子　大正篇』八木書店、二〇〇九年
鹿島茂『モンマルトル風俗事典』白水社、二〇〇九年
河上肇『自叙伝』第五巻、岩波書店、一九九七年
――「巴里に於ける島崎藤村君」(『藤村全集』別巻上、筑摩書房、一九七一年)

河盛好蔵『藤村のパリ』新潮社、二〇〇〇年
島崎藤村『平和の巴里』『戦争と巴里』(『藤村全集』第六巻、筑摩書房、一九六七年)
――『新生』(『藤村全集』第七巻、筑摩書房、一九六七年)
――『エトランゼエ』(『藤村全集』第八巻、筑摩書房、一九六七年)
シュヴァリエ、ルイ(河盛好蔵訳)『歓楽と犯罪のモンマルトル』文藝春秋、一九八六年
永井荷風『断腸亭尺牘』(『荷風全集』第二七巻、岩波書店、一九九五年)
森鷗外『椋鳥通信』(『森鷗外全集』第二七巻、岩波書店、一九七四年)
与謝野鉄幹『リラの花』東雲堂書店、一九一四年
――『リラの花』(『鉄幹晶子全集』第一三巻、勉誠出版、二〇〇四年)
――「梅原良三《ママ》郎氏のモンマルトルの画室」(『科学と文芸』復刻版、不二出版、一九八七年)
与謝野鉄幹・与謝野晶子『巴里より』(『鉄幹晶子全集』第一〇巻、勉誠出版、二〇〇三年)
和田博文他『パリ　日本人の心象地図』藤原書店、二〇〇四年
Regnier, Henri de, *Les jeux rustiques et divins; Les lendemains; Apaisement sites; Episodes; Sonnets; Poésies diverses; Poèmes anciens et romanesques; Tel qu'en songe*, Slatkine Reprints, 1978

第7章

内田魯庵『思いだす人々』岩波書店、一九九四年
大杉栄『個人的思索』(『大杉栄全集』第一巻、世界文庫、一九六三年)
――『新秩序の創造』『自由の前触れ』(『大杉栄全集』第二巻、世界文庫、一九六三年)
――『自叙伝』『日本脱出記』(『大杉栄全集』第三巻、世界文庫、一九六三年)
――『編集室にて』(『大杉栄全集』第四巻、世界文庫、一九六四年)
――『昆虫記』(『大杉栄全集』第九巻、世界文庫、一九六四年)
――『文芸論集』(『大杉栄全集』第五巻、現代思潮社、一九六四年)
――『労働運動論集』(『大杉栄全集』第六巻、現代思潮社、一九六四年)

――『日本脱出記』（『大杉栄全集』第一三巻、現代思潮社、一九六五年）
――『人生について』（『大杉栄全集』第一四巻、現代思潮社、一九六五年）
大杉栄研究会編『大杉栄書簡集』海燕書房、一九七四年
『大杉栄回想』土曜社、二〇一三年
鎌田慧『大杉栄　自由への疾走』岩波書店、二〇〇三年
小崎軍司『林倭衛』三彩社、一九七一年
近藤憲二『一無政府主義者の回想』平凡社、一九六五年
竹中労『断影　大杉栄』筑摩書房、二〇〇〇年
林倭衛『フランスに於ける大杉の生活』（『大杉栄全集』別巻、世界文庫、一九六四年）
松本伸夫『日本的風土をはみだした男』雄山閣出版、一九九五年
山川菊栄・向坂逸郎編『山川均自伝』岩波書店、一九六一年

第8章

飯島耕一『永井荷風論』（飯島耕一『詩と散文』第四巻、みすず書房、二〇〇一年）
京都国立近代美術館編『長谷川潔作品集』光村推古書院、二〇〇三年
工藤美代子『黄昏の詩人』マガジンハウス、二〇〇一年
グルー、フロラ（工藤庸子訳）『マリー・ローランサン』新潮社、一九八九年
西条八十『砂金』（『西条八十全集』第一巻、国書刊行会、一九九一年）
――『一握の玻璃』（『西条八十全集』第二巻、国書刊行会、二〇〇五年）
佐藤春夫「訳詩集『月下の一群』」（『佐藤春夫全集』第一九巻、臨川書店、一九九八年）
関容子『日本の鶯』岩波書店、二〇一〇年
筒井清忠『西条八十』中央公論社、二〇〇八年
萩原朔太郎『作家論』（『萩原朔太郎全集』第九巻、筑摩書房、一九四三年）
長谷川郁夫『堀口大學』河出書房新社、二〇〇九年

『PANTHEON』全一〇巻、第一書房、一九二八―一九二九年
日夏耿之介『明治大正詩史』下巻、創元社、一九四九年
――『日夏耿之介選集』中央公論社、一九四三年
堀口九萬一『遊心録』第一書房、一九三〇年
堀口すみれ子『虹の館』かまくら春秋社、一九八七年
堀口大學『詩集』『歌集』(『堀口大學全集』第一巻、小澤書店、一九八二年)
――『月下の一群』『空しき花束』(『堀口大學全集』第二巻、小澤書店、一九八一年)
――『訳詩』(『堀口大學全集』第三巻、小澤書店、一九八二年)
――『季節と詩心』『詩と詩人』(『堀口大學全集』第六巻、小澤書店、一九八二年)
――『季節と詩心　追補』『文人交遊』『文芸雑考』『海外見聞』(『堀口大學全集』第七巻、小澤書店、一九八三年)
――『夜ひらく』『夜とざす』『ドルジェル伯の舞踏会』(『堀口大學全集』補巻一、小澤書店、一九八四年)
――『詩と詩人』講談社、一九四八年
『本の手帳　堀口大學特集』昭森社、一九六六年
松本和男『詩人　堀口大學』白凰社、一九九六年
――『堀口大學　研究資料集成　第一輯』KINDLE版
――『堀口大學　研究資料集成　第二輯』KINDLE版
――『堀口大學　研究資料集成　第三輯』KINDLE版
――『堀口大學　研究資料集成　第四輯』KINDLE版
――『堀口大學　研究資料集成　第五輯』KINDLE版
『マリー・ローランサンとその時代展』マリー・ローランサン美術館、二〇〇一年
丸谷才一『日本文学史早わかり』講談社、一九七八年
三島由紀夫「一冊の本――ラディゲ『ドルジェル伯の舞踏会』」(『三島由紀夫全集』第三一巻、新潮社、一九七五年)

水村美苗『日本語が亡びるとき』筑摩書房、二〇〇八年
モラン、ポール（堀口大學訳）『夜ひらく』新潮社、一九二五年
――（堀口大學訳）『夜とざす』新潮社、一九二五年
――（堀口大學訳）『恋の欧羅巴』第一書房、一九二五年
吉川潮『流行歌　西条八十物語』新潮社、二〇〇四年
Apollinaire, Guillaume, *Œuvres poétiques*, Gallimard,1956
Baudelaire, Charles, *Les Fleurs du mal*, Gallimard,2015
Cocteau, Jean, *Œuvres poétiques complètes*, Gallimard,1999
Morand, Paul, *Nouvelles complètes, t.1*, Gallimard,1991
Radiguet, Raymond, *Le Bal du comte d'Orgel*, Editions 84, 2013
Verlaine, Paul, *Œuvres poétiques complètes*, Gallimard,1938

ヤ　行

ラ・ワ行

マ 行

タ 行

ナ 行

ハ 行

サ　行

人名索引

あとがきを除く本文と図版キャプションから実在
の人名を採り，姓→名の五十音順に配列した。

ア 行

カ 行

本書の第一章～第七章は、『環』54～60号（二〇一三年七月～二〇一五年一月）の連載を改稿し、第八章は書き下ろしたものである。

著者紹介

山田登世子（やまだ・とよこ）

フランス文学者。愛知淑徳大学名誉教授。

主な著書に、『メディア都市パリ』『モードの帝国』（ちくま学芸文庫）、『娼婦』（日本文芸社）、『声の銀河系』（河出書房新社）、『リゾート世紀末』（筑摩書房、台湾版『水的記憶之旅』）、『晶子とシャネル』（勁草書房）、『ブランドの条件』（岩波書店、韓国版『Made in ブランド』）、『贅沢の条件』（岩波書店）、『誰も知らない印象派』（左右社）など多数。

主な訳書に、バルザック『風俗研究』『従妹ベット』上下巻（藤原書店）、ポール・モラン『シャネル――人生を語る』（中央公論新社）、モーパッサン『モーパッサン短編集』（ちくま文庫）、ロラン・バルト『ロラン・バルト　モード論集』（ちくま学芸文庫）ほか多数。

「フランスかぶれ」の誕生《たんじょう》――「明星《みょうじょう》」の時代《じだい》 1900–1927

2015年10月30日　初版第１刷発行©

著　者　山田登世子

発行者　藤原良雄

発行所　株式会社　藤原書店

〒162-0041　東京都新宿区早稲田鶴巻町523
電　話　03（5272）0301
ＦＡＸ　03（5272）0450
振　替　00160－4－17013
info@fujiwara-shoten.co.jp

印刷・製本　中央精版印刷

落丁本・乱丁本はお取替えいたします
定価はカバーに表示してあります

Printed in Japan
ISBN978-4-86578-047-5

7　金融小説名篇集　吉田典子・宮下志朗 訳＝解説
〈対談〉青木雄二×鹿島茂

ゴプセック――高利貸し観察記　*Gobseck*
ニュシンゲン銀行――偽装倒産物語　*La Maison Nucingen*
名うてのゴディサール――だまされたセールスマン　*L'Illustre Gaudissart*
骨董室――手形偽造物語　*Le Cabinet des antiques*

528 頁　**3200 円**（1999 年 11 月刊）◇978-4-89434-155-5

高利貸しのゴプセック、銀行家ニュシンゲン、凄腕のセールスマン、ゴディサール。いずれ劣らぬ個性をもった「人間喜劇」の名脇役が主役となる三篇と、青年貴族が手形偽造で捕まるまでに破滅する「骨董室」を収めた作品集。「いまの時代は、日本の経済がバルザック的になってきたといえますね。」（青木雄二氏評）

8・9　娼婦の栄光と悲惨――悪党ヴォートラン最後の変身（2分冊）
Splendeurs et misères des courtisanes　飯島耕一 訳＝解説
〈対談〉池内紀×山田登世子

⑧448 頁 ⑨448 頁　各 **3200 円**（2000 年 12 月刊）⑧◇978-4-89434-208-8 ⑨◇978-4-89434-209-5

『幻滅』で出会った闇の人物ヴォートランと美貌の詩人リュシアン。彼らに襲いかかる最後の運命は？「社会の管理化が進むなか、消えていくものと生き残る者とがふるいにかけられ、ヒーローのありえた時代が終わりつつあることが、ここにはっきり描かれている。」（池内紀氏評）

10　あら皮――欲望の哲学　小倉孝誠 訳＝解説
La Peau de chagrin　〈対談〉植島啓司×山田登世子

448 頁　**3200 円**（2000 年 3 月刊）◇978-4-89434-170-8

絶望し、自殺まで考えた青年が手にした「あら皮」。それは、寿命と引き換えに願いを叶える魔法の皮であった。その後の青年はいかに？「外側から見ると欲望まるだしの人間が、内側から見ると全然違っている。それがバルザックの秘密だと思う。」（植島啓司氏評）

11・12　従妹《いとこ》ベット――好色一代記（2分冊）　山田登世子 訳＝解説
La Cousine Bette　〈対談〉松浦寿輝×山田登世子

⑪352 頁 ⑫352 頁　各 **3200 円**（2001 年 7 月刊）⑪◇978-4-89434-241-5 ⑫◇978-4-89434-242-2

美しい妻に愛されながらも、義理の従妹ベットと素人娼婦ヴァレリーに操られ、快楽を追い求め徹底的に堕ちていく放蕩貴族ユロの物語。「滑稽なまでの激しい情念が崇高なものに転じるさまが描かれている。」（松浦寿輝氏評）

13　従兄《いとこ》ポンス――収集家の悲劇　柏木隆雄 訳＝解説
Le Cousin Pons　〈対談〉福田和也×鹿島茂

504 頁　**3200 円**（1999 年 9 月刊）◇978-4-89434-146-3

骨董収集に没頭する、成功に無欲な老音楽家ポンスと友人シュムッケ。心優しい二人の友情と、ポンスの収集品を狙う貪欲な輩の蠢く資本主義社会の諸相を描いた、バルザック最晩年の作品。「小説の異常な情報量。今だったら、それだけで長篇を書けるような話が十もある。」（福田和也氏評）

別巻1　バルザック「人間喜劇」ハンドブック　大矢タカヤス 編
奥田恭士・片桐祐・佐野栄一・菅原珠子・山﨑朱美子＝共同執筆

264 頁　**3000 円**（2000 年 5 月刊）◇978-4-89434-180-7

「登場人物辞典」、「家系図」、「作品内年表」、「服飾解説」からなる、バルザック愛読者待望の本邦初オリジナルハンドブック。

別巻2　バルザック「人間喜劇」全作品あらすじ
大矢タカヤス 編　奥田恭士・片桐祐・佐野栄一＝共同執筆

432 頁　**3800 円**（1999 年 5 月刊）◇978-4-89434-135-7

思想的にも方法的にも相矛盾するほどの多彩な傾向をもった百篇近くの作品群からなる、広大な「人間喜劇」の世界を鳥瞰する画期的試み。コンパクトでありながら、あたかも作品を読み進んでいるかのような臨場感を味わえる。当時のイラストをふんだんに収め、詳しい「バルザック年譜」も附す。

文豪、幻の名著

風俗研究

バルザック
山田登世子訳＝解説

文豪バルザックが、十九世紀パリの風俗を、皮肉と諷刺で鮮やかに描いた幻の名著。近代の富と毒を、バルザックの炯眼が鋭く捉える、都市風俗考現学の原点。「優雅な生活論」「歩き方の理論」「近代興奮剤考」ほか。

図版多数〔解説〕「近代の毒と富」
A5上製　二三二頁　**二八〇〇円**
（一九九二年三月刊）
◇978-4-938661-46-5

PATHOLOGIE DE LA VIE SOCIAL　BALZAC

写真誕生前の日常百景

タブロー・ド・パリ

画・マルレ／文・ソヴィニー
鹿島茂訳＝解題

パリの国立図書館に百五十年間眠っていた石版画を、十九世紀史の泰斗が発掘出版。人物・風景・建物ともに微細に描きだした、第一級資料。

厚手中性紙・布表紙・箔押・函入
B4上製　一八四頁　**一一六五〇円**
（一九九三年二月刊）
◇978-4-938661-65-6

TABLEAUX DE PARIS　Jean-Henri MARLET

全く新しいバルザック像

バルザックがおもしろい

鹿島茂・山田登世子

百篇にのぼるバルザックの「人間喜劇」から、高度に都市化し、資本主義化した今の日本でこそ理解できる十篇をセレクトした二人が、今日の日本が直面している問題を、既に一六〇年も前に語り尽していたバルザックの知られざる魅力をめぐって熱論。

四六並製　二四〇頁　**一五〇〇円**
（一九九九年四月刊）
◇978-4-89434-128-9

十九世紀小説が二十一世紀に甦る

バルザックを読む

I 対談篇　II 評論篇

鹿島茂・山田登世子編

青木雄二、池内紀、植島啓司、髙村薫、中沢新一、中野翠、福田和也、町田康、松浦寿輝、山口昌男といった気鋭の書き手が、バルザックから受けた〝衝撃〟とその現代性を語る対談篇。
五十名の多彩な執筆陣が、多様で壮大なスケールをもつ「人間喜劇」の宇宙全体を余すところなく論じる評論篇。

各四六並製　I三三六頁　**二四〇〇円**
II二六四頁　**二〇〇〇円**
（二〇〇二年五月刊）
I◇978-4-89434-286-6
II◇978-4-89434-287-3

感性の歴史という新領野を拓いた新しい歴史家

アラン・コルバン（1936-　）

「においの歴史」「娼婦の歴史」など、従来の歴史学では考えられなかった対象をみいだして打ち立てられた「感性の歴史学」。そして、一切の記録を残さなかった人間の歴史を書くことはできるのかという、逆説的な歴史記述への挑戦をとおして、既存の歴史学に対して根本的な問題提起をなす、全く新しい歴史家。

「嗅覚革命」を活写

においの歴史

（嗅覚と社会的想像力）

A・コルバン

山田登世子・鹿島茂訳

アナール派を代表して「感性の歴史学」という新領野を拓く。悪臭を嫌悪し、芳香を愛でるという現代人に自明の感受性が、いつ、どこで誕生したのか？　十八世紀西欧の歴史の中の「嗅覚革命」を辿り、公衆衛生学の誕生と悪臭退治の起源を浮き彫る名著。

A５上製　四〇〇頁　**四九〇〇円**

（一九九〇年一二月刊）

◇978-4-938661-16-8

LE MIASME ET LA JONQUILLE　Alain CORBIN

浜辺リゾートの誕生

浜辺の誕生

（海と人間の系譜学）

A・コルバン

福井和美訳

長らく恐怖と嫌悪の対象であった浜辺を、近代人がリゾートとして悦楽の場としてゆく過程を抉り出す。海と空と陸の狭間、自然の諸力のせめぎあう場、「浜辺」は人間の歴史に何をもたらしたのか？

A５上製　七六〇頁　**八六〇〇円**

（一九九二年一二月刊）

◇978-4-938661-61-8

LE TERRITOIRE DU VIDE　Alain CORBIN

近代的感性とは何か

時間・欲望・恐怖

（歴史学と感覚の人類学）

A・コルバン

小倉孝誠・野村正人・小倉和子訳

女と男が織りなす近代社会の「近代性」の誕生を日常生活の様々な面に光をあて、鮮やかに描きだす。語られていない、語りえぬ歴史に挑む。（来日セミナー）「歴史・社会的表象・文学」収録（山田登世子、北山晴一他）。

四六上製　三九二頁　**四一〇〇円**

（一九九三年七月刊）

◇978-4-938661-77-9

LE TEMPS, LE DÉSIR ET L'HORREUR　Alain CORBIN

広報外交の最重要人物、初の評伝

広報外交《パブリック・ディプロマシー》の先駆者 鶴見祐輔 1885-1973

上品和馬　序＝鶴見俊輔

戦前から戦後にかけて、精力的にアメリカ各地を巡って有料で講演活動を行ない、現地の聴衆を大いに沸かせた鶴見祐輔。日本への国際的な「理解」が最も必要となった時期にパブリック・ディプロマシー（広報外交）の先駆者として名を馳せた、鶴見の全業績に初めて迫る。

四六上製　四一六頁　**四六〇〇円**　**口絵八頁**
（二〇一一年五月刊）◇978-4-89434-803-5

最後の自由人、初の伝記

パリに死す

〈評伝・椎名其二〉

蜷川　譲

明治から大正にかけてアメリカ、フランスに渡り、第二次大戦占領下のパリで、レジスタンスに協力。信念を貫いてパリに生きた最後の自由人、初の伝記。ファーブル『昆虫記』を日本に初紹介し、佐伯祐三や森有正とも交遊のあった椎名其二、待望の本格評伝。

四六上製　三二〇頁　**二八〇〇円**
（一九九六年九月刊）
品切◇978-4-89434-046-6

日本に西洋音楽を導入した男

音楽の殿様・徳川頼貞

〈一五〇〇億円の〈ノーブレス・オブリージュ〉〉

村上紀史郎

プッチーニ、サン＝サーンス、カザルスら世界的音楽家と親交を結び、日本における西洋音楽の黎明期に、自費で日本発のオルガン付音楽堂を建設、私財を注ぎ込んでその普及に努めた、紀州徳川家第十六代当主の破天荒な生涯。

生誕一二〇周年記念出版
四六上製　三五二頁　**三八〇〇円**　**口絵八頁**
（二〇一二年六月刊）◇978-4-89434-862-2

伝説的快男児の真実に迫る

「バロン・サツマ」と呼ばれた男

〈薩摩治郎八とその時代〉

村上紀史郎

富豪の御曹司として六百億円を蕩尽し、二十世紀前半の欧州社交界を風靡した快男児、薩摩治郎八。虚実ない交ぜの「自伝」を徹底検証し、ジョイス、ヘミングウェイ、藤田嗣治ら、めくるめく日欧文化人群像のうちに日仏交流のキーパーソン〈バロン・サツマ〉を活き活きと甦らせた画期的労作。

四六上製　四〇八頁　**三八〇〇円**　**口絵四頁**
（二〇〇九年二月刊）◇978-4-89434-672-7

日本近代は〈上海〉に何を見たか

言語都市・上海

〔1840–1945〕

和田博文・大橋毅彦・真銅正宏・竹松良明・和田桂子

横光利一、金子光晴、吉行エイスケ、武田泰淳、堀田善衞など多くの日本人作家の創造の源泉となった〈上海〉を、文学作品から当時の旅行ガイドに至る膨大なテキストに跡付け、その混沌とした多層的魅力を活き活きと再現する、時を超えた〈モダン都市〉案内。

A５上製　二五六頁　**二八〇〇円**

（一九九九年九月刊）

◇978-4-89434-145-6

パリの吸引力の真実

言語都市・パリ

〔1862–1945〕

和田博文・真銅正宏・竹松良明・宮内淳子・和田桂子

「自由・平等・博愛」「芸術の都」など日本人を捉えてきたパリへの憧憬と、永井荷風、大杉栄、藤田嗣治、金子光晴ら実際にパリを訪れた三十一人のテキストとを対照し、パリという都市の底知れぬ吸引力の真実に迫る。

写真二〇〇点余　カラー口絵四頁

A５上製　三六八頁　**三八〇〇円**

（二〇〇二年三月刊）

◇978-4-89434-278-1

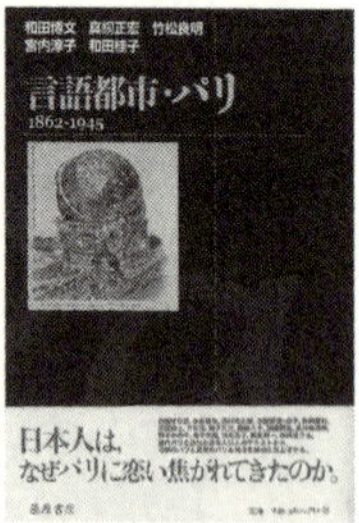

“学問の都”ベルリンから何を学んだのか

言語都市・ベルリン

〔1861–1945〕

和田博文・真銅正宏・西村将洋・宮内淳子・和田桂子

プロイセン、ドイツ帝国、ワイマール共和国、そしてナチス・ドイツ……。激動の近代史を通じて、「学都」として、「モダニズム」の淵源として、日本の知に圧倒的影響を及ぼしたベルリン。そこを訪れ二十五人の体験と、象徴的な五十のスポット、雑誌等から日本人のベルリンを立体的に描出する。

写真三五〇点　カラー口絵四頁

A５上製　四八八頁　**四二〇〇円**

（二〇〇六年一〇月刊）

◇978-4-89434-537-9

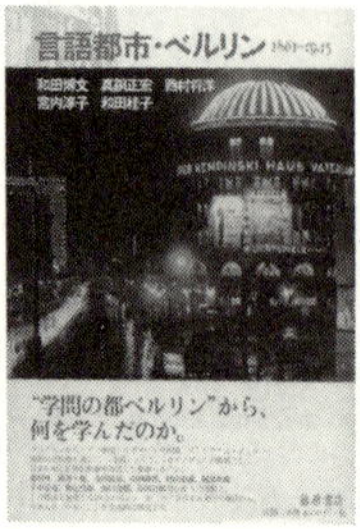

膨大なテクストから描く「実業の都」

言語都市・ロンドン

〔1861–1945〕

和田博文・真銅正宏・西村将洋・宮内淳子・和田桂子

「日の没さぬ国」大英帝国の首都を、近代日本はどのように体験したのか。三〇人のロンドン体験と、八〇項目の「ロンドン事典」、多数の地図と約五〇〇点の図版を駆使して、近代日本人のロンドン体験の全体像を描き切った決定版。

カラー口絵四頁

A５上製　六八八頁　**八八〇〇円**

（二〇〇九年六月刊）

◇978-4-89434-689-5